# Die Geschichte des Adam Black

## Inhaltsverzeichnis

# Die Geschichte des Adam Black

## Vorwort

Wir schreiben das Jahr 1707. Das Leben war hart und unfair. Jeder Tag war eine Herausforderung. Man musste sich schon abplagen um über die Runden zu kommen. Aber es war nicht alles so trist und ausweglos. Die Möglichkeit auf See sein Geld zu verdienen wuchs täglich. Dies war genauso hart und noch viel gefährlicher, als die Arbeit an Land, aber das wurde den armen Hunden beim Anheuern nicht erzählt. Man nahm gerne die unwissenden Männer um sie dann auf dem Schiff zu verheizen. Immer mehr Händler, die wie Pilze aus der Erde schossen, schickten ihre zum Teil kostbare Fracht über den Seeweg in fremde Häfen, um dort ihre Ware in bare Münze zu tauschen. Die mutigsten und geschicktesten Händler stiegen schnell zu wohlhabenden Leuten auf, die in den Städten großen Einfluss genossen. Die Städte an der Küste wuchsen über Nacht zu Großstädten. Es gäbe aber nicht die glänzende Seite der Medaille, wenn es nicht die dreckige, unschöne Seite gäbe. Denn diese Geschäfte brachten skrupellose Piratenkapitäne mit sich, die mit ihren schwer bewaffneten Schiffen und ihrem rohen Gefolge, aus entflohenen Sklaven und Gesetzesbrechern, die Schiffe kaperten und beraubten. Sie fielen über die Meere her, so zahlreich wie Heuschrecken über eine Plantage. Die See befand sich in ihrem eisernen Griff. Wer bei einem Überfall mit dem Leben davon kam, konnte sich glücklich schätzen, denn die Anführer lebten nach dem Gesetz, keine Zeugen zu hinterlassen. Es kam nicht selten vor, das sie alle Seeleute, Schiffseigner, Kapitäne, Passagiere und wer sich sonst noch alles auf dem Schiff befand, niedermetzelten. Sie folgten dem Ruf der Freiheit und der Unabhängigkeit. Ihr Leben setzten sie auf eine Karte. Auf der einen Seite stand der Tod durch den Strick oder Kampf und auf der anderen Seite lockte ein Leben in Hülle und Fülle. Sie waren so zahlreich und brutal, dass der Anblick ihrer schwarzen Totenkopfflagge schon reichte um Handelsschiffe zur Flucht zu zwingen. Sie plünderten und mordeten mit solch einer Grausamkeit, dass die einfachen Seeleute bei einem Angriff vor Angst erstarrten und sich ihrem Schicksal ergaben. Es war eine wilde, brutale Zeit. In den Geschichtsbüchern wird später stehen „Das Goldene Zeitalter der Piraterie".

Genau in diesem wilden Treiben, spielt die Geschichte von Adam Black. Ein Mann von ehrlicher Natur, aufrichtig und stolz. Einer, der seine Familie über alles liebte und sein Leben in vollen Zügen genoss. Er arbeitete hart, half seinen Freunden in der Not und verlangte nie etwas zurück. Ein Mann, den man gerne als Freund hatte. Aber es passierten so viele unvorhersehbare Dinge, die er sich in den wildesten Albträumen nicht hätte ausdenken können. Lest selbst, dies ist seine Geschichte.

# 1. Kapitel

## Das Dorffest

Und alles begann in einem kleinen Dorf mit dem Namen Bearn, nahe der englischen Küste. Die Leute die dort lebten, waren überwiegend Fischer. Einige wenige hatten andere Berufe erlernt: Da waren noch ein Schneider, ein Schmied, ein Bäcker, ein Metzger und ein Weber ansässig. Das Dorf gab alles her, was der einfache Mensch zum Leben brauchte. Nichts im Überfluss, jedoch genug für alle, um ein beschauliches Leben führen zu können. Es kannte jeder jeden im Dorf, alle lebten im Einklang mit der Natur und der rauen See. Benötigte jemand Hilfe, am Haus oder an den Booten am Anleger, dann wurde mit angepackt und die Arbeit war schnell erledigt. Adam Black gehörte die Weberei, er hatte sie von seinem Vater nach dessen Tod geerbt und schon als Kind half er mit, gute und feste Stoffe zu weben. Er besaß auch das Geschick, Fischernetze zu knüpfen, auch das hatte er von seinem Vater erlernt. Die Netze, die Adam anfertigte, waren gut und dadurch sehr beliebt unter den Fischern, so machte er sich auch damit einen bekannten Namen. Viele seiner Netze verkaufte er auch an die Fischer in anderen Dörfern, die hier zahlreich an der Küste lebten. Durch diesen Nebenerwerb ging es seiner Familie sehr gut, es fehlte ihnen an nichts. Das Haus in dem sie lebten, war sehr schön und in einem guten Zustand. Direkt neben dem Wohnhaus war die Weberei angebaut. Sie war doppelt so breit wie das Wohnhaus, aber nur halb so hoch. Beides zusammen bildete ein richtiges Schmuckstück. Der Eingangsbereich zum Wohnhaus war mit einem kleinen Spitzdach verschönert, in dem an einer Kette ein Holzschild baumelte, auf dem in dicken, eingebrannten Buchstaben „Weberei Adam Black" stand. An diesen Vorbau schmiegte sich ein mit viel Liebe angelegter Blumengarten, für den war Adams Frau Christin verantwortlich. Ihre große Leidenschaft waren die Blumen, und sie hatte so ein geschicktes Händchen dafür, dass die Leute stehen blieben, wenn sie an dem einfachen weißen Zaun entlang gingen, der den Garten umschloss. Die Blumen, Gräser und Sträucher wurden bewundert und schenkten den Betrachtern ein kleines Lächeln ins Gesicht. Durch die Beete schlängelten sich schmale Wege, sie waren von weißen Steinen und Muscheln eingefasst, so wirkte alles noch viel verträumter. Hinter der Weberei war eine große Wiese, auf der oft Adams Kinder, Josephine und Philipp spielten. Dieses war ihr

Reich, welches sie sich mit allen Dorfkindern teilten. Denn hinter den Häusern gab es keine Zäune, hier durfte jeder spielen, wie und wo er wollte. Eigentlich sahen alle Wiesen gleich aus, nur hinter dem Haus von Josephine und Philipp gab es etwas Besonderes. Dort hatte ein Vorfahre der Familie vor langer Zeit eine Eiche gepflanzt. Die war gewaltig in Höhe und Stamm, es war vielleicht die mächtigste Eiche an der ganzen Küste. Der Baum hatte unzählige dicke knorrige Äste und an einem der stärksten hatte Adam eine Schaukel angebracht. Die Seile waren mindestens vier Meter lang und wenn man richtig Anschwung gab, war die Schaukel nur etwas für sehr Mutige. Josephine und Philipp schaukelten natürlich immer so hoch, dass sie mit den Füssen die Blätter der Eiche berührten. Mutter Christin sah das als liebende Mutter nicht so gerne, sie hatte Angst um ihre beiden kleinen. Aber Adam besaß das Talent, sie immer wieder zu beruhigen und ihr zu erklären, „dass die Seile stark genug sind; und festhalten würden sie sich schon von ganz alleine". Besonders Philipp liebte es ganz hoch zu Schaukeln, für ihn gab es nichts schöneres, als beim Auf und Ab der Schaukel den kräftigen Wind zu spüren. Vielleicht hatte er das von seinem Vater geerbt, denn der liebte auch den Wind. Besonders wenn er an der steilen Küste mit Christin spazieren ging und der Wind kräftig durch seine Haare blies, dann fühlte er sich frei und glücklich. Adam war sehr stolz auf seine Frau, die ihm zwei prächtige Kinder geschenkt hatte. Er liebte alle drei von tiefem Herzen.

In dem kleinen Dorf hatte er auch einen guten Freund, ein Fischer namens Joseph. Er lebte in einer nahen Bucht, ganz allein. Seine Frau war vor langer Zeit gestorben und Kinder hatten die beiden nicht. So war er nach dem Tod seiner Frau allein in der Bucht geblieben. „Einen alten Baum versetzt man nicht mehr", sagte Joseph mal zu Adam. Oft half Adam, dem alten Joseph beim Fischen, er wollte dafür nie eine Entlohnung, nur ab und zu nahm er ein paar gefangene Fische mit nach Hause, die Christin jedes Mal herrlich zubereitete. Für Adam war es genug von Joseph die Fischerei zu erlernen, mit allem was dazu gehört. Das waren Dinge wie Netze stellen, die Gewohnheiten der Fische zu erfahren, aber auch auf offenem Meer den Kurs zu halten und, wenn es die Situation erforderte, auch neu zu berechnen. Oft fand Joseph lobende Worte, denn Adam hörte sehr gut zu und meistens brauchte der alte Mann es nicht zweimal erklären. Wie ein Schwamm saugte Adam alles auf. Nicht einmal ein Jahr war vergangen und er hätte alleine hinaus fahren können. Aber das wollte keiner von beiden, viel schöner war es zu zweit zu segeln. Lange und gute Gespräche führten sie auf hoher See. Joseph war sehr lebenserfahren und sein Wissen war unerschöpflich. Dieses Wissen war von seinen langen Reisen auf See, als Steuermann auf einem Handelsschiff. An Seemeilen gemessen, hatte er mehrmals die Welt umsegelt. In dieser Zeit lernte er so viele verschiedene Menschen, Völker und Kulturen kennen, dass heute sein Wissen von unbezahlbarem Wert war. Adam nahm die Ratschläge gerne an, es war für ihn ein großes Glück, Joseph als Lehrer zu haben. Es kam auch schon mal vor, das es nach Mitternacht wurde, wenn sie vom Netze stellen zurück in die kleine Bucht kamen. Und nur nach den Sternen orientiert, fanden sie immer wieder zurück, da machte den beiden keiner etwas vor. So war es auch in dieser herrlich milden Sommernacht, als die beiden geradewegs auf die Bucht zu segelten und Adam Joseph fragte, „gehst du auch am Wochenende zum großen Dorffest"? Die Antwort von Joseph kam zögernd: „Was soll ich da alleine? Daran liegt mir nichts mehr, seit meine Frau tot ist." Leise sprach er weiter, „Früher, da konnte ich es kaum abwarten, dass es endlich los ging. Den Duft von dem gegrillten Fleisch habe ich schon Tage vorher gerochen. Das waren rauschende Feste, mit Bier und Wein und gutem Essen. Ich habe mit meiner Frau getanzt und wir haben viel Spaß gehabt, erst früh morgens sind wir nach Hause gegangen, sehr schöne Erinnerungen habe ich daran". Adam hörte zu, er konnte gut verstehen was sein Freund meinte. Alt werden muss sehr schwer sein und wenn man dann noch alleine ist, dann ist es doppelt so schwer. Einen Moment sagte keiner mehr etwas, dann kam Adam eine Idee, „Ich weiß, mit wem du zum Fest gehst, mit mir und meiner Familie, was hältst du davon?" „Gar nichts halte ich davon, amüsier dich mit deiner Familie, da störe ich doch nur", antwortete Joseph stur. Aber Adam gab so schnell nicht auf. „Du störst uns doch nicht, ganz im Gegenteil, wir würden uns alle sehr freuen wenn du dich uns anschließt". Joseph zweifelte immer noch an der Idee. „Denk doch mal an das gegrillte Schwein, das kühle Bier, den reifen Wein". Der alte Fischer musste darüber schmunzeln, „Das sind alles gute Argumente, die du da aufzählst", und nach kurzem Zögern, willigte er ein. Adam freute sich über die Entscheidung, „Das wird bestimmt ein unvergesslicher Abend, das glaube ich ganz fest", sagte er zum Abschluss zu dem alten Fischer. Während des Gespräches waren sie gut voran gekommen und die Umrisse des Anlegers konnte man im fahlen Mondlicht erkennen. Wie ein eingespieltes Team war das Fischerboot im Nu festgelegt und vertäut. Auf dem Weg zur Fischerhütte sagte Joseph zu Adam, „Vielen Dank für deine Hilfe und dass ich mit deiner Familie zum Fest gehen darf. " Im Stillen hatte der alte Fischer doch gehofft, dass Adam ihn fragen würde. „Joseph" sagte Adam, „ich habe zu danken, für deine

Erzählungen und, dass du mir die Seefahrerei lernst. Komm am Samstag gegen Mittag zur Weberei, dann werden wir unsere Freundschaft feiern", und Adam reichte ihm die Hand. Joseph schlug ein, „das hört sich gut an, bis Samstag". Adam lief nach Hause, die Uhr zeigte schon 01.30 Uhr an, als er die Tür zur Stube öffnete. Im Kerzenschein konnte er Christin im Sessel schlummern sehen, mit einem Buch auf dem Schoss. Sie wartete immer auf Adam, wenn er noch unterwegs war. Aber meistens schlief sie beim Lesen oder bei der Handarbeit ein, so wie diese Nacht. Adam küsste sie auf die Stirn und langsam öffnete sie ihre Augen. „Da bist du ja endlich", seufzte sie. Mit einem gekonnten Griff lag sie auch schon in seinen Armen und ganz behutsam trug er sie ins Bett, wo sie beruhigt wieder einschlief. Diese Momente liebte Adam, er konnte die große Liebe spüren, die sie verband. Aber bevor Adam sich neben Christin legte, wollte er noch nach den beiden Kindern sehen. Leise öffnete er die Zimmertür, das Atmen der beiden konnte er hören, das reichte ihm und ganz behutsam verschloss er wieder die Tür. Jetzt war er mit allem zufrieden und legte sich neben Christin schlafen.

Als Adam am nächsten Morgen wach wurde, lag er alleine im Bett, er erschrak richtig, wie hell es schon im Zimmer war. Sofort sprang er aus den Federn, zog seine

Hose über und lief nach draußen an den Wassertrog. Mit beiden Armen tauchte er tief ein und übergoss seinen muskulösen Oberkörper mit eiskaltem Wasser. „Jetzt bin ich wach", jauchzte er und im selben Atemzug rief er auch schon nach Christin. „Ich bin in der Weberei", hörte er ihre Stimme. Immer noch barfuß, lief er dorthin, und umarmte seine schöne Frau. „Trockne dich erst einmal ab, du bist ganz kalt und nass", wehrte sie sich lachend. „Ach, stell dich nicht so an wegen dem bisschen Wasser", und gab ihr einen Kuss. „Warum bist du heute Morgen so aufgedreht"? fragte sie ihn. „Da fragst du noch Weib, ich freue mich auf das Fest am Samstag! Und weißt du schon das Neueste? Joseph kommt mit, mein Freund, der Joseph". Christin wusste, wie wichtig ihm der alte Fischer war und sie freute sich mit ihm. So schnell wie Adam in die Weberei gelaufen war, so schnell war er auch schon wieder draußen, im Nu flog ein weißes Hemd über seinen Kopf, welches er gerade im Vorbeilaufen von der Wäscheleine mitnehmen konnte. Es war ein schneeweißes Hemd mit langen Ärmeln, diese schlug er sich bis zum Ellenbogen um, es war Adams Lieblingshemd, was ihn besonders gut stand. Strümpfe und Schuhe zog er noch an und schon stand er komplett angezogen in der Stube. „Ein guter Tag fängt mit einem guten Frühstück an", dachte er gerade und genau in diesem Moment kam seine Frau herein. „Hast du heute

Morgen gar keinen Hunger"? fragte sie ihn. „Ich habe einen Riesenhunger, ich dachte nur, ich bekomme nichts mehr, weil ich so lange geschlafen habe", gab Adam ein wenig geniert zu. „Quatsch", winkte Christin ab, ich mache dir noch frische Eier mit Speck und einen starken Kaffee, wer viel arbeitet, muss mit einem kräftigen Frühstück anfangen". Adam saß ganz verträumt auf einem Stuhl am Kamin und beobachtete seine Frau, wie sie sich bewegte, wie sie sprach, er beobachtete ihre ganze Art. Als sie gerade an ihm vorbei huschte, hielt er sie fest. Liebevoll sagte er zu ihr, „Ich weiß dass du immer für mich da bist und dafür liebe ich dich"! Ihre Blicke trafen sich, sie küssten sich innig voller Hingabe.

In der Stube stand ein schwerer, massiver Tisch, Adam saß schon voller freudiger Erwartung an ihm, als seine Frau das Essen brachte. Den Duft von den gebratenen Eiern mit dem Speck sog Adam ein, „Wie das duftet, einfach himmlisch! Du bist die beste Köchin an der ganzen englischen Küste und noch weiter", lobte Adam Christin. Beim Essen erzählte er wieder wie ein Wasserfall, wie er Joseph überredete, mit zum Fest zu gehen und wie schön es wieder auf dem Meer war. Christin hörte geduldig zu, das tat sie immer, wenn er so lebhaft erzählte und erklärte. „Das schönste Kleid ziehst du am Samstag auf dem Fest an, alle sollen sehen, welches Glück ich habe, dich meine Frau zu nennen", sprudelte es aus Adams Mund. Christin lachte glücklich und etwas verlegen über so viele Komplimente, aber so war Adam, immer direkt heraus. Nach dem Essen ging Adam durch das Dorf, er wollte schon mal nachschauen, ob schon irgendetwas aufgebaut wurde, vielleicht konnte er seine Hilfe anbieten. Und tatsächlich, gerade als er am Marktplatz ankam, sah er wie einige Leute das große Festzelt errichteten. Sofort packte er mit an. Zusammen stand das Zelt in kurzer Zeit, die Stimmung untereinander war großartig, es wurde viel gelacht und gescherzt. Als alles erledigt war, machte Adam sich wieder auf den Weg zur Weberei, ein paar kleinere Aufträge hatte er noch bis zum Wochenende zu erledigen. Christin rührte gerade mit einem langen Holzstiel in einem Steinbottich herum. Sie färbte Stoffe, als Adam herein kam. Ohne zu zögern packte er kräftig mit an. Gegen Abend kamen Philipp und Josephine von der Schule nach Hause, ihr Tag war sehr lang, denn sie mussten in ein anderes Dorf zur Schule gehen. Es war eine einfache Schule mit nur einer Klasse, alle Kinder aus der näheren Umgebung, egal welchen Alters, saß dort zusammen. „Wie war euer Tag"? fragte Christin die beiden, als sie zur Tür herein kamen. „Geht so", bekam sie als knappe Antwort. Viel lieber wollten die beiden jetzt spielen gehen, als nervende Fragen zu beantworten. Ihr Ziel war die alte Eiche mit der Schaukel, dort wollten sie bis zum Abendbrot die Zeit verbringen. Bald wurde es dämmrig in der Weberei, Christin war schon ins Haus gegangen, nur Adam war noch bei der Arbeit, er wollte unbedingt seinen gerade gewebten Stoff prüfen. Seit Wochen tüftelte er an einer neuen Webtechnik. Beim Aufspannen des Stoffes merkte er schon, dass er auf einem guten Weg war. Der neue Stoff war weich, aber trotzdem viel fester als die gewöhnlichen Stoffe, die er herstellte, mit seiner Arbeit war er sehr zufrieden. „So, jetzt haben wir uns den Feierabend aber verdient, für heute ist Schluss", sprach er mit sich selbst, und blies die Petroleumlampe aus. Die Weberei hatte auch eine Tür, die in den Garten führte, durch die ging Adam, um nach den Kindern zu sehen.

Philipp war natürlich wieder bei seiner Lieblingsbeschäftigung, er schaukelte so hoch, dass er mit den Füßen an die Blätter der alten Eiche kam. Josephine spielte mit einer Katze im Gras. Glücklich und zufrieden setzte er sich dazu, sofort wurde er von der verspielten Katze begrüßt. Einen Moment saßen sie da, dann rief Christin, „Alle reinkommen, Abendbrot ist fertig. Adam lief los und rief dabei, „Wer als erster mit gewaschenen Händen am Tisch sitzt, hat gewonnen". Am Wassertrog gab es natürlich ein Gedränge, jeder wollte zuerst am Tisch sitzen. Philipp schaffte es als erster und ließ sich am Tisch von den anderen feiern. Beim Abendbrot war es üblich von dem erlebten Tag zu berichten. Adam erzählte nur von dem großen Fest, und, das sein Freund Joseph mitkommen würde. Darüber freuten sich die Kinder genauso wie der Vater, auch sie hatten den alten Fischer liebgewonnen. Sie löcherten ihre Eltern mit vielen Fragen, „Wie lange dürfen wir auf dem Fest bleiben? Gibt es dort eine Wurfbude? Süße Bonbons"? Meistens antwortete Adam, „lasst euch doch überraschen, ihr werdet alles sehen, wenn wir dort sind". Nach dem Essen brachten Adam und Christin die Kinder ins Bett, jetzt kehrte Ruhe in das alte Weberhaus. Zusammen setzten sich noch auf die Bank, die etwas abseits neben dem Haus stand. Es war eine herrliche Sommernacht, mild und windstill. Viel redeten die beiden nicht, sie waren froh, dass sie sich so nahe waren. Am nächsten Morgen stand Adam früh auf, nicht schon wieder wollte er den halben Tag verschlafen. Obwohl es noch nicht einmal 7.00 Uhr war, traf er schon einige Leute auf den Straßen, die irgendeiner Beschäftigung nachgingen. Adams Weg führte aus dem Dorf hinaus zu den steilen Klippen, dort wo die unbändigen Wellen gegen die Felsen donnerten. Das Fernrohr unter dem Arm war sein stetiger Begleiter, er nahm es gerne mit, um die Küste und das Meer zu beobachten. Mitten in den schroffen Felsen fand er einen tollen Ausguck und machte es sich auf einem Büschel Gras bequem. Tief atmete er die frische Seeluft ein, das Meer lag spiegelglatt vor ihm, als könnte man darüber gehen. Mit dem Fernrohr streifte er die Küste entlang, als er ein Ruderboot entdeckte, das auf die Küste zuhielt. In dem Boot saßen neun Männer, acht davon ruderten, einer stand aufrecht im Boot und Steuerte Richtung Küste. Adam schaute nach, wo sie denn hergekommen sein könnten. Tatsächlich fand er durch das Fernrohr, ungefähr eine Meile vom Ufer entfernt, einen stolzen Dreimaster vor Anker liegen. Einen Augenblick beobachtete er das Geschehen, dann schenkte er dem Boot keine weitere Beachtung. Es kam nicht selten vor, dass ein Schiff an der Küste vor Anker lag.

Er konnte nicht wissen, dass dieses Schiff sein ganzes Leben verändern würde.

Gut gelaunt über den schönen Morgen, stand er von seinem Ausguck auf und machte sich auf den Rückweg. „Christin hat bestimmt das Frühstück schon fertig, da möchte ich sie nicht warten lassen", dachte er sich. Jetzt waren die Straßen voller Menschen, Pferdekutschen und Karren, alles war in Bewegung, jeder hatte etwas zu tun, um Stände, Buden und Bühnen aufzubauen. Nur noch einen Tag, dann war der große Festtag für das

Fischerdorf. Am Gartenzaun angekommen, konnte Adam schon Christins Stimme hören, ganz zart, aber hell und klar wie ein Vogel, hörte er ihre Stimme. Adam liebte ihren Gesang und besonders den frischen Kaffeeduft und das frisch gebackene Brot. Leise öffnete er die Tür, Christin bemerkte nicht, dass Adam schon hinter ihr stand und beide Arme um ihre Hüfte schloss. Erst erschrak sie, aber als sie die Stimme von ihrem Liebsten hörte, ließ sie sich in seine Arme fallen. „Guten Morgen, mein Schatz", flüsterte Adam ihr ins Ohr. Was sie sofort erwiderte. Eine ganze Zeit standen sie da und hielten sich fest, bis Adam fragte „Sind die Kinder schon zur Schule"? „Ja, sie sind gerade raus, der Nachbar hat sie mit dem Pferdewagen mitgenommen, er musste noch ins Nachbardorf Sachen besorgen", erklärte Christin. „Da haben die beiden aber Glück gehabt", freute sich Adam. Die Stube roch herrlich nach Brot und Kaffee und zusammen setzten sie sich an den gedeckten Tisch. „Das ganze Dorf ist auf den Beinen, ich werde nach dem Frühstück wieder meine Hilfe anbieten", erzählte Adam. „Du musst unseren Stand auch noch aufbauen, denk bitte daran", erinnerte ihn Christin. „Ja, ja, das schaffe ich schon, der ist ja nicht so groß und eigentlich wollte ich das mit den Kindern erledigen". Dem konnte Christin nicht widersprechen, die beiden halfen beim Aufbau zu gerne mit. Auf dem Fest war es so, dass alle, die etwas anzubieten hatten, auch einen Stand aufbauten, um den Gästen und Einheimischen die Ware anzubieten und vielleicht ein gutes Geschäft abzuschließen. Und gerade Adam brannte es unter den Nägeln, er wollte unbedingt seinen neuen Stoff vorstellen, von dem noch nicht einmal seine Frau etwas wusste. Nach dem Frühstück machte er sich auf den Weg um bei irgendjemandem anzupacken. Gegen späten Nachmittag kam er wieder nach Hause, seine Kinder waren aus der Schule auch schon zurück. Sie hatten zum zweiten Mal Glück gehabt, der Nachbar fuhr genau um die Zeit wieder zurück, als die Schule aus war und so ging es auf der Pferdekarre viel schneller nach Hause, als zu Fuß. Als sie ihren Vater sahen liefen sie ihm entgegen, „Vater, wann bauen wir unseren Stand auf?", fragten sie einstimmig. „Na jetzt natürlich, ich habe doch nur auf euch fleißige Helfer gewartet!" Mit einem flinken Griff schnappte er sich die beiden und klemmte sie sich unter die Arme, als gäbe es nichts Einfacheres. Laut lachten die Kinder über den ganzen Hof und zappelten wie zwei Fische auf dem Trockenen. Die Holzbalken für das Grundgerüst lagen auf Trägern an der Hauswand, durch den Dachüberstand waren sie gut geschützt gegen die Witterung. Philipp und Josephine nahmen sich einen Balken und trugen ihn zusammen nach vorne, Adam nahm gleich zwei. Ein paarmal mussten sie hin und her laufen, bis alles an der Straße lag, dann fingen sie an aufzubauen. Es dauerte nicht lange und der Stand war gerichtet. Nur noch das große weiße Tuch über das Dach gelegt und mit ein paar Nägeln fixiert, im Nu war der Stand fertig. Als letztes sollte noch das Werkstattschild aufgehängt werden, das durfte Josephine erledigen. Auf den Schultern vom Vater hängte sie es in die vorgesehenen Ösen. Zusammen stellten sie sich auf die andere Seite des Weges und begutachteten ihre Arbeit. Die beiden Kleinen waren sehr stolz, dass sie mithelfen durften und auf das, was sie geschaffen hatten. Adam war auch zufrieden und auf dem Weg zum Haus sagte er zu den Kindern, „Morgen stelle ich noch einen Tisch hinein, auf dem können wir dann unsere Waren auslegen, für heute reicht das erst einmal, wenn ihr wollt könnt ihr noch spielen gehen ". Mit einem lauten „Juchuu", rannten beide hinter das Haus, Adam ging zu Christin in die Stube, er wollte sie mitnehmen in die Weberei, um ihr als erste den neuen Stoff zu zeigen. In der Weberei sagte Adam, „Schließ deine Augen, ich möchte wissen, ob du einen Unterschied bemerkst". Christin schloss die Augen, Adam hielt ihr einen gewöhnlichen und den neuen Stoff hin. Sofort bemerkte sie den Unterschied und öffnete die Augen. „Adam, das hast du großartig gemacht, den werden die Leute uns aus den Händen reißen, davon bin ich überzeugt". Adam strahlte über das ganze Gesicht, denn mit so viel Lob

21

hatte er nicht gerechnet, jetzt konnte das Dorffest beginnen.

Mit dem ersten Hahnenschrei standen die beiden am nächsten Morgen auf, die Kinder sollten noch schlafen, um Kraft zu tanken, weil so ein Festtag sehr anstrengend ist. Das klappte natürlich nicht, die beiden Racker sprangen eine halbe Stunde später auch durch die Stube. Gegen 9.00 Uhr wurden die Straßen voller, alles lief so wie Adam es sich vorgestellt hatte, die Kunden waren sehr interessiert an dem neuen Stoff. Einige bestellten sofort, in den verschiedensten Farben und Größen. Gegen Mittag ließ der Andrang nach, die Leute fanden sich jetzt auf dem großen Marktplatz ein. Hier war von nachmittags bis spät in die Nacht das pralle Leben, es wurde gegessen, getrunken, gesungen und getanzt. Adam wurde ganz unruhig, er wollte jetzt auch dorthin, um mit seiner Familie zu feiern und fragte sich, wo Joseph denn bleiben würde? er kam: Und wie er kam, richtig heraus geputzt, fein gestriegelt vom Scheitel bis zur Sohle. So hatten sie ihn noch nie gesehen. Sie kannten ihn nur in der alten, dreckigen Fischerkleidung. Adam konnte sich das Lachen schwer verkneifen und Christin ging es nicht anders. „Wir räumen schnell alles ab, dann können wir los", sprach Adam, um sich selber abzulenken. Dabei packte Joseph sofort mit an, schnell war der Stand leergeräumt und alles wieder an seinem Platz. Christin hatte sich in der Zwischenzeit umgezogen und das schönste Kleid was sie besaß angezogen. Es zierte ihren makellosen Körper, sie sah umwerfend aus. Ihre langen Haare trug sie offen über der Schulter, ihre dunklen Augen glänzten vor Liebe und Sehnsucht. Genau vor Adam stellte sie sich hin und drehte sich vor ihm wie ein frischer Wind. Adam platzte fast vor Stolz. Auch Joseph und die Kinder klatschten vor Freude in die Hände. „Und, mein lieber Mann, nimmst du mich so mit?" fragte sie ihn. Er drückte sie fest an sich und flüsterte ihr ins Ohr, „ich bin froh dass es dich gibt, ich liebe dich, Christin"! Bei diesen Worten bebte ihr Herz vor Freude. Sichtlich gerührt legte sie den Kopf an seine Schulter.

Auf dem Weg zum Fest roch es köstlich nach allen möglichen Dingen und überall konnte man ausgelassene Menschen feiern sehen. Auf dem Marktplatz angekommen, konnte Joseph einen schönen Tisch ausfindig machen, an dem alle Platz fanden. Er bestellte eine große Fleischplatte mit Weißkraut und frisch gebackenem Brot, dazu kam noch ein Krug Wein und für die Kinder Himbeersirup. Genüsslich langten alle zu, „eine wahre Gaumenfreude", war Josephs eindeutige Meinung. Plötzlich wie aus heiterem Himmel, wurde es wenige Meter neben ihnen laut. Ein betrunkener Mann stänkerte mit dem Wirt, weil er keinen Wein mehr bekam. Joseph sagte leise, so dass es der Störenfried nicht mitbekam, „der ist doch voll bis obenhin, gut das er nichts mehr bekommt". Ein genau so Betrunkener zog den Störenfried an die Seite und wies diesen scharf zurecht. Von ihm ließ er sich etwas sagen, das konnte man erkennen. Zusammen stolperten sie Richtung Strand ohne noch ein Wort zu verlieren. So schnell der Streit kam, so schnell war der Spuk auch wieder vorbei. Adam fragte Joseph, „kanntest du die beiden?" „nein", antwortete er, „die habe ich noch nie im Dorf gesehen, sehr vertrauenswürdig sahen sie aber nicht aus". Christin mischte sich ein „Adam, tanzt du mit mir"? „natürlich Christin, sehr gerne", freute er sich und zusammen gingen sie auf die Tanzfläche. Damit waren die beiden Fremden kein Thema mehr, kein Wort wurde an diesem Abend mehr über sie gesprochen. Es wurde nur noch getanzt und fröhlich gefeiert.

Hätten Adam, Joseph und die Dorfbewohner gewusst, zu wem diese beiden Trunkenbolde gehörten und was sie im Schilde führten, dann hätten sie die beiden am nächsten Baum aufgeknüpft. Und das wäre wahrhaftig noch eine milde Strafe gewesen.

Unvergessliche Stunden verbrachte die kleine Gesellschaft an diesem schönen Abend, auch Joseph wurde noch von Christin zum Tanzen aufgefordert, gerne kam er dem nach. Die Kinder waren begeistert von den vielen Spielbuden und Süßigkeiten. Und Adam, der war an diesem Abend in Hochform, jeden Stand musste er sich ansehen, jedes Spiel wollte er mitspielen und oft brachte er alle zum Lachen, die in seiner Nähe standen. Besonders Josephine und Philipp hatten ihren Spaß an ihrem lustigen Vater. Es war schon weit nach Mitternacht als sie sich wieder auf den Heimweg machten.

## 2. Kapitel

## Der Angriff

Am nächsten Morgen lief Adam zu Joseph, er wollte wissen wie es ihm gefallen hatte und wann sie wieder zum Fischen fahren würden. Joseph freute sich sehr über den Besuch, auch darüber, dass Adam Lust hatte, mit ihm zum Fischen zu fahren. Sie verabredeten sich für 19.00 Uhr am Boot. Bis dahin wollte Adam noch die Reste vom Stand abbauen und alles sicher verstauen, bis er ihn zum nächsten Mal gebrauchen würde. Er musste auch in der Weberei vorankommen, es war jetzt viel zu tun, einige

Meter des neuen Stoffes waren in Vorbestellung. Fleißig wie die die Bienen, arbeitete er mit Christin, ohne eine Pause, es war schon 18.00 Uhr ehe Adam rief „Feierabend, genug für heute". Hätte er gewusst, dass das sein letzter Tag mit Christin in der Weberei sein sollte, hätte er niemals aufgehört zu arbeiten! Beim Abendbrot wurde wie jeden Abend, viel erzählt und gealbert, anschließend brachte Adam die Kinder ins Bett. Nach dem Abendgebet drückte er die beiden fest an sich und sagte ihnen wie lieb er sie habe, küsste sie auf die Stirn und wünschte schöne Träume, dann verließ er das Zimmer. Die Uhr zeigte schon 18.50 Uhr, er drückte Christin fest an sich und sagte, „Warte nicht auf mich, geh schlafen wenn du müde bist". Christin lächelte ihn an, legte den Kopf an seine Schulter und sagte „du weißt doch, dass ich das nicht kann, ich werde auf dich warten". Sie küssten sich liebevoll, danach verließ Adam das Haus Richtung Strand.

✦

Christin erledigt noch ein paar Kleinigkeiten, anschließend wollte sie es sich vor dem Kamin gemütlich machen und dabei ihre angefangene Tischdecke weiter besticken. Sie war schon gut voran gekommen, als sie draußen laute Schreie hörte. Aufgeschreckt lief sie zur

Tür und öffnete sie. Gerade noch konnte sie sehen, wie die Nachbarin laut schreiend in ihr Haus lief und die Tür hinter sich verschloss. Wie angewurzelt stand Christin da, sie verstand nicht, was hier vor sich ging. Wenige Augenblicke später konnte sie einen anderen Nachbarn erkennen, der die Straße hinauf kam. Er schrie laut und lief so schnell er nur konnte. „Bringt euch alle in Sicherheit, wir werden überfallen, lauft um euer Leben!" waren seine warnenden Worte. Gerade in seinem Haus verschwunden, kamen mehrere schwer bewaffnete Fremde die Straße rauf und brachen die soeben verschlossene Tür mit kräftigen Tritten wieder auf. Christin konnte hören, wie die Eindringlinge immer wieder mit lautem Fluchen auf die Leute einschlugen. Erst jetzt erwachte sie aus ihrem Schock, sie ging zurück ins Haus und verschloss so leise es ging die Tür. Panisch lief sie zu den Kindern, die schon wach im Bett saßen und nach der Mama jammerten. Christin versuchte die Kinder zu trösten, bis sie auch an ihrer Tür kräftige Schläge hörte. Die Kinder schrien und hielten sich an der Mama fest. Christin wurde panisch, sie hielt den Kindern die Münder zu und flehte sie an, „Seid leise, bitte seid leise, ihr dürft nicht schreien". Wie versteinert saßen sie da, von draußen drangen entsetzliche Schreie hinein, die Dorfbewohner wurden gejagt wie Tiere. Christin überlegte krampfhaft nach einem Versteck. Ihr fiel der

Dachboden ein, aber nur Josephine und Philipp sollten hinauf. Denn wer sollte sonst die Tür verriegelt haben, wenn keiner im Haus war? Das würde die Halunken nur stutzig machen, wenn die Tür nachgibt. Auch wenn sie entdeckt wurde, so glaubte sie, dass die Kinder wenigstens in Sicherheit waren. Nachdem sie die Kinder nach oben gebracht hatte, versteckte sie die Leiter und hockte sich in eine kleine Nische neben den Kamin. Sie betete um ein Weiterziehen der Fremden. Aber das Schlagen an der Tür wurde immer heftiger, bis das ganze Haus erzitterte. Plötzlich, ein lautes Krachen, das Schloss gab nach und sprang auf. Die Fremden stürmten wie Wilde hinein. Sie warfen alles um, was ihnen in die Quere kam. Nach wenigen Sekunden war die halbe Einrichtung zerschlagen. Schnell fanden sie Christin in ihrem Versteck; zusammengekauert hockte sie auf dem Boden, ihr ganzer Körper zitterte vor Angst. Die drei Halunken schauten sich einander an, jeder wusste was der andere dachte und sie verschlossen hinter sich die offen stehende Tür. Christin verstand augenblicklich, sie konnte erahnen was diese drei finsteren Gesellen mit ihr vorhatten. Noch gab sie sich nicht geschlagen, mit einem beherzten Sprung aus dem Fenster versuchte sie zu fliehen. Die Scheibe und der Holzrahmen zerbrachen in unzählige Stücke. Aber es brachte ihr nichts, einer der Drei, ein besonders fieser, erahnte ihren Plan, er packte

28

sie am Bein und zog sie zurück. „Na, mein Täubchen, wolltest du uns schon verlassen, jetzt wo der Spaß erst anfängt" dabei leckte er Christins Hals ab. Der Kerl stank fürchterlich aus seinem dreckigen Maul. Mit ganzer Kraft versuchte sie sich zu wehren, aber gegen diesen kräftigen Mann hatte sie keine Chance. Er warf sie aufs Bett, riss ihre Kleider vom Leib, bis sie ganz nackt vor ihm lag. Mit ihren Händen versuchte sie, sich vor den Blicken zu schützen, aber das ließ der Peiniger nicht zu. Immer wieder schlug er sie weg, „Zeig was du hast, du Schlampe, jetzt wirst du einen richtigen Mann in dir spüren" schrie er sie an, dabei lachte er vor lauter gieriger Vorfreude. Die anderen beiden feuerten ihn eifrig an und jubelten über die Späße, die er mit ihr trieb. „Ich bin der erste", brüllte er, „ich habe das Täubchen gefangen, sie gehört mir", dabei glich er einem Löwen, über seiner gerade gerissenen Beute. Er schaute die anderen wütend, zu allem entschlossen an. Die beiden Halunken verstanden das sofort und setzten sich eingeschüchtert an den großen Esstisch in der Stube. Von dort beobachteten sie das schreckliche, perverse Treiben. Mit aller Kraft wehrte sich Christin, heftige Schläge musste sie immer wieder dafür einstecken. Bis sie in eine andere Welt versank, ihr Wille gebrochen war. Halb tot flogen ihre Gedanken zu den Kindern und an den geliebten Mann. Plötzlich stieß ein entsetzlicher Schrei aus ihrer Kehle, er war in sie eingedrungen, alles Wehren hatte nichts genützt gegen so brutale Gewalt. Ihr Schrei wurde begleitet vom Johlen und Lachen der anderen beiden. Damit stachelten sie den Schurken noch mehr an. Christin durchlebte die Hölle! Das Martyrium nahm kein Ende, wenn einer fertig war kam schon der nächste, einer nach dem anderen schändete sie auf brutalste Weise, immer und immer wieder. Von Christin lag nur noch die Hülle auf dem Bett, Ohnmacht überkam sie, nur noch von den Schlägen wachgetrieben lag sie da. Aus Mund und Nase strömte Blut, der ganze Kopf war angeschwollen von den Faustschlägen, die sie immer wieder einstecken musste. Als keiner mehr von den Dreien Lust auf sie verspürte, zogen sie sie an den Haaren, wie ein Stück Vieh, nach draußen und warfen sie in den Dreck.

Das Dorf brannte lichterloh, von überall durchdrangen schrille, entsetzliche Schreie die Nacht. Es spielten sich die schlimmsten Tragödien ab. Viele fanden in dieser Nacht den Tod.

Der Anführer, der Christin als erster vergewaltigt hatte, schrie wie ein Irrer herum. „Durchsucht das Haus, nehmt alles mit, was wir zu Geld machen können. Dann, dann brennt den Stall nieder". Die Schurken durchsuchten alles. Wenn sie etwas fanden, brachten sie es nach vorne, dort prüfte der Anführer die Sachen noch einmal, ob sie tatsächlich wertvoll waren. Vieles warf er einfach in den Dreck, dabei schimpfte er mit wilden Flüchen und trat nach den Seinigen. Im Haus fand einer die Leiter, die Christin versteckt hatte, sofort legte er sie an, um auf den Dachboden zu klettern. Josephine und Philipp lagen unter einem alten Laken in der äußersten Ecke, sie trauten sich kaum zu Atmen, als sie die schweren Schritte auf sich zukommen hörten. Plötzlich war es still, die Schritte verstummten. Dann flog heftig das Laken von ihren Köpfen, sie waren entdeckt! „Schaut mal was ich gefunden habe, von der Schlampe die Kinder". Mit dem linken und rechten Arm stemmte er die beiden hoch. „Kinder, Kinder sind nichts wert", meinte der Anführer gelangweilt, „aber bring sie trotzdem runter". Als alles durchsucht war steckten sie das Haus an. Der Anführer schaute die beiden Mitstreiter an, „ihr wisst was zu tun ist, der Kapitän will keine Augenzeugen, also tötet sie". Josephine und Philipp weinten die ganze Zeit, aber als sie das hörten, schrien sie aus Leibeskräften um Hilfe, sie bettelten um ihr junges Leben. Dabei hielten sie sich gegenseitig fest, um in dieser aussichtslosen Situation füreinander da zu sein. Ohne irgendwelche Skrupel ging der der am nächsten stand, auf die Kinder zu. Keine Miene verzog er, als er das Schwert hob und mit kräftigen Schlägen auf die Kinder einschlug, solange, bis das Flehen verstummte. Dann ging er zu Christin, sie lag auf dem Boden neben der kleinen Bank, auf der sie so gerne mit Adam gesessen hat, sie war immer noch ohne Bewusstsein. „Zu schade, du hast mir gut gefallen, bist ein echtes Prachtweib, im Bett warst du richtig gut", spottete er. Mit lautem Lachen erschlug er auch sie, mit dem Schwert, das vom Blut der Kinder glänzte.

✚

Ein stetiger Wind blies in das kleine Segel, sie kamen gut voran. Während der Fahrt zu den Fangplätzen schwelgten sie natürlich noch in Erinnerung von dem schönen Fest. Joseph war sehr glücklich dabei gewesen zu sein, das konnte man aus seinen Erzählungen hören. Die Netze legten sie an den üblichen Plätzen aus. Die Uhr zeigte 12.30 Uhr ehe sie sich auf den Rückweg machten. Auch die Rückfahrt verlief ohne Zwischenfälle. Adam saß vorne in der Spitze des Bootes, Joseph hinten am Steuer. Sie umsegelten gerade die kleine Felsspitze, am Einlauf der Bucht. Mit direktem Kurs in sie hinein. Da sprang Adam plötzlich auf. „Joseph- Joseph- Joseph- das Dorf brennt"! schrie er aus Leibeskräften, Joseph schaute am Segel vorbei, das ihm die Sicht verdeckte, dann sah er es auch; die ganze Bucht stand lichterloh in Flammen. Adam war außer sich, am liebsten wäre er vom Boot gesprungen und zum Ufer geschwommen. Aber das hätte nichts gebracht, mit dem Boot waren sie schneller, das sah er ein. So laut er konnte, schrie er die Namen der Kinder und den seiner Frau. Aber sie waren noch viel zu weit entfernt, als das ihn jemand hören konnte. Durch den günstigen Wind kamen sie schnell näher, sie hörten wie die Bewohner vor Todesangst schrien. Adam und Joseph fühlten sich so hilflos, die Herzen zerrissen in ihrer Brust. Dann bekam Adam Gewissheit, er konnte genau sehen wie eine Gestalt hinter einem Flüchtenden herlief und ihn mit einem Schwert erschlug. „Joseph, unser Dorf wird überfallen, die töten alle, ich habe es genau gesehen", schrie Adam. „Warum können wir nicht schneller fahren, fahr schneller du verfluchtes Boot! Ihr Schweine, ihr verfluchten Schweine, hört auf damit", flehte Adam, völlig außer sich, bis seine Stimme versagte. Die Hilferufe und Todesschreie aus dem Dorf wurden immer leiser, was Adam ganz rasend machte, er befürchtete das allerschlimmste. Jetzt hielt er es auf dem Boot nicht mehr aus, die Strömung war hier nicht ganz so stark. Jetzt oder nie! Mit einem kräftigen Sprung tauchte er ins Wasser und schwamm so schnell er konnte Richtung Ufer. Josephs Rufe halten ihm nach, „Adam sei vorsichtig, pass auf dich auf". Aber ihm war alles egal, er schwamm für alles, was er liebte, seine Familie war in höchster Gefahr, das fühlte er ganz tief in seinem Herzen und das trieb ihn voran. Als er aus den Fluten stolperte, lief er so schnell er konnte das Ufer rauf, oben angekommen bemerkte er eine erschreckende Stille, nur die Urgewalt der Flammen war zu hören sonst nichts. Die Straßen waren übersät mit Menschen, überall lagen Tote, viele waren von hinten erschlagen worden, als sie um ihr Leben liefen.

Adam rannte weiter, bis zur Straße, die zur Weberei führte, die Tränen schossen in seine Augen. Alles brannte, die Weberei, das Haus, alles. Er lief weiter bis an den kleinen weißen Zaun vor seinem Haus. Da fuhr ein entsetzlicher Schrei aus seiner Kehle, im Garten vor dem Haus lagen Josephine und Philipp. Außer sich, stürzte er zu ihnen, „Josephine, Philipp sagt doch was", er schüttelte sie, küsste sie, aber alles half nicht, kein Wort, kein Stöhnen kam über ihre Lippen. Sie waren tot, feige ermordet. Adam sprang auf und lief in das brennende Haus, Flammen schlugen ihm ins Gesicht. Verzweifelt suchte er nach Christin. Die Hitze und der Qualm gaben ihm keine Chance, er musste das Haus verlassen sonst wäre er darin umgekommen. Er stürzte ins Freie, der Qualm brannte in seiner Lunge. Adam stolperte durch den Vorgarten, er irrte umher. Plötzlich stand er vor Christin. Völlig nackt und grässlich entstellt, lag sie da. Die Oberschenkel waren von Blutergüssen übersät, die Brüste und der Bauch waren von Schweiß,

Blut und Dreck verschmiert. Tiefe Schnittwunden klafften an Kopf und Armen, eine Hand war fast abgeschlagen, sie hing nur noch an Hautfetzen. Adam schaute völlig leer auf sie herab, seine Arme hingen wie leblos an ihm runter. Das war zu viel für ihn, er sackte in sich zusammen! Geschändet, erschlagen und einfach liegengelassen. Adam taumelte, alles drehte sich, er fiel auf den Boden. Auf allen Vieren schleppte er sich zu seiner Frau, streckte sich nach hinten und schrie in den dunklen, vom Qualm erstickten Himmel „Nein, Neeiinnn,….. das darf nicht sein, warum war ich nicht bei euch, als ihr mich gebraucht habt". Langsam zog er sein Hemd aus, mit zitternden Händen deckte er Christin damit zu, dann brach er weinend zusammen. Lange, sehr lange, lag er bei seiner Liebsten. Kein Wille mehr in sich, keine Kraft mehr aufzustehen, er war wie das Dorf- ausgebrannt! Es war alles verloren, was seinem Leben einen Sinn gegeben hatte! Irgendwann hörte er ganz leise eine Stimme, die seinen Namen rief, „Adam…. Adam….Adam", langsam öffnete er seine Augen und schaute in die Richtung aus der die Stimme kam. Ganz verschwommen sah er jemanden vor sich stehen, apathisch gab er ein müdes, „Ja" von sich, mehr vermochte er nicht zu sagen. „Adam, ich bin es, Joseph, bitte steh auf", hörte er die Stimme sagen. „Ich kann nicht Joseph, siehst du nicht, alle sind tot, ich will und kann nicht mehr aufstehen, lass mich einfach hier liegen… ich will auch sterben". Joseph vermochte seinem Freund nicht zu helfen, soviel Kraft brachte er nicht auf. Er setzte sich neben Adam auf die Erde und weinte mit ihm.

Es war schon nach Mittag, als in Adam wieder Leben zurückkehrte. Er lag mit dem Gesicht in der ausgebrannten Erde, nur langsam öffnete er die Augen und sah Joseph, der immer noch neben ihm saß. Mit einer Hand tastete er nach ihm, Joseph hielt sie fest und drückte sie an sich. „Adam" sagte er „Du musst jetzt ganz stark sein". Einen Moment schauten sie sich an, bis Joseph begann, Adam hochzuziehen. Zusammen stützten sie sich gegenseitig, bis sie auf ihren Füßen standen. Sie drehten sich um, und konnten einen Teil des Dorfes überblicken. Überall zogen Rauchschwaden in den Himmel, das ganze Dorf war zerstört, in Schutt und Asche zerlegt. In den Trümmern konnten sie stolpernde, mehr tot als lebende Menschen sehen, die nach Überlebenden suchten. Immer wieder wurden die Namen der Vermissten gerufen. Es war gespenstisch! Adam fing leise an zu sprechen, „Ich werde mir nie verzeihen dass ich sie nicht beschützt habe! Lass mich meine Familie alleine begraben". Joseph nickte kurz und verließ ihn. Langsam kniete sich Adam zu seiner Frau und hob sie vorsichtig hoch. Er trug sie hinter das Haus und legte sie unter die alte Eiche ins Gras. Josephine und Philipp trug er zusammen, wie er es oft getan hatte, wenn sie zu müde waren und den Weg ins Bett nicht mehr geschafft hatten. Erneut brach er zusammen, Tränen flossen über sein Gesicht. Er schaffte es kaum wieder auf die Beine zu kommen. Auch die beiden Kleinen legte er ins Gras, neben Christin. Nach einiger Zeit sammelte er sich wieder und fing in der Nähe der Schaukel an zu graben.

--- Die Schaukel, die immer so fröhlich auf und ab ging und von Kinderlachen begleitet wurde---.

Ohne eine Pause zu machen, beendete er seine Arbeit. Ein weißes Tuch, das das Feuer überlebt hatte, breitete er in dem Grab aus, sie sollten nicht in der kalten Erde frieren. Die beiden Kinder legte er so zu Christin, als wenn sie sich an sie schmiegten. „So bleibt ihr für immer zusammen", Dann küsste er alle drei ein letztes Mal auf die Stirn. Lange schaute er noch auf sie herab, dann schaufelte er das Grab wieder zu.

Die nächsten Tage waren schrecklich für Adam, er suchte nach Erinnerungen, die nicht dem Feuer zum Opfer gefallen waren. Jedes Brett drehte er um, um irgendetwas zu finden. Tatsächlich fand er im  Schutt eine Kette von Christin, die sie sehr gerne getragen hatte und von

Josephine und Philipp ein Geschenk, welches sie ihm mal zu seinem Geburtstag gemacht hatten: Einen kleinen Fisch aus Holz. Fest drückte er beides an sein Herz.

Joseph kam jeden Tag mehrmals zu ihm, er bemerkte, dass Adam sich in einen anderen Menschen verwandelte, jeden Tag ein Stückchen mehr, seine Seele war zerstört. Gut das Joseph in dieser Zeit für ihn da war, sonst wäre Adam elendig zu Grunde gegangen. Stundenlang saßen sie oft da und sprachen kein Wort. Joseph versuchte ganz behutsam und mit viel Liebe, Adam in die Gegenwart zurück zu holen, was ihm auch ganz langsam gelang. Als sie mal wieder zusammen am Grab unter der alten Eiche saßen, erzählte Joseph von seiner Frau, auch er musste nach ihrem Tod einen neuen Sinn im Leben suchen. Adam hörte ihm still zu. „Wir hatten nie Kinder, obwohl wir uns so sehr welche wünschten, aber irgendwann hatten wir uns damit abgefunden, keine zu bekommen. Wir liebten uns aufrichtig, besonders gut kann ich mich an die langen Abende im Winter erinnern, dann führten wir stundenlange Gespräche. Es kam auch vor, dass wir gar nicht sprachen, wenn wir beide in unsere Arbeit vertieft waren. Meine Frau strickte die besten und wärmsten Socken und ich versuchte mich im Schnitzen von Tieren, an solchen Abenden war es dann still im Fischerhaus". So plauderte Joseph die ganze Zeit so vor sich hin, auch lustige Dinge erzählte er, und manchmal zuckten ganz kurz Adams Mundwinkel nach oben, als ob er Lachen wollte, aber das konnte er nicht. So vergingen Wochen, Adam kam nur sehr schwer über den Verlust seiner Liebsten hinweg.

Eines Abends wollten sie sich an der Fischerhütte treffen, um rauszufahren zum Fischen. Joseph wartet schon eine geraume Zeit auf Adam, bis ihn plötzlich ein unruhiges Gefühl überkam, weil er sich noch nie verspätet hatte. So schnell er konnte lief er zu Adams Haus, was notdürftig wieder zusammen gezimmert war und rief nach ihm, er schaute auch an der Eiche am Grab nach. Er war nirgends zu finden. Josephs Unruhe wurde stärker und er rief immer lauter nach Adam. Näher und näher kam die Steilküste. „Adam,......Adam", rief Joseph immer wieder in regelmäßigen Abständen, unendliche Minuten vergingen. Bis er ihn auf einer hohen Klippe stehen sah. Joseph erkannte sofort die Situation und er schrie ihn an. „Nein Adam, das bringt niemanden zurück, das hilft keinem". Adams Gesicht war wie versteinert, es zeigte keine Reaktion. Er ging sogar noch einen Schritt näher an den Abgrund. Joseph flehte ihn an, „spring nicht, bitte komm zurück".... bis er total erschöpft sagte, „Ich weiß wer es war". Adams Kopf fuhr herum, mit einem durchdringenden Blick fragte er, „Wer war es?- Wer trägt die Verantwortung?- Wer hat mir das angetan?". Nach Luft schnappend rutschte Joseph an der Felswand entlang auf den Boden, das Laufen war zu viel für ihn gewesen. Adam kletterte hinab und stützte seinen Freund, „Joseph, wer war es, wer hat mir das angetan"? Der alte Fischer fing langsam an zu erzählen. „Du hast mich weggeschickt, weil du deine Familie alleine beerdigen wolltest, was ich auch verstanden habe. Ich bin in der Zeit durch die zerstörten Häuser gegangen, um nach Überlebenden zu suchen. In der Nähe des Marktplatzes lagen die meisten Toten, da muss auch ein Kampf stattgefunden haben. Denn zwischen den Toten lagen auch Fremde, die mussten zu den Mördern gehört haben. Zwei erkannte ich sofort, es waren die beiden Betrunkenen vom Dorffest. Aber das wichtigste kommt jetzt Adam, sie hatten alle das selbe Brandzeichen am rechten Arm „*GH*". Ich habe mich dann rumgehört, fragte alle möglichen Leute die ich traf, nach diesem Brandzeichen. Bis ich einen fand, der das Rätsel zu lösen wusste. GH steht für Greyhound, das ist einer der brutalsten Piratenkapitäne, die auf Gottes Erden existieren. Alle seine Verbündeten schwören mit dem Brandzeichen ewige Treue bis in den Tod". Adam schüttelte Joseph „Warum sagst du mir das erst jetzt, warum hast du mir das so lange verschwiegen"? fragte er, voller Zorn. „Weil ich genau wusste, dass du blind in dein Verderben gerannt wärst, ich wollte es dir heute auf dem Boot sagen, das musst du mir glauben". Adam drückte Joseph an sich, nach Wochen das erste Gefühlszeichen, das er zuließ. Zusammen gingen sie zurück zur Fischerhütte. Joseph legte einen Arm über Adams Schulter und drehte ihn zu sich, dabei sagte er ihm, mit ernstem Blick. „Wenn ich du wäre, wüsste ich was zu tun ist! Ich würde versuchen, den Scheißkerl zu erledigen, er trägt für alles die Verantwortung. Aber vorsichtig, nicht wie ein Narr, sondern mit Verstand!" In Adam kehrte wieder Leben ein, er bebte förmlich vor Tatendrang. Sie reichten sich die Hand, was einem Schwur gleich kam. Einen Augenblick schauten sie sich an „Danke Joseph, jetzt hat mein Leben wieder einen Sinn, Rache! Joseph nickte zustimmend. Gleich am nächsten Morgen packte Adam alle nötigen Sachen in einen Sack, die er zum Leben brauchte. Joseph half ihm so gut es ging. „Wo soll ich hin Joseph,…… wie fange ich an"? Der erfahrene Freund wusste auch hier einen Rat. „Als erstes würde ich probieren in einen großen Hafen zu kommen, dann würde ich versuchen auf einem Kriegsschiff anzuheuern, um Kontakt zu den Seeleuten aufzubauen. Und das Wichtigste ist dort, hör gut zu. Auf so einem Schiff erfährt man eine Menge Dinge, vor allem von anderen Matrosen, verstehst du Adam?", Joseph zeigte mit dem Zeigefinger auf sein rechtes Auge und sein rechtes Ohr und flüsterte „Informationen". „Die brauchst du jetzt, mehr als alles andere. Augen und Ohren musst du offen halten, um in die Nähe von Greyhound zu kommen". Adam hörte aufmerksam zu, er wusste was der alte Mann von ihm wollte. Er sollte seinen Kopf einschalten und nicht nur mit dem Herzen denken und handeln.

## 3. Kapitel

### Aufbruch in ein Neues Leben

Der nächste Größe Hafen lag in Portsmouth Point, auch diese Stadt florierte durch den wachsenden Handel auf See. Hier wäre genau der richtige Ort, um auf einem Kriegsschiff anzuheuern. Mit etwas Glück konnte es Adam dort schaffen. Freundschaftlich verabschiedete er sich von Joseph, der ihm alles Gute wünschte, dann machte er sich auf den Weg. Da Adam selber keine Fahrgelegenheit besaß, musste er versuchen auf den Weg zu kommen, der die umliegenden Dörfer miteinander verband. Auf diesem Weg fuhren alle Händler ihre Ware, um sie auf den Märkten anzubieten. Mit strammem

Schritt ging Adam voran, voller Tatendrang und neuem Lebensmut. Zwei Stunden später befand er sich schon auf dem Fuhren Weg, Richtung Portsmouth Point. Es dauerte auch nicht lange, bis der erste Pferdewagen sich Adam näherte, freundlich sprach er den Kutscher an, „Nimmst du mich mit? Ich will nach Portsmouth Point"! „Mensch, hast du ein Glück, spring auf, genau dahin fahre ich", antwortete ihm der gut gelaunte Mann. Adam bedankte sich und sprang hinten auf. Der Kutscher wollte wissen aus welchem Ort Adam käme; die Antwort fiel kurz und knapp aus. Jedoch reichte ihm das nicht, er bohrte weiter in Adams geschundener Seele „Bearn sagst du, das wurde doch niedergebrannt, bei dem Überfall". „Ja, das stimmt, ich möchte aber nicht darüber sprechen", gab Adam ihm zu verstehen. Der Kutscher drehte sich um, nach einiger Zeit sagte er „Ist schon gut, ich lass dich in Ruhe, es muss schrecklich für euch gewesen sein". Adam lehnte sich an die Seitenwand der Karre und schwieg die ganze Fahrt. Es ging zwar langsam vorwärts, aber immer noch besser als den unbefestigten, meist schlammigen Weg zu laufen. Spätnachmittags kamen sie in Portsmouth Point an, der Kutscher hielt den Wagen und rief laut „Endstation, Portsmouth Point". Adam sprang ab und verabschiedete sich. Vom weiten konnte er den Markt sehen, dort trieb ihn jetzt der Hunger hin. Der Marktplatz war voll von Menschen, Ständen und fliegenden

Händlern, die ihre Ware in einem Kasten vor dem Bauch anboten. Über den ganzen Platz schallte das Anpreisen der Ware, es ging hin und her. Adam gefiel dieses heillose Durcheinander. Er kaufte Brot, Wurst, Käse und Wein, diesen in einer hier typischen runden Flasche. Damit machte er sich auf den Weg zum Hafen, dort wollte er sich niederlassen und stärken. Der Weg führte durch Gassen, die mit Steinen gepflastert waren. Ein wenig irrte er umher, bis er den Weg gefunden hatte, der direkt zum Hafen führte. Dort angekommen wurde er überwältigt von dem was er dort alles sah. Unzählige Schiffe lagen vor Anker. Sie wurden be- und entladen, repariert und ausgebessert. Hunderte von Matrosen, ach was, Tausende arbeiteten hier. Adam war überwältigt, sein Blick streifte umher, an der Promenade sah er unzählige Schänken, in denen Matrosen saßen, die laut sangen und feierten. Sie sangen Lieder von der See, über Frauen, über die Kameradschaft, spielten Karten oder weiß Gott was sonst noch. Aber vor allem tranken sie und vergnügten sich mit den einfachen, zügellosen Dirnen, die hier zahlreich vertreten waren. Die Frauen wussten, dass den Matrosen die Heuer locker in der Tasche lag und genau die wollten sie haben. Adam fand eine Kiste, die etwas abseits von dem Treiben am Hafenbecken stand. Auf der breitete er seine Mahlzeit aus und machte es sich bequem. Er wusste gar nicht, wo er zuerst hinschauen sollte, so viele neue Sachen gab es hier zu entdecken. Da tippte ihm jemand auf die Schulter. Adam fuhr erschrocken herum und sah eine Frau, die ihn gleich an ihre üppigen Brüste drückte. Sie wollte mit ihm feiern und Spaß haben. Adam war so überrascht von dieser sehr fraulichen Schönheit, dass er kein Wort heraus bekam. Mit großen Augen schaute er sie an. Nach kurzer Zeit fand er seine Fassung wieder und wies die Frau freundlich zurück. Das missfiel ihr sichtlich, laut keifend machte sie sich über Adam lustig, „bist du kein Mann? Weißt du nicht was eine Frau braucht? Stell dich nicht so an, ich werde dich bestimmt nicht enttäuschen". Adam war mit der Situation total überfordert, er wusste nicht wie er sich richtig verhalten sollte. Zu allem Ärger holte die Frau noch Verstärkung von anderen „Damen", die in der Nähe standen. Jetzt hackten vier von diesen Furien auf ihm herum, wie Hennen, die gefüttert werden. Das war zu viel für ihn, er packte seine Sachen und, begleitet von dem Gelächter der Matrosen, die als Schaulustige dazu gekommen waren, nahm er Reißaus. Am Ende des Hafens drehte er sich noch einmal um, verfolgt hatten sie ihn Gott sei Dank nicht. Völlig verwirrt stand er da, mit seinem Leinensack in der Hand. So etwas hatte er noch nie erfahren. Hier in der großen Stadt ging es anders zu, als in dem kleinen Fischerdorf, in dem er aufgewachsen war. Gleich am ersten Tag, soviel Lehrgeld bezahlen zu müssen, bei diesen Gedanken musste er über sich selber lachen. Viel war ja nicht passiert, nur sein Stolz war ein wenig angekratzt, aber damit konnte er gut leben. Ein anderer Platz musste jetzt her, sein Magen knurrte schon gewaltig. Er fand am Strand einen dicken Ast, der vor langer Zeit angeschwemmt worden war. Die Hälfte des mächtigen Holzes, das von der Sonne ganz ausgeblichenen war, lag unter dem Sand begraben. Auf ihm machte er es sich bequem. Beim Essen grübelte Adam über alles nach, vor allem wie er jetzt weiter vorgehen sollte. Das Wichtigste war ein Schlafplatz und Arbeit, damit er in der Stadt überleben konnte. Um diese beiden Dinge musste er sich als erstes kümmern. Das Essen schmeckte ihm vorzüglich und der Wein war eine Gaumenfreude. Als Durst und Hunger gestillt waren, packte Adam die Reste zurück in den Leinensack. Er hatte nicht die Zeit sich lange auszuruhen. Zügigen Schrittes ging es wieder Richtung Hafen. Gott sei Dank waren die Weiber von vorhin weiter gezogen. Alles blieb ruhig. An unzähligen Schiffen ging Adam vorbei, einige waren bis ins kleinste Detail verziert und mit Farbe lackiert worden, andere ganz schlicht. Er träumte so vor sich hin, wie schön es sein musste, mit diesen Schiffen über die Meere zu segeln, als er vehement aus dem Traum gerissen wurde. „Hast du nichts zu tun, oder warum gaffst du hier so rum?" schrie ein Mann von einem Schiff runter. Adam war ganz verlegen von dieser Direktheit und antwortete, „Ich suche Arbeit und Unterkunft, können Sie mir helfen"? „Arbeiten kannst du sofort, eine Bleibe musst du woanders suchen. Was ist, packst du mit an"? Adam überlegte nicht lange und willigte ein. Über eine Bohle, die zum Schiff führte, ging er zu dem Mann und stellte sich mit seinem Namen vor. „Alles klar, Adam, geh zu den anderen und hilf mit das Schiff zu entladen". Ohne zu zögern, reihte er sich bei den anderen Arbeitern ein. Bis abends schuftete er auf dem Schiff, dann kam der Mann auf ihn zu. „Hier, das ist dein Verdienst für deine geleistete Arbeit, wenn du Lust hast kommst du morgen früh wieder, arbeiten kannst du ja, das habe ich gleich erkannt". Adam nickte zufrieden und verließ das Schiff. Als er sich ungestört fühlte, schaute er nach wie viel ihm der Kerl hatte zukommen lassen. In seiner Hand lagen drei englische Pfund, das war viel mehr als er erwartet hatte. Sehr glücklich darüber ging er in die nächstbeste Schänke, die einen zutreffenden Namen trug „Rumtopf". Einen Becher wollte er sich gönnen, auf den guten ersten Tag in Portsmouth Point. Beim Betreten der Schänke schlug ihm das pure Seeleuteleben entgegen, man konnte keine fünf Meter weit sehen, so dicht waren die Rauchschwaden in der Spelunke. Matrosen lagen schlafend auf den Tischen, andere versuchten sich im Armdrücken zu messen, wieder andere steckten dicht mit den Köpfen ineinander und unterhielten sich flüsternd. Adam ging umher und suchte einen freien Platz. Schließlich fand er einen, an einem Tisch mit singenden Matrosen. „Darf ich mich zu euch setzen?" fragte er. „Hau dich hin Kamerad, wir beißen nicht". Unbeirrt sangen sie den Shanty weiter, Adam lauschte der schönen Melodie. Am Ende prosteten sie sich zu, auch Adam schlossen sie mit ein. Flink war der erste Becher geleert, aber bei dem einen blieb es nicht. Das ging alles viel zu schnell für Adam, nach kurzer Zeit stolperte er betrunken in dem Wirtshaus umher. Das störte aber in dem heillosen Durcheinander niemanden. In einer Ecke saßen vier verwegene Seeleute, hinterhältig dreinblickend. Adam wollte eigentlich nur nach draußen, um frische Luft zu schnappen, was aber durch den vielen Rum nicht mehr so gut klappte. Er geriet ins Stolpern und stürzte der Länge nach zwischen zwei der Halunken. Sie stießen ihn sofort zurück und beschimpften ihn, dass er aufpassen sollte. Adam versuchte zu beschwichtigen, in dem er sie in den Arm nehmen wollte und freundlich lallend auf sie einredete. Das konnten sie überhaupt nicht haben, sie fühlten sich provoziert. „Das hast du mit Absicht gemacht, den verschütteten Rum bezahlst du uns", schrie ihn einer an. Adam lallte vor sich hin und versuchte immer wieder sie mit nett gemeinten Gesten zu beruhigen Jetzt reichte es ihnen, zwei standen auf und schlugen immer wieder vor die Brust. Adam konnte sich kaum wehren, betrunken und dann gegen zwei, war er chancenlos. Er klammerte sich Fest an einem der Angreifer, dabei rutschte dessen Hemd über den Unterarm und legte eine Tätowierung frei. Adam erblickte die auffälligen Buchstaben *„GH"*. Mit einem kräftigen Stoß befreite er sich von ihm und brüllte ihn an. „Du hast meine Familie getötet, du Schwein". Er versuchte ihn ins Gesicht zu schlagen, fiel aber der Länge nach auf den Boden. Adam war zu betrunken, um zu erahnen in welch eine Situation er sich da gebracht hatte. Die Gäste, die in der Nähe saßen und den Streit mitbekamen verließen die Schänke so schnell sie konnten. Mit finsteren Minen schauten sich die Vier an. Auch die anderen beiden standen jetzt von ihren Plätzen auf. Adam stand vor ihnen mit gehobenen Fäusten. Wie ein Rudel Wölfe umkreisten sie ihn. Das ging eine ganze Zeit so, jedoch plötzlich hielten zwei der Angreifer Adam an den Armen fest, die beiden anderen verprügelten ihn aufs Brutalste, schlugen ihm ins Gesicht, auf den Rücken, traten ihm in die Beine. Als er zusammensackte und auf dem dreckigen Boden lag, schrie ihn einer an. „Stell dich nie wieder in unseren Weg, beim nächsten Mal machen wir dich kalt, verlass dich darauf". Mit einem unvorstellbaren Tritt in den Bauch, der ihm mehrere Rippen brach, ließen sie ihn liegen. Fluchtartig verließen die Vier die Schänke und verschwanden in der Menschenmenge. Jetzt kam endlich der Wirt zur Hilfe. „Tut mir leid, Mann, wenn ich dazwischen gegangen wäre, wäre alles noch viel schlimmer geworden", mit diesen Worten versuchte er sich bei Adam zu endschuldigen, während er über ihm kniete. Doch Adam bekam davon gar nichts mit, er war mehr tot als lebendig. Der Wirt schleppte ihn in einen Nebenraum, wo sich sofort seine Frau um ihn sorgte. „Wie kann man sich mit diesen Leuten anlegen, du musst verrückt geworden sein", schimpfte sie ihn aus. Auch davon bekam Adam nichts mit; in eine tiefe Ohnmacht gefallen, lag er auf dem Bett. Nach zwei Tagen öffnete er zum ersten Mal wieder die Augen, die dick geschwollen waren. Wie ein zäher Film lief noch einmal alles in seinem Kopf ab, „Was hab ich getan, wie dumm war ich, Joseph hatte mich gewarnt, dass ich den Kopf benutzen soll, ich Narr". Mit sich selbst sehr unzufrieden versuchte er aufzustehen. Ein dicker Verband stützte seine Rippen, die Wunden im Gesicht, an den Armen und Beinen waren mit Salben und kleineren Verbänden versorgt. Unter starken Schmerzen schleppte er sich in die Küche, wo die Wirtin ihn gleich in Empfang nahm. „Na, du Held, weißt du jetzt mit wem man sich anlegt und mit wem nicht"? Adam war die Situation unangenehm. „Ich habe mich wie ein Narr verhalten, es tut mir sehr leid, wenn ich euch in Schwierigkeiten gebracht habe". „Ist schon gut,...... werd erst einmal gesund, das ist jetzt das wichtigste, wenn du willst kannst du hier bei uns bleiben. Ich bin Maria und mein Mann heißt Mario". „Vielen Dank, Maria, ich nehme das Angebot sehr gerne an, ich heiße Adam". Maria nickte, um ihm verstehen zu geben, dass damit alles geregelt wäre. Wo sollte er in diesem Zustand auch sonst hin? In den nächsten Wochen erholte er sich wieder zu alten Kräften. Nach seiner täglichen Arbeit in der Schänke führte sein Weg oft am Hafen entlang, dort verbrachte er sehr viel Zeit. Noch immer hatte er keine Nachrichten von Greyhound. Eines Tages erblickte er ein prächtiges Kriegsschiff der Englischen Flotte, unterhalb der Bugreling stand der Name des Schiffes „Freedom". Dass es ein Kriegsschiff war, konnte er an den vielen Soldaten, die an Brüstung standen sowie an den vielen Kanonen auf Deck erkennen. Adam kam aus dem Staunen nicht mehr heraus. Vom Bug bis zum Heck war das ganze Schiff ein Schmuckstück, eine Augenweide von Kriegsschiff. Überall konnte man geschnitzte und gedrechselte Verzierungen erblicken. Das Bemerkenswerteste war, obwohl so viele Menschen auf dem Schiff arbeiteten, schien alles sehr gut organisiert. Ein richtiges, mit strenger Disziplin geführtes Kriegsschiff, lag hier vor ihm. Die scharfen Kommandos der Offiziere durchschnitten die kühle Morgenluft. Das war es, worauf er gewartet hatte, Adam musste auf dieses Schiff. Er suchte eine Möglichkeit, um mit irgendjemandem vom Schiff Kontakt aufzunehmen. Als wieder eine Kutsche vollbeladen mit Proviant vorfuhr, kam ein Soldat vom Schiff, um die Ware zu prüfen, diesen Augenblick wollte Adam nutzen. Er trat aus der Menge hervor und sprach ihn an. „Kannst du mich bei einem Offizier vorsprechen lassen, ich will Soldat werden." Viel einfacher als gedacht, antwortete dieser. „Da kommst du gerade recht, wir haben einige bei der letzten Fahrt verloren, folge mir". Zusammen gingen sie an Deck, wo der Soldat ihn beim ersten Offizier anmeldete. Adam blieb an der Brüstung stehen; neugierig beobachtete er das rege Treiben auf Deck. Nach kurzer Zeit kam der Offizier in einer prächtigen Uniform auf ihn zu. Schwarze polierte Stiefel, schneeweiße Hose, schwarzes Jackett mit weiß abgesetztem Kragen. Die Messingknöpfe auf dem Jackett glitzerten in der Sonne. Dann riss ihn eine strenge Stimme aus seinen Gedanken. „Irgendwelche Erfahrungen auf einem Kriegsschiff?" „Nein, ….keine", stotterte er. „Warum ein Kriegsschiff der englischen Flotte"? hörte er scharf. „Ich möchte mithelfen, den Piraten das Handwerk zu legen", antwortete er diesmal selbstbewusst. Das konnte er ruhig zugeben, weil die Piraten in aller Munde waren. Viele hatten schon ihre Brutalität zu spüren bekommen. „Deine

Einstellung ist gut, solche Männer können wir, kann England gebrauchen. Hol deine Sachen. In einer Stunde meldest du dich beim Quartiermeister unter Deck, der weist dich ein." Adam freute sich, bedankte sich bei dem Offizier, der ihn missbilligend anschaute und sich wegdrehte. Aber das war Adam egal, freudestrahlend lief er über die Gangway von Deck. Auf dem Weg zu seiner Unterkunft machte er Luftsprünge, ganz außer sich vor Freude, endlich ging es los. Erst jetzt fiel ihm ein, dass er gar nicht nach der Heuer gefragt hatte, aber bei der ganzen Freude war ihm das jetzt auch egal.

--- Gut, das niemand in die Zukunft sehen kann, sonst würden viele Dinge erst gar nicht angegriffen. ---

In der Schänke angekommen, fiel er Maria um den Hals. Sie lief ihm gerade über den Weg, als sie Gäste bediente. „Endlich komme ich vorwärts, ich habe auf einem Kriegsschiff der Englischen Marine angeheuert, ich gehe jetzt auf Piratenjagd", sprudelte es aus ihm heraus. Die Wirtin war ganz erschrocken von Adams Überfall, freute sich aber mit ihm. „Na hoffentlich geht alles gut", kam von Mario, der hinter der Theke stand und Rum in Holzbecher füllte. Adam schaute ihn an und sagte. „Du hast ja recht mein Freund, ich werde gut auf mich aufpassen, das verspreche ich dir, und wenn ich zurückkomme, werde ich meine Schulden bezahlen ", bei diesen Worten drückte er Mario fest an sich. „Du brauchst keine Schulden begleichen, du hast bei uns keine", sagte dieser und fügte noch hinzu. „Ich wünsche dir auf deiner Reise viel Glück und finde deinen Frieden". Einen Moment schauten sich beide tief in die Augen, Adam hatte hier richtige Freunde gefunden. „Bevor du uns verlässt, isst du dich noch einmal richtig satt, auf so einem Schiff gibt's nicht viel zwischen die Zähne, das glaub mir", redete Maria dazwischen. „Da wirst du recht haben, ich habe ja noch genügend Zeit, bis ich mich auf Deck melden soll". Er nahm an einem freien Tisch Platz und ließ sich das sehr gute Essen schmecken. Anschließend ging er auf sein kleines Zimmer, um seinen Seesack zu packen. Er spürte mit jedem Teil, das er in den Sack packte, dass es jetzt ernst wird. Adam setzte sich langsam aufs Bett. Sein Blick streifte durch den Raum, der Schrank, das Waschbecken, das kleine Fenster, aus dem er oft nachts die Sterne beobachtet hatte. Wie viele Gedanken hatte er sich in diesem Zimmer gemacht, wenn er sich nachts vor Kummer im Bett gewälzt hatte? Jetzt musste er weiter, vorangetrieben von Traurigkeit und Schmerz um seine Liebsten. Adam riss sich zusammen, schnappte sich den Seesack und ging runter in die Schänke. Dort verabschiedete er sich von seinen Freunden und versprach noch einmal zurückzukommen. Mario nahm Maria in den Arm, die bitterlich zu Weinen anfing. Sie hatten nie eigene Kinder gehabt und gerade Maria hatte Adam ins Herz geschlossen. Mit entschlossenem Blick verließ Adam die Schänke und machte sich auf den Weg zum Schiff. Auf dem Weg dachte er an die Abenteuer, die er erleben würde und an die raue See, die ihm und dem Schiff bestimmt einiges abverlangen würde.

-- Adam konnte nicht mal erahnen, wie hart das Matrosen leben sein würde--

Schon bald stand er vor dem stolzen Dreimaster, mit zwei Sätzen war er über die Gangway, sprang dann aufs Deck, wo ihn gleich ein Offizier anschrie, ob er keine Arbeit hätte. Erschrocken stellte er sich vor und erklärte, dass er heute erst anheuern solle. Mit fieser Miene zeigte der Offizier auf eine Tür. „Melde dich unter Deck, beim Quartiermeister, der wird dir schon Gehorsam beibringen". Adam nickte verunsichert und verschwand durch die Tür. Ein übler Geruch stach in seine Nase als er die kleine Treppe hinabstieg. Ein fauler süßlicher Geruch von Schweiß, fauligem Wasser und weiß der Henker, was sonst noch. Adam hatte das Gefühl, beim Atmen zu wenig Sauerstoff zu bekommen. Schon schrie ihn der nächste an, ein dicker schwitzender, ekelig aussehender

Mann kam auf ihn zu. „Gefällt dir hier nicht, bist wohl zu fein für diese Gegend hier?", hörte er ihn Brüllen. Am liebsten wäre Adam die Leiter wieder hochgerannt und abgehauen, dazu kam er aber nicht. Der fette Kerl packte ihn am Arm und zog ihn zu sich. „Möchtest wieder nach Mama, was? Das sehe ich an deinen Augen, aber daraus wird nichts, wir brauchen dich hier unten bei den Ratten, jetzt bist du einer von uns". Er schubste Adam vor sich her, immer tiefer in den Schiffsbauch hinein. Die Dunkelheit und der Gestank waren unerträglich, das war es nicht, was er sich vorgestellt hatte, er bereute jetzt schon seine Entscheidung. Sie betraten jetzt einen größeren Raum, der voll mit Hängematten ausgestattet war. In einigen schlummerten dreckige, ungepflegte Matrosen, die, wie es aussah, sich für den nächsten Einsatz ausruhten. Aus versteinerten Gesichtern beobachteten sie ihn, als wenn sie sagen wollten. „Herzlich willkommen in der Hölle". Der Fette wies ihm eine leere Hängematte zu und sagte mit listigem Blick. „Vielleicht hast du mehr Glück als der Vorgänger, den hat eine Piratenbreitseite zerfetzt". Danach ließ er Adam allein an der Hängematte stehen und verschwand. Beim Weggehen sagte er noch. „Gewöhn dich schnell an alles und ruh dich aus, du wirst bald deine ganze Kraft brauchen, sehr bald". Adam stellte den Seesack ab, vorsichtig schaute er sich in dem düsteren Raum um. Die wenigen Öllampen, die an den Balken angebracht waren, brachten nur ein schauriges Licht in dieses stinkende Loch. Der, dem er am nächsten war, stellte er sich vor. „Ich bin Adam, wer bist du"? Der Mann gab ihm keine Antwort, er drehte sich nur zur anderen Seite, raus, aus Adams Blickwinkel. Adams Augen streiften von einer Matte zur nächsten, viele drehten sich sofort weg, wenn sich ihre Blicke trafen. „Wo bin ich denn hier gelandet"? murmelte Adam. Da vernahm er aus einer Matte. „Du bist da, wo du nie hinkommen durftest, wir sind alles Totgeweihte…, genau wie du jetzt. Nimm das keinem hier übel, dass niemand mit dir spricht. Das ist nur ein eigener Schutz, denn wenn man einen guten Freund verliert, tut es doppelt weh, deshalb haben wir untereinander wenig Kontakt. Mich kannst du Mauri rufen, das ist eine Abkürzung von meinem richtigen Namen, den könnte hier sowieso keiner aussprechen". Mit diesen letzten Worten griff er nach dem Balken über ihm, mit nur einem Arm hob er sich aus der Hängematte. Adam sah sofort dass dieser mittelgroße Chinese ein sehr kräftiger Kerl war. Die Muskeln an den Armen und am Bauch, traten bei dieser Bewegung mächtig hervor. „Ich höre auf den Namen Adam", streckte Adam ihm die Hand entgegen. Mauri schlug ein und zusammen setzten sie sich in eine Ecke auf gelagerte Taue. Einen Moment schwieg Mauri, dann sprach er weiter. „Das Licht der

Welt erblickte ich in China, meine Mutter starb, als ich noch ein Kind war. Mit 16 Jahren bin ich dann fortgegangen und über viele Umwege auf diesem gottverdammten Schiff gelandet". Mauri griff in seine Hosentasche und holte einen Apfel heraus. Aus der anderen Hosentasche fummelte er ein Klappmesser hervor, damit teilte er den Apfel und bot Adam eine Hälfte an. Wie er ihm den Apfel hinhielt, fragte er. „Und, was verschlägt dich auf dieses Schiff". Adam nahm den Apfel dankend an und überlegte scharf, was er auf diese Frage antworten sollte, zu viel wollte er auch nicht preisgeben. „Ich möchte mithelfen, die Piraten zu besiegen, damit an den Küsten und auf See wieder Ruhe einkehrt", sagte er schließlich. „So denkt jeder am Anfang, doch sei ehrlich, du wolltest doch schon wieder vom Schiff, als du unter Deck kamst. Und das ist hier noch gar nichts von dem, was dich noch erwartet. Schlechtes Essen, unmenschliche Unterkünfte, schlechte Heuer. Das ist aber immer noch nicht alles, denn wenn der Fette dich nicht leiden kann, dann durchlebst du hier die Hölle". Adam schaute stur auf die Bodenplanken, wie sollte er das durchstehen, war er wirklich stark genug? Er hatte sich alles ganz anders vorgestellt. Nun saß er in der Realität, nicht mehr wert als die Ratten auf dem Schiff. Mauri legte die Hand auf Adams Schulter, ohne ein Wort dabei zu sagen, er konnte seine Gedanken lesen. Plötzlich schlug eine Glocke auf Deck. Sofort kam Bewegung in die Hängematten, Mauri meinte, dass es Zeit sei, sich fertig zu machen um auf Deck zu kommen. Das Schiff sollte noch in dieser Nacht mit der Flut in See stechen. Auf dem Weg nach oben erklärte ihm Mauri den Ablauf, wenige Augenblicke später standen sie getrennt von den Soldaten in Reih und Glied auf Deck. Die Offiziere positionierten sich gegenüber und meldeten dem Kapitän, der auf der Brücke stand, dass die gesamte Mannschaft angetreten sei. Adam schaute den Kapitän an, wofür er von dem Fetten angeschrien wurde. „Augen geradeaus, war der Befehl, auch für dich Adam". Senkrecht und die Augen Pfeilgerade nach vorne gerichtet, stand er jetzt da, er dachte nur an Mauris Worte, es sich mit dem Fetten nicht zu verscherzen. Der Kapitän trat zwei Schritte vor, schaute über seine ganze Mannschaft hinweg, räusperte sich und fing eine sehr emotionale Rede an. Von Willenskraft, Mut, Siegeswillen und vieles mehr. Das traf Adam mitten ins Herz, damit konnte er schon mehr anfangen, mit all diesen Tugenden an die Sache rangehen; seine vorher schlechte Laune schlug um in tollkühnen Übermut. Die erfahrenen Seeleute verfielen nicht so schnell in Jubelstürme, sie wussten wie schwer es sein würde die Piraten zur Strecke zu bringen. Nach der Ansprache kam das Kommando; „Schiff klar machen zum Auslaufen". Jeder einzelne ging auf seinen Posten und machte seine Arbeit, die Offiziere gaben lautstark ihre Befehle. Um die Neuen kümmerte sich der Fette selbst. „Du und du zu denen, Du da zudem". Schnell und unkompliziert teilte er die Arbeiten zu. Adam kam zur Ankerwinde, wo er gleich kräftig anpacken musste. Mit einer dicken Speiche in Höhe seiner Brust ging es vorwärts, immer im Kreis, mit fünf anderen Matrosen. Gleichmäßig legte sich die schwere Kette um die große Spindel des Rades. Beim Aufziehen des Ankers beobachtete Adam die übrigen Seeleute und das was um ihn herum geschah: Die riesigen weißen Segel fielen herab, Taue wurden gespannt und mit Seemannsknoten gesichert. Nach kürzester Zeit konnte er spüren, wie das Schiff vom Ufer ablegte. Die Zurückgebliebenen am Hafen winkten nach ihren Liebsten, oder einfach nur um Lebewohl zu sagen. Adam winkte auch, obwohl er niemanden kannte. Sehr schnell entfernte sich das Schiff vom Ufer, die Zurückgebliebenen wurden immer kleiner, schließlich war auch die Küste verschwunden, nichts war mehr zu erkennen, nur noch der unendlich weite Horizont. Das Schiff lag gut im Wind unter dem sternenklaren Nachthimmel, es wurde ruhiger auf Deck. Adam und Mauri standen an der Reling und schauten ins Weite. „Komm wir gehen runter, wollen mal schauen, welch Schweinefraß es heute gibt", lachte Mauri. Mit einem Holzteller bewaffnet gingen sie zur Kombüse.

„Riechen tut es doch ganz gut", meinte Adam. „Warte es erst einmal ab", verdrehte Mauri die Augen. Ein breiähnlicher Kleks landete auf dem Holzteller, widerlich anzusehen. Wieder oben auf Deck machten sie es sich vor der Kajütenbrüstung bequem. Adam, der ziemlich ausgehungert war, schmeckte das Essen, Mauri umso weniger. Er bot Adam seine Portion an, die er sehr gerne annahm. Einen Moment verweilten sie noch, dann gingen sie runter in die Matten." Morgen wartet ein neuer Tag auf uns", meinte Mauri. Adam brauchte ewig bis er in den Schlaf fiel, alles war ungewohnt und geschah gegen seinen Willen. Als er am nächsten Morgen wach wurde konnte er sich kaum bewegen, so schlecht hatte er in der Hängematte geschlafen. Mauri kannte das und konnte sich das Lachen nicht verkneifen, als er sah wie Adam ganz gebückt umherschlich. Auf Deck begrüßte sie ein strahlendblauer Himmel, den sie aber nicht lange genießen konnten. Der Fette musste auch schlecht geschlafen haben, er brüllte jeden an, der ihm in den Weg kam. „Heute schrubbt ihr das Deck bis euch die Hände bluten, das verspreche ich euch, ihr Dreckspack". Solche und ähnliche Sprüche verteilte er pausenlos Tag für Tag. Mit der Zeit stumpfte Adam ab, die täglichen Erniedrigungen taten nicht mehr so weh. So vergingen die Tage, Adam und Mauri verstanden sich immer besser, sie wurden richtige Freunde, die auf sich gegenseitig achtgaben. Das Schiff segelte flott an der afrikanischen Küste entlang, Richtung Cap Horn, immer auf der Suche nach Piraten. Mittlerweile stellte sich Adam bei den ihm gestellten Aufgaben sehr geschickt an, der Fette ärgerte ihn nicht mehr, aber auch nicht weniger, als all die anderen verlorenen Seelen. Eines frühen Morgens, die Sonne stand noch tief, entdeckte die Crew Holzplanken, Fässer, Taue und andere Dinge, die von einem Schiff stammen mussten, auf dem Wasser. Hier hatte ein Kampf stattgefunden und der war nicht allzu lange her. Das Treibgut schwamm noch dicht zusammen auf dem Wasser. Sofort erschallten Kommandos über Deck, die Offiziere dirigierten die Matrosen, um Fahrt rauszunehmen. Sie segelten eine große Schleife, um vielleicht Überlebende zu finden, die auf See abgetrieben waren. Aber außer Treibgut bekamen sie nichts zu Gesicht. Der Kapitän gab das Kommando: „Alles vorzubereiten zum Ankern"! Er wollte an der Küste nach Gestrandeten suchen. Das Beiboot wurde zu Wasser gelassen, vier Matrosen, der Kapitän und zwei Offiziere ruderten zum Strand. Der Steuermann lenkte das kleine Boot geschickt durch die großen Felsbrocken hindurch, die sich hier an der Küste auftürmten. Am Strand angekommen, teilten sie sich in zwei Gruppen und machten sich auf die Suche nach Überlebenden. Dies alles wurde von der zurückgebliebenen Mannschaft beobachtet, die faul an Deck lag. Eine Gruppe verschwand im Wald, die andere suchte am Strand. Eine halbe Stunde verging, ehe am Stand wieder Bewegung zu sehen war. Nur was man sah, bedeutete nichts Gutes. Mit den Händen hinter dem Kopf, einer nach dem anderen, kamen sie aus dem Wald. Flankiert wurden sie von bewaffneten Männern, die sie immer wieder mit Schlägen vorwärtstrieben. Auf dem Kriegsschiff verstand niemand, was dort vor sich ging. Plötzlich meldete der Späher im Ausguck, „Piratenschiff Backbord". Genau im Schutz der noch immer tief stehenden Sonne, nur sehr schwer auszumachen, steuerte das Schiff auf das Kriegsschiff zu. Hoch oben am Besanmast wehte die schwarze Flagge mit dem weißen Totenkopf. Ein ängstlicher Schrei drang aus mehreren Kehlen. Der erste, der die Situation richtig einschätzte, war der kommandierende Offizier, er ahnte welches Spiel gespielt wurde. Das Treibgut war eine Falle, die Piraten haben damit gerechnet, dass das Kriegsschiff nach Überlebenden suchen würde, deshalb warfen sie das Treibgut über Bord, um die Falle zu stellen. Sie mussten das englische Kriegsschiff irgendwann entdeckt haben, ohne selber ins Visier geraten zu sein. Die Piraten haben so den Kapitän, zwei Offiziere und vier Matrosen überwältigt, ohne eine Kugel zu verschwenden. Und das viel besser bewaffnete Kriegsschiff hing an der

Ankerkette, kampfunfähig. Mit so einer geschickten Finte hatten sie die Engländer in eine ausweglose Lage gebracht. Lautes Gelächter kam vom Piratenschiff herüber, sie wussten genau in welch einer guten Position sie waren. Die Piraten hingen in den Takelagen mit nackten Oberkörpern, schwer bewaffnet, mit Pistolen, Messern und Enterhaken. Die Kanonenluken standen offen, bei den kleinsten Anzeichen der Gegenwehr hätten sie losgefeuert. Auch der Kapitän erkannte die aussichtslose Lage und gab zu erkennen dass sie sich dem Schicksal ergaben. Die Niederlage saß tief, ohne einen Kampf war das Schiff verloren gegangen. Mauri und Adam, verstanden die Welt nicht mehr. Wo war der Kampf, wo das Mut bringende Schreien im Gefecht, wo das Duell Auge um Auge. Nichts von alle dem war eingetroffen und doch war der Kapitän mit Mannschaft geschlagen. Das Entsetzen war in jedem einzelnen Gesicht zu sehen. Viele an Bord wussten, was Piraten mit Königstreuen anstellten. Einige Matrosen, ja selbst Soldaten fingen an zu Jammern und wünschten sich nach Hause oder an einen anderen Ort. Schon bald flogen die Enterhaken über die Brüstung und das Piratenschiff ging Längsseits. Flink wie Katzen, kletterten die Piraten auf das Kriegsschiff und besetzten jede Ecke auf Deck, die Offiziere und Soldaten wurden entwaffnet, es gab kein Entkommen mehr. Obwohl sie nicht so diszipliniert waren wie die Männer auf dem Kriegsschiff, so machte doch alles einen Sinn, wie sie sich bewegten. Das waren keine Anfänger, das waren gestandene Piraten. Als letzter sprang der Piratenkapitän an Bord. Er sah am schrecklichsten von allen Piraten aus. Auf seinem Kopf thronte ein riesiger dreieckiger Hut, mit einer roten Schärpe. Sein Gesicht war schmal und von der Sonne braun gebrannt, unter dem linken Auge klaffte eine schlecht verheilte Narbe, die ihn zum Fürchten entstellte. Um den Hals trug er unzählige Ketten und das weiße Hemd war bis zum Bauch aufgeknöpft. Seine Beine kleidete eine typisch schwarze, weit geschnittene Hose, die von einem dunkelblauen Band an der Hüfte gehalten wurde. Darüber ein schwerer Ledergürtel, in dem zur Seite hin zwei Pistolen und in einer goldenen Scheide ein Säbel steckte. Die weit geschnittenen Lederstiefel reichten bis zu den Knien. Auf den kräftigen Armen waren unzählige Tätowierungen zu sehen. So stand er triumphierend auf Deck des Kriegsschiffes. In Adams Kopf spielte sich alles noch einmal ab: Das brennende Dorf, die Schreie und nicht zuletzt seine Liebsten, die ihm ohne jeden Skrupel genommen wurden. War das „Greyhound"? Schwer konnte er seine Wut im Zaun halten. Gut das Mauri dies bemerkte, mit dem Ellenbogen gab er ihm einen kräftigen Hieb, dass ihm die Luft wegblieb. Böse schaute Mauri ihm ins Gesicht, solange, bis Adam nickte, um zu verstehen zu geben, dass er sich jetzt im Griff hatte. Der Piratenkapitän stolzierte auf Deck umher, langsam zog er seinen langen Säbel aus der Scheide und hielt ihn einem Offizier an den Hals. Leise fing er an zu sprechen um immer lauter zu werden „Na Piratenjäger,….. hat dich der Mut verlassen…..Das hast du dir in deinem kleinen Kopf alles ganz anders vorgestellt, oder?" Er sprach jetzt so laut das alle Anwesenden ihn hören konnten. „Ich sage es euch nur einmal, also hört gut zu. Verhaltet euch ruhig, wenn nicht…. werden wir einen nach dem anderen abschlachten". Plötzlich, ohne jede Vorwarnung, drehte er sich um seine eigene Achse und mit einem kräftigen Hieb schlug er dem Offizier, dem er vorher schon den Säbel an den Hals gehalten hatte, diesen durch. Der Kopf flog dumpf auf die Planken, der Körper sackte leblos zusammen. Die Piraten jubelten und riefen laut: „Bravo Käpt'n Dark! Bravo! Schlagen wir allen die Köpfe ab!" Mit einer beruhigenden Geste, hielt er die Meute in Schach. "Wir werden noch unseren Spaß haben…. das verspreche ich euch, so war ich euer Käpt'n bin". Einen Moment schaute er auf den toten Offizier. Dann spießte er den Kopf mit seinem Säbel auf und warf ihn über Bord. Ohne irgendeine Reue zu zeigen, redete er ruhig, in derselben Tonlage weiter. „Das war eine Warnung an alle, verscherzt es euch nicht mit mir, ich bin sehr schnell gereizt und dulde keinen Widerspruch". Adam ballte seine Hände zu Fäusten, es war nicht „Greyhound", der hier vor ihm stand, aber dieser Mensch war mindestens genau so brutal. In der Zwischenzeit war auch der englische Kapitän mit Gefolge an Bord gebracht worden. Ein kräftiger, kahlköpfiger Pirat warf ihn in die Mitte, zur Freude der jubelnden Meute. Geschwächt von Verletzungen, die sie ihm schon zugefügt hatten, kam er schwer wieder auf die Beine. Der Piratenkapitän umkreiste ihn mit listigem Blick, wie eine Raubkatze, die jeden Moment zuschlägt. Wieder ergriff er fast flüsternd das Wort. „Tom…. Tom, wo steckst du, komm doch mal zu deinem Käpt'n". Aus der Menge trat ein zerlumpter Pirat hervor. Das Schlechte stach aus seinem Gesicht. „Hier, Käpt'n", waren seine kargen Worte. „Tom" sprach der Käpt'n. „Du warst es doch, der gestern Morgen im Krähennest Dienst hatte, oder stimmt das nicht, mein lieber Tom". Der Pirat bekam jetzt selbst vor seinem eigenen Kapitän Angst und wusste nicht recht, was er antworten sollte. Spärlich gab er nur ein „Ja" zustande. „Nur Mut mein kleiner Tom, nur Mut, nicht so schüchtern, ich will dich belohnen…. für deine Wachsamkeit". Nach diesen schmeichelnden Worten, fing er an dämlich zu grinsen und die Anspannung wich ein wenig: „Ja! Ich war im Krähennest und habe sie entdeckt. Wir hatten die aufgehende Sonne vor uns, wir segelten noch im Schatten, so waren wir unsichtbar für sie. Wir haben sie bei günstigem Wind in der Nacht überholt und morgens die Falle gestellt". Der Kapitän umarmte ihn, wie ein Irrer flüsterte er ihm ins Ohr. „Was würdest du mit diesem Dummkopf anstellen, der so viele Leute auf die Schlachtbank geführt hat, sag mir, was würde Tom, mit ihm anstellen". Einen Moment überlegte er, „über die Planke soll er laufen, ja, das würde ich mit ihm machen, die Planke, ja genau Käpt'n". „Eine gute Wahl, Tom!" gab der Käpt'n zu und küsste ihn auf die Stirn. „Habt ihr gehört Freunde, Tom würde den englischen Dummkopf Kapitän, über die Planke schicken, was haltet ihr davon?". Laut, jubelte die ganze Meute und der Name Tom wurde im Rhythmus gerufen. Einen Augenblick schaute der Kapitän zu, dann schrie er so laut und wild, dass ihm  Speichel aus dem Mund lief.....„Holt für Tom die Planke"! Schnell sprangen zwei aufs Piratenschiff und geschwind kamen sie mit einer Holzplanke zurück. „Tom, nimm dein Kopftuch und verbinde ihm die Augen, du Bill, gib ihm deins für die Hände", dabei lachte er über seine eigenen Scherze, „nicht dass er überlebt und uns noch mal entern will". Unter den Offizieren kam Unruhe auf, sie wollten ihrem Kapitän helfen. Aber durch den nächsten Toten, wurde alles sofort im Keim erstickt. Käpt'n Dark erschlug den Erstbesten in der Reihe. Mit ausgestrecktem Säbel, von dem noch das Blut tropfte, fragte er ganz ruhig „wer will der nächste sein, nur zu, kommt, ich warte auf euch ". Keiner rührte sich, diese Entschlossenheit schreckte sie ab. Unter lautem Jubel, frenetisch angefeuert, schubsten sie jetzt den englischen Kapitän auf die Planke. Tom war direkt hinter ihm und gab ihm auch den letzten Schlag, sodass der Kapitän kopfüber ins Meer fiel. Der Körper sank bis auf den klaren Grund, aber noch gab er sich nicht geschlagen, er schwamm noch einmal mit kräftigen Beinbewegungen nach oben. Die Piraten lachten, einer rief dazwischen, „der feine Herr möchte kein Fischfutter werden, er möchte wieder an Bord". Ohne jeden Skrupel zog Käpt'n Dark eine Pistole aus dem Gürtel und schoss ihm in den Kopf, was den sofortigen Tod bedeutete. Er hasste es, wenn nicht alles sofort glatt lief! Sofort verstummte das Lachen auf Deck, weil die Stimmung von Käpt'n Dark in böse Wut umschlug. Jeder der Piraten wusste, was das bedeutete, das kleinste Geräusch konnte jetzt den Tod bedeuten. Wie ein Irrer schaute er die Seinen an. Es reizte ihn ein Exempel zu statuieren, besonders reizte es ihn, den Mann zu töten, der dazwischen gerufen hatte. Mit gezogenem Säbel ging er auf ihn zu. Der Pirat wurde kreideweiß, sein Hals schnürte sich zu, schließlich warf er sich auf die Planken und winselte um Gnade. „Bitte lasst mich leben, Käpt'n, ich flehe euch an, ich rufe nie wieder dazwischen". Der

Piratenkapitän überlegte einen Moment. „Findest du das hier zum Lachen Piet? Meinst du, das ist hier ein Spaß"? er zögerte wieder, dann sprach er weiter. „Hüte deine vorlaute Zunge Piet, sonst schneide ich sie dir persönlich heraus". Dann wie vom Blitz getroffen, sprang er mit einem Satz auf die Reling und schrie, „tötet alle Offiziere und Soldaten, die einfachen Matrosen auf unser Schiff, die bleiben vorerst am Leben und werden uns noch Geld bringen auf dem Sklavenmarkt in Nassau". Der Piratenkapitän schien unzurechnungsfähig, wahnsinnig, absurd! Was Adam jetzt sah, konnte er nicht fassen, apathisch stand er da. Ohne jede Gegenwehr erschlugen sie alle Offiziere und Soldaten, totbringende Schreie schallten über Deck, die von der Brandung wieder geschluckt wurden. Auf den Planken liefen kleine Ströme von dunkelrotem Blut. Adam selbst wurde auf das Piratenschiff geprügelt, nur mit großer Mühe konnte er an Mauris Seite bleiben. In einen dunklen, dreckigen Raum wurden sie eingepfercht. Keiner wusste, was als nächstes passiert. Völlig verwirrt, standen sie wie eine verunsicherte Herde in der Mitte des Raumes. Sie hörten die scharfen Befehle des Kapitäns. Er trieb sie voran schleunigst das Schiff zu räumen. „Nehmt alles Essbare mit, was ihr findet und sucht die Pulverkammer, lasst keine Waffen auf dem Schiff, wir brauchen jede Kugel, jedes Gewehr, jede Pistole, wir brauchen alles, um unseren Siegeszug fortzuführen". Die Piraten jubelten wie im Blutrausch. Es folgte ein hastiges, Hin und Herlaufen. Nach einiger Zeit hörten sie einen neuen Befehl. „Enterhaken einholen, wir legen ab! Backbord Seite alle Geschütze klar machen zum Feuern. Samuel zeig uns, was du kannst!". Der Geschützmeister, ein schwarzer Riese, ließ ein kräftiges „Ay Ay, Käpt'n" hören. Seine Befehle waren knapp, aber eindeutig. „Geschütze direkt auf die Wasserlinie, nach Feuerbefehl sofort nachladen!". Die Geschütze wurden in Windeseile ausgerichtet, dann erschallte der Feuerbefehl. Eine Kanone nach der anderen gab ihre zerstörerische Ladung frei. Das englische Kriegsschiff wurde schwer getroffen und mit der nächsten Breitseite versank es. Nur die Mastspitzen schauten aus dem Wasser, als es sich schräglegte. Unter Deck des Piratenschiffes, dröhnten die schweren Geschütze in den Ohren der Gefangenen.

# 4. Kapitel

## In Gefangenschaft

Adam fasste Mauri an den Arm und zog ihn zu sich. „Mauri, sag mir, was geschieht jetzt mit uns"? Mauri schaute Adam entschlossen an. „Lass dich nicht einschüchtern, sonst treiben sie schlimme Spiele mit dir, sei stark, zeig ihnen, dass du keine Angst hast". Mauri hatte diese Erfahrung von anderen Seeleuten gehört, die aus einer Gefangenschaft fliehen konnten. In eine Ecke gedrückt, mit dem Blick zur Tür, warteten sie ab, was als nächstes geschehen würde. Keiner redete, die schrecklichen Bilder vom Abschlachten der Soldaten hatte sie tief erschüttert und stumm gemacht. Nach Stunden schlug die Tür auf. „Alle an Deck, der Käpt'n will euch sehen". Ängstlich verließen sie den Raum, das Tageslicht brannte in ihren Augen, als sie auf Deck traten. Der Kapitän saß auf einem Fass, neben ihm die Treuesten der Seinen. Adam schaute sich um, die fiesen Fratzen glotzten sie an. Es entstand der Eindruck, als habe der Teufel sie ausgespuckt. Viele hatten Narben im Gesicht, Finger, Augen, Zähne fehlten. Über der Haut trugen sie nur einfache, meist zerrissene Kleidung. Die Füße waren bei fast allen nackt und an jeder freien Stelle prangten einfache Tätowierungen. „Was muss diesen Menschen widerfahren sein, um in so einem Abschaum zu landen?". Die Stimme des Kapitäns weckte Adam aus seinen Gedanken. „Ihr seid meine Gefangenen, das heißt, ich bestimme, was mit euch geschieht, ich bestimme über Leben und Tod. Einen Teil von euch werden wir als Piraten behalten, den anderen Teil verkaufen wir als Sklaven in Nassau". Mit den letzten Worten sprang er vom Fass, direkt auf die Gefangenen zu und musterte diese. Langsam ging er an ihnen vorbei, mit seinen stechenden Augen die Qualität prüfend. Sagte ihm einer zu, riss er ihm das Hemd auf, um zu sehen, ob er kräftig gebaut war. Die, die ihn überzeugten, wurden nach Backbord geschickt, die nicht Auserwählten mussten stehenbleiben. Als er vor Mauri stand, konnte er seine Freude kaum unterdrücken. Er griff ihm an den Hals, mit glücklichem Unterton in der Stimme rief er. „Du chinesisches Tier wirst mir viel Beute bringen, das sehe ich auf den ersten Blick!". Adam stand neben Mauri, auch er wurde auserwählt, im Ganzen waren es neun Matrosen, die backbord standen. Stolz ging der Kapitän vor ihnen auf und ab, dann hielt er eine Rede. „Die Regeln sind nicht schwer zu verstehen, ich verlange absolute Treue bis in den Tod. Bei einem Vergehen, je nach Stärke des Vergehens, gibt es die Peitsche oder den Tod. Kapern wir ein Schiff, bekommt jeder seinen zuständigen Anteil. Für besonderen Mut gibt es einen extra Anteil. Ab jetzt, seid ihr Gesetzlose, genau wie wir, und ich will euch nur warnen, denkt an die Regeln, sonst seid ihr ganz schnell auf dem Meeresgrund!" Nach einer kurzen Pause redete er weiter. „John, zeige unseren neuen die Kojen, das andere Pack bring unter Deck und leg sie an die Kette." Nun war klar, wenn man sich an die Regeln hielt, konnte man überleben. Auf dem Weg unter Deck, tat Adam seinen Frust breit. „Jetzt stecken wir im Dreck, jetzt geht es uns an den Kragen". Mauri fiel ihm ins Wort, „Adam, reiß dich zusammen, wir spielen das Spiel erst einmal mit und wenn uns eine Gelegenheit bietet, hauen wir ab, verstanden?" Adam nickte nur stumm, weil der Pirat John genau neben ihm ging und ihn sofort anschrie. „Was gibt's da zu palavern? Haltet eure Mäuler, sonst setzt es was". Ohne eine Miene zu verziehen, gingen sie weiter, für Adam schien alles aussichtslos. Die nächsten Tage waren die Hölle, jeder noch so nichtige Pirat ließ sich an den Neuen aus. Jede Situation wurde ausgenutzt, um sie zu erniedrigen. Bis zu jenem Tag, da Mauri sich gegen dieses ständige zur Schaustellen wehrte. Er sollte mit Adam das Deck schrubben unter besonderer Beobachtung eines Piraten. „Ey Schlitzauge, streng dich an, oder hast du keine Lust mehr für mich die Planken zu schrubben?" Mauri rührte sich nicht. „Ich rede mit dir, du dreckiger Köter!". Mauri blickte im Knien zu ihm auf, gab aber keinen Laut von sich. Der Pirat fühlte sich dadurch provoziert und stellte sich vor ihm auf. „Ich habe dich was gefragt, gib Antwort!". Jetzt hörte auch Adam auf zu arbeiten und redete beruhigend auf Mauri ein. Mauri kniete immer noch vor dem Piraten, mit eiskaltem Blick erhob er sich ganz langsam, dabei ließ er seine Scheuerbürste fallen. Die Zornesröte stieg in dem Widersacher empor, schließlich spuckte er Mauri ins Gesicht. „Heb die verfluchte Bürste auf, Schlitzauge, sonst schlage ich dich tot". Das war zu viel! Blitzschnell, wie ein Panther, packte Mauri den Piraten am Hals und hob ihn mit einem Arm, zwei Hand breit über Deck. Damit hatte dieser nicht gerechnet, wild zappelnd hing er in dem kräftigen Griff, der sich immer fester um seinen Hals schloss. Die Panik und Hilflosigkeit quoll aus seinen weit aufgerissenen Augen, er spürte, dass es aus diesem eisernen Griff kein Entkommen gab. Andere Piraten stellten sich neugierig dazu, sie feuerten Mauri an, „Murks ihn ab, das Schwein hat den Tod verdient, drück fester zu", flüsterten sie ihm ins Ohr. Daraus konnte man schließen, dass nicht mal die Piraten diesen Typen mochten. Käpt'n Dark stand Steuerbord und beobachtete das Geschehen, er war viel zu schlau um einzugreifen, das sollten die beiden unter sich ausmachen. Mauri bekam von all diesem nichts mit, immer fester drückte er zu, bis das Zucken und Zappeln gänzlich aufhörte. Mit ausgestrecktem Arm drehte er sich um, den leblosen Körper fest umschlossen, es sollte jeder sehen, was passiert, wenn man ihn provoziert, dann warf er den Pirat über Bord. Einen Augenblick streifte sein Blick noch von einem zum anderen, dann kniete er sich wieder hin, nahm die Bürste und schrubbte in genau derselben Ruhe wie vorher das Deck. Einen Moment lag Totenstille auf dem Schiff, dann brach Jubel aus. Der Geschützmeister Samuel rief laut. „Habt ihr das gesehen? Den können wir gebrauchen, da haben wir einen guten Fang gemacht". Von diesem Tag an, hatten Mauri und auch Adam, ein besseres Leben an Bord, da alle wussten, dass der kräftige Chinese auf Adam achtete. Wochenlang segelten sie über den Atlantik, ohne Land zu sehen, dann endlich schrie der Mann im Krähennest, „Land in Sicht". Der schmale Strich, den sie sahen, sollte Kuba sein. Sie nahmen Kurs auf die Stadt Nassau, die Hauptstadt der Bahamas. Hier hatten sich unzählige Piraten ihre eigene Welt erschaffen. Spelunken, Bordelle, Spielhöllen und was es sonst noch so alles gab. Die Stadt glich einem Sündenpfuhl. Diebstähle, Trunkenheit, Prostitution, Morde waren an der Tagesordnung. Genau auf dieses gottverlassene Nest steuerte Käpt'n Dark zu, er brauchte Proviant und frisches Wasser. Nebenbei wollte er die aussortierten Matrosen loswerden, die er nur als überflüssige Fresser ansah. Das Schiff machte mitten im

Haupthafen längsseits fest, unzählige Schiffe lagen zur rechten und linken Seite vor Anker. Die letzten Segel wurden eingeholt, dann sprach der Käpt'n zu seiner Mannschaft. „Ihr könnt jetzt bis morgen Abend an Land, holt euch für das englische Kriegsschiff euren Lohn bei John ab und jetzt geht ihr Taugenichtse, wer morgen Abend vor der Dunkelheit nicht da ist, wird geholt und dann ausgepeitscht, also haltet euch daran". Nachdem sie ihre Prise von John erhalten hatten, sprangen sie von Deck, um ihr blutiges Geld mit vollen Händen auszugeben. Der Kapitän holte mit seinen Getreuen die Gefangenen und verschwand in der Stadt. Adam wollte diese Chance nicht ungenutzt lassen, er musste sich hier nach Greyhound umschauen. Er ging zu Mauri und erklärte ihm, dass er sich im Hafen umschauen wollte. Mauri ließ ihn natürlich nicht alleine gehen und zusammen gingen sie von Bord. Die anderen Sieben vom Kriegsschiff blieben in der Nähe des Schiffes, Geld hatten sie keines, der Käpt'n hatte ihnen lediglich ein paar Flaschen Rum und Proviant gegeben, das war alles. Auf dem Vorderdeck machten sie es sich bequem und die erste Flasche machte die Runde.

Adam und Mauri waren schon mitten im Getümmel der Hafenstraße. Plötzlich platzte es laut aus Mauri heraus. „Adam, sei ehrlich zu mir, es geht dir gar nicht darum

Piraten zu jagen, du jagst nur einen, oder?". Adam schaute Mauri an; er hatte ihm immer noch nicht die wahre Geschichte seiner Reise erzählt. Wenn er seinen Freund nicht verlieren wollte, musste er jetzt alles erklären. „Mauri, du hast recht, ich war nicht ehrlich zu dir, aber ich wollte nicht, dass du da mit rein gezogen wirst, das ist allein meine Sache". Mauri blieb stehen und tief enttäuscht über das, was Adam ihm gesagt hatte, meinte er trotzig, „wenn du nicht, wie der Pirat, an meinem Arm enden willst, sag mir sofort, was du suchst". Zusammen setzten sie sich auf einen Stapel Segeltuch. Adam sah ein, dass nach allem Erlebten sein Chinesischer Freund wissen wollte, was ihn bedrückt. So erzählte er ihm die ganze Geschichte, vom Leben im Fischerdorf, von Christin und den Kindern auch Joseph fand seinen Platz, er ließ kein Detail aus, bis zu dem Punkt, als sie sich auf dem Kriegsschiff getroffen hatten. Mauri hatte die ganze Zeit sehr gut zugehört und keinen Laut von sich gegeben. Jetzt wo Adam schwieg, sagte er. „Ich bin sehr stolz, dieses Geheimnis mit dir zu teilen, deine Sorgen sind ab jetzt auch meine Sorgen. Ich werde dir helfen, diesen Unmenschen zur Strecke zu bringen". Sie reichten sich die Hände. „Auf Leben und Tod" versprach ihm Mauri. Danach machten sie sich wieder auf den Weg. Vor einer großen Taverne blieben sie stehen, bis auf die Straße konnten sie das heillose

78

Durcheinander in der Schänke hören. Sie wollten gerade weiter gehen, da schlug die Tür auf, und zwei sich umarmende Piraten torkelten auf die Straße. Mauri ging auf die beiden zu und täuschte starke Trunkenheit vor. „Ay Kameraden, könnt ihr mir sagen, wo ich mein Schiff finden kann? Ich bin auf Greyhounds Kahn! Habe nur einen Becher Rum zu viel getrunken, jetzt kann ich das verfluchte Schiff nicht wiederfinden". Die beiden schauten Mauri misstrauisch an, in der Regel ließ kein Piratenkapitän seine Leute zurück. Sie wurden gesucht und schwer bestraft, wenn sie nicht freiwillig zum Schiff zurück kamen. Die häufigste Strafe war Auspeitschen vor der gesamten Mannschaft, das diente zur Abschreckung für die Kameraden. Trotzdem gaben sie ihm die gewünschte Antwort „Da bist du aber spät dran, der ist gestern mit der ersten Flut in See gestochen, da kannst du nur noch hinterher schwimmen!", laut lachend zogen die beiden weiter. Adam schmunzelte über seinen Freund, darauf wäre er selber nicht gekommen. Jetzt wussten sie, dass er hier gewesen war, so nah war Adam ihm noch nie gewesen, das machte ihm Mut und Zuversicht. Schnell gingen sie wieder zurück zum Schiff und machten es sich zwischen ihren Leuten bequem. So vorsichtig Käpt'n Dark auch war, er hätte sich denken können, sogar müssen, das dieser Haufen sich verbünden und Pläne schmieden würde. Sofort wurde Rum gereicht. Mauri und

Adam genossen großes Ansehen, seit der Sache mit dem Pirat, die kleine Gruppe vertraute ihnen. Adam ergriff nach geraumer Zeit das Wort. „Ich weiß nicht, wie ihr darüber denkt, aber Mauri und ich sind bei der erstbesten Gelegenheit weg, das garantieren wir euch. Wer würde mitkommen, wenn es soweit ist"? Vier Finger gingen sofort hoch, drei wollten erst einmal die nächste Zeit abwarten, denn so schlecht fanden sie das Piratenleben nicht. Sie schwuren aber, die Pläne nicht zu verraten. Einer der vier, der auf den Namen Joshua hörte, fragte in die Runde. „Warum fliehen wir nicht jetzt, es ist keiner da, der uns aufhalten könnte? Ich habe auf keinem Schiff im Hafen Wachen gesehen, wir nehmen uns einfach eins und hauen ab". „In einem hast du recht", gab Mauri zu, „Es gibt keine Wachen! Aber warum gibt es denn keine Wachen? Weil wir von allen Besatzungsmitgliedern gejagt würden, das ist ein Ehrenkodex unter dem Pack. Auch wenn sie sonst nicht viel für den anderen übrig haben, dann halten sie zusammen, damit keiner aus der Hölle so einfach fliehen kann". Ein anderer mischte sich ein, sein Name war James. „Da hast du recht, das wäre unser Todesurteil. Wir können nur Vertrauen gewinnen, falls es das überhaupt gibt, wenn wir morgen wieder mit in See stechen". Nach einigem Hin und Her war man sich einig, so wollte man es versuchen. Noch einmal machte die Flasche die Runde, dann gingen sie schlafen. Am anderen Morgen war das Schiff immer noch so verlassen wie am Vorabend. Nur der Kapitän, John und Samuel der Geschützmeister waren an Bord, jetzt wusste der verschworene Haufen, wer dem Kapitän am nächsten stand, zweifelslos John und Samuel. Samuel war nicht nur Geschützmeister, er war auch ein geschickter Messerwerfer, nur selten verfehlte er ein Ziel. Mauri und Adam wussten das, und so fingen die beiden ein Wurfspiel an, um Samuel neugierig zu machen. Nach kurzer Zeit hatte er schon angebissen, er warf sein Messer auch auf das ausgesuchte Ziel. Immer wieder versuchten sie sich gegenseitig zu übertreffen. Aber gegen diesen geschickten Werfer hatten Mauri und Adam keine Chance. Mit lobenden Worten versuchten sie, die Gunst zu erlangen, was auch nach einiger Zeit Früchte trug. Er ließ sich sogar den einen oder anderen Tipp entlocken, wie man es besser machen konnte. Dieser kleine Fortschritt stellte die beiden zufrieden, mehr wollten sie noch gar nicht riskieren. Gegen Abend stolperten die ersten Piraten an Bord, immer noch vom Alkohol gezeichnet, wankten sie über die Gangway. Einige sahen schlimm aus, als hätten sie mit einem ganzen Regiment gekämpft. Der Kapitän schenkte diesem Anblick keine Beachtung, wahrscheinlich war das so üblich unter Piraten, wenn sie volltrunken durch die Tavernen zogen. Es war unglaublich, trotz der

Trunkenheit machten sie das Schiff klar zum Auslaufen, mit der ersten Flut ging es hinaus auf See. Der erste Tag verlief ohne Zwischenfälle, die Piraten lungerten herum, versorgten ihre Wunden oder schliefen den Rausch aus. Erst in den darauffolgenden Tagen nahm alles wieder seinen gewohnten Gang, ehrgeizig suchte man in Küstennähe nach einer schönen Priese. Irgendwann war es soweit, in den Morgenstunden des Tages meldete der Späher im Krähennest: „Schiff voraus". Die Piraten sprangen auf die Reling, kletterten die Takelage rauf um besser sehen zu können. Die drei neuen verhielten sich wie von Sinnen, das blutrünstige Fieber hatte sie gepackt; auf die brauchten Adam und Mauri bei einer Flucht nicht mehr zu hoffen. Ein spanisches Handelsschiff hatten sie aufgebracht, das sie jetzt mit allen Segeln vor sich hertrieben. Das Piratenschiff holte zusehend auf, schrille Kommandos schallten über Deck, alles wurde für die Schlacht vorbereitet. Bald konnte man einzelne Personen auf dem Spanier erkennen, auch dort bereitete man sich auf ein Gefecht vor. Käpt'n Dark brüllte, dass ihm die Adern am Hals hervortraten, er wollte dass seine Mannschaft wie wilde Tiere über das Schiff herfallen. Die Fäuste wurden mit wilden Drohungen in die Luft gestreckt. In all dem Durcheinander schrie Samuel seine Befehle: „Öffnet die Luken und rollt die Lafetten davor, macht alles klar zum Feuern!". Käpt'n Dark stand neben seinem Steuermann, angespannt, aber zu allem entschlossen, gab er ihm letzte Anweisungen. Dann lief er in die vorderste Reihe seiner eigenen Piraten und schrie seinen Hass den Spaniern entgegen. Das machte seine Mannschaft so rasend, dass einige von ihnen die Schwertgriffe vor die eigene Stirn schlugen, bis Blut durch ihr verzerrtes Gesicht lief. Diese Menschen waren der Abschaum vom Bösen, sie waren wie Tiere, jedoch nutzloser. Mauri und Adam standen auch auf der Brüstung, sie wussten, dass es auch um ihr Leben ging. Sie hatten keinen Zorn auf die Spanier, aber kämpfen mussten sie doch. Nur noch eine halbe Schiffslänge lag zwischen ihnen. Auch auf dem anderen Schiff befanden sich keine Feiglinge, genauso wild und zu allem bereit, schrien sie ihre Verachtung herüber. Dark drehte sich noch einmal zu Samuel um, er schrie ihn an, „Ziel auf Deck, ebne uns den Weg, schieß alles in Grund und Boden, du schwarzer Bastard!". Dieser verstand sein Handwerk; die erste Breitseite richtete verheerende Verluste bei den Spaniern an. Mit wenigen Kanonen erwiderten sie den Angriff, zu viele waren schon gefallen. Laut triumphierend schrie Dark zum Steuermann, „Ramm das Schiff, Spieß den Kahn auf, wir entern!". Der Steuermann hielt drauf und mit einem Riesenlärm von zersplitterndem Holz, lauten Schreien und Pistolenschüssen verkeilten sich die beiden Schiffe ineinander. Unzählige Wurfhaken, mit Seilen bestückt, flogen auf das gegnerische Schiff. Der Spanier konnte nicht mehr entkommen, er war gefangen. Die Piraten stürmten das Deck, im Kampf Mann gegen Mann versuchten sie das Schiff zu kapern. Adam und Mauri kämpften leidenschaftlich um ihr Leben, besonders Mauri zeigte sein Können als Schwertkämpfer. Viele kamen um, Piraten wie Spanier, keiner wollte sich ergeben, es ging Auge um Auge, Zahn um Zahn. Mitten im hitzigen Kampf sah Adam, dass Samuel beim Kampf ins Stolpern geriet und der Länge nach auf Deck knallte. Sein Widersacher sprang sofort auf den Wehrlosen zu und holte mit seinem Schwert mächtig aus, um ihn zu erschlagen. Doch bevor er das Schwert auf Samuel niederschmettern konnte, warf Adam sein Schwert genau in dessen Brust. Mit einem Satz sprang er zu dem Getroffenen und zog das Schwert heraus, um sofort den nächsten Hieb von einem anderen Angreifer zu parieren. Samuel stand gerade wieder auf den Beinen, als sich die Spanier ergaben, der Kampf war beendet. Die Piraten hatten die Oberhand behalten und bejubelten überschwänglich den Sieg. Die letzten paar Überlebenden warfen die Waffen von sich. Aber auch die Piraten hatten schwere Verluste zu beklagen. Die drei Überläufer waren gefallen, auch zwei, die mit Adam fliehen wollten. Nur Joshua und James hatten überlebt, selbst Käpt'n Dark war schwer verwundet. Die Planken waren vom Blut der Gefallenen getränkt, die entstellten Körper sahen fürchterlich aus. Käpt'n Dark lehnte am Großmast, sein linker Hemdärmel war zerrissen und der Arm blutete stark. Geschwächt von der Wunde musste er sich stützen. Verwundet aber nicht geschlagen, sagte er zu den Spaniern; „Da habt ihr uns aber ordentlich zugesetzt", wenn ich mich nicht ganz täusche, haben wir gerade fette Beute gemacht, warum sonst, solltet ihr so kämpfen?, Samuel, John, geht unter Deck und schaut nach, was sie uns nicht freiwillig geben wollten". Die beiden gingen vorsichtig unter Deck, um nicht in eine Falle zu laufen. Aber nach kurzer Zeit kamen sie schon wieder zurück und schrien laut. „Wir sind reich, wir sind reich, das Schiff ist voll mit Schätzen!". Freudentaumelnd fielen sich die Überlebenden in die Arme. Die Gefangenen wurden schnell unter Deck eingesperrt. Dann ging es daran, die ganzen Reichtümer rüber zu schaffen. Gold, Seide, Gewürze, Edelsteine und vieles mehr wurde bis tief in die Nacht in den Bauch ihres Schiffes geschleppt. Endlich war das besiegte Schiff leergeräumt, die Gefangenen wurden mit genügend Proviant wieder auf ihr eigenes Schiff gebracht. Käpt'n Dark war der Meinung, dass diese Männer keine Feiglinge waren und deshalb ihr Leben behalten sollten. Der Käpt'n war in einer ausgezeichneten Laune, die Piraten natürlich auch, weil sie mit höchstens siebenundzwanzig Mann teilen mussten. Sie brachten das Schiff noch auf Kurs Richtung Kap Verde, dort wollten sie die Beute teilen, dann gingen alle bis auf den Steuermann und drei Wachen in die Kojen. Am frühen Morgen wurde Adam wach, alles war noch ruhig. So leise er konnte schlich er auf Deck, um sich die Beine zu vertreten. Dort traf er auf Samuel, der gerade Wache hatte. Sie kamen ins Gespräch und unterhielten sich darüber, wie viel wohl jeder von der Beute bekäme. Adam wollte gerade fragen, was Samuel mit dem Geld vorhabe, da fiel ihm dieser ins Wort. „Adam, ich weiß was du für mich getan hast, egal was du mit Mauri planst, ich mache mit. Ich stehe in deiner Schuld und bleibe bei dir, so will es mein Glaube". Adam zögerte nicht und reichte ihm die Hand, sein Gefühl sagte ihm, dass er es ehrlich mit ihm meinte, er konnte Samuel vertrauen. Sie nickten sich kurz zu, dann gingen sie wieder auseinander. Eine ganze Zeit stand Adam noch an der Brüstung und schaute auf das weite, unendliche Meer. Wieder war er einen kleinen Schritt weiter gekommen, er hatte einen guten Verbündeten gefunden, der sich ihm anschließen wollte. Und so hart das Piraten leben war, würde er ihn noch dringend brauchen. Ein guter Freund war fast nicht zu finden auf so einem gottverlassenen Kahn. Mauri weihte er in sein Geheimnis ein, auch er freute sich über diese Neuigkeiten. Drei Tage segelten sie, bis endlich die Küste von Kap Verde zu sehen war. In einer ruhigen Bucht, schön versteckt, gingen sie vor Anker. Der Kapitän erklärte den Piraten, dass auf der Insel nur das Gold, die Edelsteine und das Silber aufgeteilt werden. Die Seide, die Stoffe und die Gewürze wollten sie verkaufen und den Erlös noch einmal aufteilen. Damit waren alle einverstanden, schnell beluden sie die Beiboote und fuhren die erste Lieferung an Land. Während die einen hin und herfuhren, um alles an Land zu bringen, bauten die anderen ein Lager auf, um ein rauschendes Fest zu feiern. Inmitten der Zelte, die sie aus Bäumen und Segeltuch bauten, schafften sie Holz herbei, um ein riesiges Feuer zu entfachen, so war es Brauch in einem Piratenlager. Die besten Schützen gingen auf die Jagd, die geschicktesten Kletterer besorgten frisch gepflücktes Obst von den Bäumen, wieder andere suchten im Wald eine Quelle mit sauberem Trinkwasser. So hatte jeder eine Aufgabe, um die Tage an Land so angenehm wie möglich zu verbringen. Gegen Abend brannte das Feuer schon lichterloh und zu bekannten Shanty Liedern torkelten und tanzten die Piraten. Dann kam der erwartete Moment, der Kapitän stand auf und hielt eine Ansprache, wie die Aufteilung von statten gehen sollte. Anschließend schickte er Samuel und John die Kisten zu holen. Die mit Eisen beschlagenen Deckel wurden geöffnet und die schon betrunkenen Piraten jubelten bei dem Anblick der ganzen Reichtümer. Adam bemerkte sofort, dass sich da schon jemand bedient hatte. Denn direkt nach dem Kampf waren die Kisten auf Deck geöffnet worden, um zu sehen was überhaupt in ihnen steckt und da waren sie noch bis zum Rand gefüllt. Mauri und Adam schauten sich an, schwiegen aber dazu. Aber nicht nur den beiden fiel der Betrug auf, Samuel und auch ein paar andere Piraten bemerkten es, sie trauten sich aber nichts gegen ihren Kapitän zu sagen, denn das wäre ihr sicherer Tod gewesen. Obwohl ein erheblicher Teil fehlte, war es für jeden Beteiligten ein kleines Vermögen. Adam tat sich sehr schwer den blutigen Gewinn anzunehmen. Er dachte, dass er nicht besser als Greyhound sei und bei diesen Gedanken schnürte sich sein Herz zu. Mauri überredete ihn, die Beute trotzdem anzunehmen, mit dem Hinweis, dass er es noch dringend brauchen werde. „Denk nicht so viel darüber nach, lass uns feiern das wir den Kampf überlebt haben", munterte Mauri ihn auf. Zugleich reichte er Adam einen Becher Rum. Nach kurzem Zögern griff dieser zu und trank ihn in einem Zug leer. „Überredet, da mache ich mit, vielleicht bringen wir noch etwas in Erfahrung, wenn wir uns unter die Meute mischen". Die Stunden vergingen, viele der Piraten fielen da um, wo sie den letzten Becher Rum in sich hinein gekippt hatten. Wild durcheinander lagen sie zwischen denen, die noch zechten. Als es gerade einen Moment still war, ergriff ein älterer Pirat das Wort, er hörte auf den Namen Perry. „Haltet mal alle eure Luken, ihr Bastarde, ich erzähle euch jetzt eine Geschichte von einem Piratenkapitän, der diesen Titel nicht verdient hatte. Ich will ja nicht behaupten, dass ich ein Waisenknabe bin, auch nicht dass ich schlecht bei ihm verdient habe, auch nicht, dass ich weniger feste zuschlage, wenn es drauf ankommt. Aber das, wovon ich erzählen möchte, ist eine andere Sache. Damals segelte ich noch auf der „Limited", unter Käpt'n Greyhound. Adam zuckte zusammen, hielt sich aber still wie ein Mäuschen und lauschte der Geschichte. „Der widerlichste Käpt'n den ich je auf See erlebt habe, ein Schwein, eine menschenverachtende Kreatur, ein Mensch ohne Regeln, außer seinen eigenen. Aber die Leute blieben bei ihm, zum einen, weil Verrat oder Flucht mit dem Tod bestraft wurden und zum anderen, weil es viel Geld zu verdienen gab. Er schlachtete alles ab, was sich ihm in den Weg stellte: Verwundete, Alte, Frauen, selbst Kinder erschlug er. Da braucht ihr mich gar nicht so anstarren, genauso, wie ich es erzähle, war er. Auf See und an Land, ging er immer nach denselben Regeln, keine Überlebenden, keine Zeugen". Adam schossen die Tränen in die Augen, die Lippen zitterten, tiefe Gräben taten sich in ihm auf. Voll von Trauer und Schmerz. Die Gesichter von Christin und den Kindern tauchten vor ihm auf. Nur schwer konnte er dieses Gelaber ertragen. In seiner rechten Hosentasche hielt er die Kette von Christin fest und den kleinen, selbstgeschnitzten Holzfisch der Kinder. Diese beiden letzten Andenken trug er immer bei sich, sie waren das einzige was er noch von ihnen hatte. Gut, dass Mauri ihn an der Schulter zurück hielt und zwar so energisch, dass er wieder zur Besinnung kam. Von alledem bekamen die anderen Zuhörer nichts mit, die Geschichte wurde weiter erzählt. „Eines Tages erklärte uns Greyhound, dass er es leid sei, hinter Schiffen herzujagen, er wolle die Dörfer an den Küsten angreifen. Die Bewohner seien einfache Leute und könnten sich kaum wehren, das Risiko zu sterben sei viel geringer und Beute würden wir auch genug finden. So überredete er uns mitzumachen. Wer nicht wollte, wurde von seinen Schergen weichgeklopft, bis man einwilligte. Nachdem wir dann die ersten Dörfer geplündert hatten und sich unsere Taschen von Woche zu Woche mehr füllten, wurden wir genauso gierig wie er. Das Geld blendete unsere Gedanken. Aber nur kurz; das sage ich euch, denn schon bald hatte ich die Schnauze voll. In meinen Träumen verfolgten mich die Geister der armen Leute, vor allem die Schreie der Kinder rissen mich immer häufiger aus dem Schlaf. Wir töteten alles, was sich nicht schnell genug vor uns versteckte, wie hungrige Wölfe schlachteten wir sie ab. Ich wollte nur noch weg, weg von diesem Käpt'n. Die Taschen voll Geld, bin ich getürmt. In einer Nacht, habe ich mich davon geschlichen. Ich wollte wieder ein richtiger Pirat sein, gegen Engländer, Franzosen, Spanier, oder sonst wen, wollte ich kämpfen. Nicht gegen wehrlose Männer, Frauen und Kinder, das ist nichts für mich. Heute der Kampf gegen die Spanier, das war ein Kampf nach meinem Geschmack, Auge um Auge, Zahn um Zahn, sag ich euch Landeiern, das ist das wahre Piratenleben. Jetzt mein letztes Wort, dann dürft ihr was erzählen. Greyhound ist eine Schande für die ganze Zunft!". Darauf spuckte Perry verachtend in den Sand. Jetzt mischte sich Käpt'n Dark in die Unterredung, durch die Verletzung noch geschwächt, sprach er leise, „Perry hat recht, auch wir kämpfen und töten, aber nur die Leute, die uns auch ans Leder wollen, wenn sie nur die Chance dazu bekämen. Das ist so sicher, wie das Amen in der Kirche. Erst heute haben wir noch gezeigt dass wir die rauen Regeln einhalten, tapfer kämpfenden Spaniern, schenkten wir das Leben, so wie es der Brauch will". Adam schaute den Käpt'n an, jetzt verstand er gar nichts mehr, steckte in diesen Leuten wirklich noch etwas Menschlichkeit oder Moral. In diesem Moment stimmte ein Pirat einen melancholischen Shanty an, der das Leben der Piraten besang. Ein sehr zutreffendes Lied, wie Adam fand. Ein Lied über einen aussichtslosen Weg, den Piraten einschlagen und den sie bis zum Schluss gehen mussten.

Am anderen Morgen saßen Adam und Mauri am Lagerfeuer, das schon wieder lichterloh brannte. Es war so groß, dass man ganze Schweine darauf hätte braten können. Die beiden unterhielten sich über die vergangene Nacht. Sie fanden es wichtig, dass Perry sich ihnen anschloss, sein Wissen über Greyhound würde von großem Nutzen sein. Man einigte sich darauf, im nächst größeren Hafen, den sie anlaufen würden, zu fliehen, mit Samuel und Perry. Zwei Tage blieben sie noch vor Anker, dann setzten sie Segel und es ging zurück nach New Providence. In Nassau wollte Käpt'n Dark neue Piraten anheuern und die wertvolle Ladung verkaufen.

# 5. Kapitel

## Die Flucht

An Bord ging alles seinen gewohnten Weg, selbst der Wind blies stetig in die weißen Segel. Eines Morgens hatte Perry Wache, auf diesen Moment hatten Adam und Mauri gewartet. Ganz vorsichtig verließen sie das Unterdeck und gingen nach oben. Sie fanden Perry, der pflichtbewusst seine Runden auf Deck drehte. Als er auf der Höhe der Beiden angekommen war, sprach Adam ihn an. „Hey Perry, hast du mal einen Moment für uns?". Perry blieb stehen, musterte die beiden mit strengem Blick. Er war schon zu lange unter Piraten und deshalb sehr vorsichtig. „Was gibt's"? fragte er scharf. Adam überkam jetzt die Angst, denn wenn er nicht einwilligte, konnte dies ihr Todesurteil sein; die Strafe für Fahnenflucht. Adam riss sich zusammen und mit fester Stimme fragte er. „Was würdest du davon halten, wenn ich dir ein Drittel von meiner Prise abgebe?" Perry schaute ihn mit listigem Blick an. „Was muss ich dafür tun"? fragte er zögernd. „Schließ dich uns an, Samuel ist auch dabei, wir türmen in Nassau". Perry erschrak richtig, als er das hörte. Es konnte auch eine Falle sein, er wusste, das Käpt'n Dark die beiden sehr mochte.

Vielleicht waren sie von ihm geschickt worden, um ihn zu prüfen. „Seid froh, dass ich euch nicht beim Käpt'n melde, ihr wisst was darauf steht". Mit diesen Worten setzte er sich in Bewegung. Adam und Mauri blieben an der Brüstung stehen und schauten hinter ihm her. Noch einmal drehte er sich zu den beiden um, dann setzte er flötend seine Runde fort. „Und jetzt"? fragte Mauri, Adam antworte genauso knapp wie die Frage kam, „abwarten, einfach nur abwarten". Es kam Leben auf Deck, die Dunkelheit wich dem anbrechenden Tag. Die Decksmannschaft erledigte ihre täglichen Arbeiten, alles ging seinen gewohnten Gang. Bis New Providence waren es noch einige Tage, aber irgendwann mussten sie den nächsten Schritt versuchen, um Perry doch noch zu überzeugen. Aber wie das so im Leben ist, manche Dinge regeln sich von selbst!

An einem herrlichen Morgen geschah folgendes. Wegen einer Kleinigkeit kamen John, die rechte Hand vom Käpt'n und Perry in Streit. Es schaukelte sich so lange hoch, bis es eine brutale Schlägerei entstand. Der Kapitän und die anderen Piraten schauten zu, keiner hielt sie auf. Beide Kontrahenten sahen schon schwer gezeichnet, von den kräftigen Schlägen die sie einstecken mussten aus. Perry war eindeutig der geschicktere Kämpfer. Mit einer Finte verlud er John und streckte ihn mit einem Schlag nieder. John flog schwer getroffen in die Menge. Aber man konnte ihm Feigheit nicht nachsagen, er schüttelte seinen Kopf und wollte gerade wieder aufstehen, als ihm ein Freund heimlich ein Messer in die Hand drückte. Er schnappte sofort zu, seine Augen blitzten. Jetzt im Vorteil, gegen den ihm übermächtigen Perry, bekam er wieder Mut. Tänzelnd ging er vorwärts, das Messer warf er sich von einer Hand in die andere zu. Mit üblen Sprüchen verspottete er Perry. Langsam wich Perry zurück, dabei stolperte er über eine Kiste und fiel der Länge nach auf die Planken. John stürmte auf den Liegenden los, da schallte ein kräftiges „Stopp" vom Kapitän über Deck. „Wir haben schon genug gute Leute verloren hört auf". Adam und Mauri gingen zu Perry und halfen ihm auf die Beine. Dieser schaute die beiden an, dann sagte er zu Adam. „Geb mir die Hälfte, dann bin ich dabei. Ich hasse diesen verfluchten John, wenn ich auf diesem Schiff bleibe, wird einer von uns beiden sterben". Adam nickte zustimmend und ohne Aufsehen zu erregen, trennten sie sich wieder.

Tage vergingen, dann kam Land in Sicht. Die Insel New Providence war erreicht. Im Hafen von Nassau lagen schon etliche Schiffe vor Anker. An einigen konnte man schwere Schäden von heftigen Kämpfen auf See erkennen. Mit der kleinen Besatzung war es für jeden doppelt so viel Arbeit, als gewöhnlich, das Schiff vor Anker zu legen. Alles lief glatt und nach kurzer Zeit flogen schon die schweren Taue an Land, um das Schiff zu vertäuen. Käpt'n Dark zögerte nicht mit den nächsten Befehlen, er wusste nur zu gut, dass die Meute von Bord wollte, um den gerade erkämpften Lohn mit vollen Händen zu verprassen. Vorher sollten sie noch die edlen Stoffe und Gewürze auf Karren laden, damit sie verkauft werden konnten. Einen Piraten schickte er los den vertrauten Händler zu suchen, der die gesamte Ware kaufen sollte. Gehorsam wurden auch diese Aufgaben erledigt, dann gab es endlich bis zum nächsten Abend frei. Schnell wie der Wind, war niemand mehr von der Besatzung zu sehen. Sie rannten, als wenn es keinen Morgen mehr gäben würde. Während der Landung des Schiffes und dem Verladen der Fracht, hatten Adam und Mauri nicht eine Sekunde Zeit, Samuel in die Fluchtpläne einzuweihen. Sie konnten nur Perry erreichen. Samuel war die ganze Zeit in der Nähe des Kapitäns. So wie jetzt, als er mit ihm und John auf den vertrauten Händler wartete. So wie sonst, wollten sie nur mit ihm die Geschäfte abwickeln. Adam stand mit Mauri, Joshua, James und Perry, in einer nahen Schänke, von dort konnten sie die Drei ungestört beobachten. Irgendwie mussten sie Samuel die Informationen zur Flucht zukommen lassen, ohne Käpt'n Dark misstrauisch zu machen. Perry war es, dem eine Idee einfiel, wie man es anstellen könnte. In der Schänke lief ein Händler umher, der in seinem einfachen Bauchladen allerhand anbot, Tabak, getrocknetes Obst, Rauchpfeifen und einiges mehr. Perry sprach den Händler an. „Hey, möchtest du dir eine Goldmünze verdienen"? Dieser freute sich natürlich über das Angebot. „Da sag ich nicht nein, was kann ich für euch tun, mein Herr?". Perry erklärte ihm, was er verlangte. „Hör gut zu, siehst du die Drei da vorne, neben der Karre". Der Händler nickte und hörte gespannt zu. „ Zu denen gehst du hin und bietest ihnen deine Sachen feil. Sie werden nichts von dir nehmen, da bin ich mir sicher. Aber du lässt nicht locker, solange bis sie genervt sind und handgreiflich werden. Und jetzt kommt deine eigentliche Aufgabe: Wenn dich dann der schwarze Riese anfasst, versuchst du ihm diesen Zettel hier zu übergeben". Perry hielt ihm den vorbereiteten Zettel hin. „Wichtig ist, dass keiner der anderen beiden das mitbekommt". Die kleine Gruppe schaute den Händler gespannt mit großen Augen an und dieser schaute genauso zurück, dann sagte er. „Was glotzt ihr so? Wenn's mehr nicht ist! Das werde ich schon hinbekommen". Er griff nach der Goldmünze und dem Zettel, die Perry immer noch zwischen den Fingern festhielt, dann ging er auf kleinen Umwegen auf die Drei zu. Aus sicherer Entfernung, wurde er von vielen Augen beobachtet. Es lief genauso, wie Perry es vermutet hatte, nach kurzer Zeit fühlten sich Samuel und John von dem lästigen Typen genervt. Samuel schubste ihn vom Käpt'n weg, bevor der seinen Säbel zog und ihn einen Kopf kürzer machen konnte. Der Händler fiel mit seinem Bauchladen auf die Straße und schimpfte die Drei aus. John platzte jetzt der Kragen, mit gezogenem Dolch ging er auf den Liegenden los. Samuel ging dazwischen, „John, nicht am helllichten Tag mitten auf der Straße, reiß dich zusammen". John ließ von ihm ab, trat ihm aber mit den Stiefeln in die Rippen, worauf er sich vor Schmerzen krümmte. Samuel half dem Liegenden wieder auf die Beine. In diesem Moment steckte der Händler ihm den Zettel zu. Samuel stutzte einen Augenblick, nahm ihn aber an sich. In der Schänke wurde dies alles gespannt beobachtet. „Das war schauspielerisch eine Meisterleistung", konnte Mauri sich nicht verkneifen. „Der Typ ist seine Goldmünze wert", bemerkte Perry grinsend. Und die Show war noch nicht zu Ende. Immer noch mit gehobenem Finger schimpfend, langsam rückwärtsgehend, tat der mutige Händler seinen Unmut kund. Dann machte er sich aus dem Staub und wurde nie wieder gesehen. Adam war überglücklich, dass Samuel so reagiert hatte, dem unschuldigen Händler war nichts zugestoßen. Perry kannte die Piraten wirklich in- und auswendig, soviel war schon mal sicher, wie konnte er sonst so einen gewieften Plan aushecken.

✦

Samuel hielt den kleinen weißen Zettel fest in der Hand, es brannte ihm unter den Fingernägeln die Nachricht zu lesen. Er konnte sich nur denken, dass es sehr wichtig und geheim war, warum sonst machte man sich so eine Mühe, dass nur er ihn lesen sollte. Endlich kam der Händler. Als er die Ware auf dem Karren sah, freute er sich sehr und begrüßte vor allem Käpt'n Dark überschwänglich. „Immer wieder schön euch zu sehen, habt ihr mir wieder feinste Sachen mitgebracht, von euren Zügen durch die stürmische See". Käpt'n Dark nickte, auch er freute sich über den wohlgenährten Händler, mit dem er immer sehr gute Geschäfte machen konnte. „Nur vom Feinsten wie du siehst, gib mir einen guten Kurs und wir wollen endlich feiern gehen, ich fühle mich schon wie ein Fisch auf dem Trockenen". „Du hast dich nicht verändert Dark, immer gerade heraus, ohne Schnörkel, das schätze ich an dir". Noch einmal prüfte der Händler die Ware, öffnete die Kisten und atmete den Duft der Gewürze tief ein. „Ich geb dir 2000 Pfund für alles, was sagst du?" „Das ist zu wenig, du Halsabschneider, mindestens 3000 Pfund ist die Ware wert, das weißt du, so gut wie ich", schimpfte der Käpt'n. „Na gut murmelte der dicke Händler, ich gebe dir 2500 Pfund und keinen Penny mehr, was sagst du? Der Käpt'n stellte sich breitschulterig vor ihm auf und schrie den Händler an, „2700 Pfund und du zahlst heute Abend für uns drei die Zeche, das ist mein letztes Wort"! Listig wie der Händler war, freute er sich über das gute Geschäft; denn die Ware war mindestens das Dreifache wert, wenn er sie geschickt verkaufen konnte. Und so antwortete er „Das ist ein Wort, 2700 Pfund und die Zeche, da schlage ich ein. Schnell winkte er einen Mann zu sich, der für ein paar Penny die Karre zu seinen Lagerhallen bringen sollte. Eindringlich sprach er mit dem Boten „Sehe zu, dass du alles unversehrt nach Hause bekommst, ich weiß, was auf der Karre ist". Mit erhobenem Zeigefinger gab er ihm den Rat, dass er nichts stehlen sollte. Dann wandte er sich wieder den Dreien zu. „Hier Dark, dein Geld, 2700 Pfund und keinen Penny mehr. Und jetzt haben wir genug geredet, lasst uns feiern. Lasst uns an Weibern, Speis und Trank erlaben, bis wir umfallen". Bei diesen Worten legte er lachend einen Arm auf Käpt'n Darks Schulter und führte ihn in die nächste Spelunke. Der Käpt'n nickte zustimmend, er war froh das das Geschäft schnell zustande gekommen war. In der Rum Schänke war schon mächtig was los. Weiber zeigten ungeniert ihre üppige Weiblichkeit, Shanty Gesänge erfüllten den

Raum, der vom Tabakqualm nicht zu durchschauen war. An einem freien Tisch setzten sie sich nieder und bestellten einen großen Krug Rum. Nicht einmal der erste Becher war gelehrt, da lagen schon die ersten willigen Damen zwischen ihnen. Eine legte sich breitbeinig auf den Tisch, genau vor den Kapitän, das Dekolletee weit geöffnet, nur ein luftiges Kleid bedeckte ihre Schenkel. So liebte es der Piraten Kapitän, schnell stieg die Stimmung und ein Krug nach dem anderen machte die Runde. Jeder, der in der Nähe stand, musste mittrinken, so wollte es Dark. Wenn einer mal nicht sofort auf sein Wohl trank, fauchte ihn der Käpt'n an, „scher dich zum Teufel, bevor ich dich einen Kopf kürzer mache". Oder er schmiss demjenigen irgendetwas an den Kopf, was er gerade in die Finger bekam. Meistens tranken sie dann aus Angst viel mehr, als sie vertragen konnten. Nach kurzer Zeit war es ein heilloses Durcheinander. Der Rum floss in Strömen. Es wurde gesungen und getanzt, die Frauen wurden immer leidenschaftlicher und hemmungsloser. Auf diesen Moment hatte Samuel gewartet, er befreite sich von zwei Schönheiten, die ihm schon heftig einheizten und verließ, ohne dass jemand etwas bemerkte, die Schänke. Endlich konnte er lesen, was auf dem Zettel stand. „Mitternacht in der Schänke „Zum Enterhaken", wir warten dort auf dich". Samuel erschrak, denn, er musste sich beeilen es war schon nach

Mitternacht und der Weg dorthin führte genau durch das wilde Treiben in den Gassen.

✦

Adam, Mauri, Perry und die anderen warteten schon lange. Hatte sich der schwarze Hüne doch für Dark endschieden? Da rief Joshua plötzlich, „Ich sehe ihn, er kommt". Alle freuten sich, als sie ihn endlich in der Menschenmenge ausmachen konnten. Vorsichtig winkten sie ihm zu, damit kein Aufsehen erregt wurde. Es konnte in jeder Ecke, einer von Darks Besatzung sitzen und das Geschehen beobachten. Samuel entdeckte die kleine Gruppe schnell, schließlich war er mindestens einen Kopf grösser als jeder andere auf der Straße. Das erste was Samuel fragte, als er vor der kleinen Gruppe stand, war, „hauen wir jetzt ab"? Als Bestätigung bekam er ein Nicken. Mauri ging noch einmal eindringlich auf alle Beteiligten ein. „Wer noch aussteigen möchte, macht das jetzt, das ist die letzte Chance." Einen Moment lang war es still. Aber keiner meldete sich zu Wort, sie wollten gemeinsam versuchen ihre Freiheit wieder zu erlangen. „Also gut"! fing Adam an, „so sieht der Plan aus. Wir teilen uns in zwei Gruppen auf und gehen getrennt zum Hafen. Wir suchen ein Schiff ohne Wachpersonal, das wir schnell auf See bringen können. Nach einer halben

Stunde treffen wir uns wieder an der Spelunke „Zum Enterhaken" dort besprechen wir dann, wie wir weiter vorgehen. Viel Glück, Männer!". Beide Gruppen machten sich auf den Weg. Die Gruppe, in der James, Perry und Samuel waren, entdeckte glücklicherweise schnell ein Schiff, das nicht komplett ab gerafft war; mit wenigen Handgriffen konnte man es seetüchtig machen. Die Besatzung, mitsamt Kapitän, muss solch einen Durst gehabt haben, dass sie sich dafür keine Zeit genommen hatten. Das war das ideale Schiff mit dem sie die Flucht wagen konnten. Sofort machten sie sich auf den Weg zum Treffpunkt, um die anderen zu informieren. Dort angekommen, brauchten sie nicht lange warten. „Adam, wir haben ein Schiff, wir brauchen nur die Seile kappen und lossegeln", erklärte Perry euphorisch. Die Gruppe von Adam hatte weniger Glück gehabt, deshalb ging es nun ohne zu zögern zu der Entdeckung. „Wir müssen einen Vorsprung haben, sonst schaffen wir es nicht", erklärte Adam. Das Schiff lag noch so vor Anker, wie sie es entdeckt hatten. „Jetzt oder nie", sagte Mauri und mutig sprang er auf Deck, gefolgt von den anderen. Die Leute auf den Straßen gingen ihren Beschäftigungen nach, keiner bemerkte, dass gerade ein Schiff den Besitzer wechselte. Für sechs Männer war es sehr viel Arbeit, jeder packte aufopferungsvoll mit an und langsam legte das Schiff ab. Gespannt beobachtete die kleine

Crew, ob jetzt Alarm geschlagen wurde. Aber alles blieb ruhig und das Schiff mit dem Namen „Ghost" verschwand im Dunkeln. Aber so einfach stiehlt man kein Schiff von einem Piratenkapitän. Jeder auf Deck wusste, der Kapitän der „Ghost" würde versuchen, den Dieb zur Strecke zu bringen. Ein Plan musste her. Adam, Mauri und Samuel, die zweifelslos als Anführer der sechsköpfigen Mannschaft galten, standen zusammen an der Reling. Sie wussten, sollten sie von mehreren Schiffen gejagt werden, das dann keine Chance auf ein Entkommen bestehen würde, irgendwann würden sie entdeckt oder eingeholt. Dem Schiff einen anderen Namen geben, machte auch wenig Sinn. An kleinen Merkmalen erkennen erfahrene Seeleute ihr Schiff. Was sollten sie tun, wie konnten sie die Meute austricksen? Schließlich war es Mauri, der nach langem Überlegen sagte, „ich weiß jetzt wie wir es machen". Sofort erklärte er seinen Plan, der einfach und zugleich genial war. „Wir segeln einfach wieder zurück, nur nicht in den Hafen, wir steuern die Küste an. Dort lassen wir unser Beiboot zu Wasser, versenken die „Ghost" und rudern im Schutz der Dunkelheit an Land. Wir verstecken uns den Rest der Nacht in den Klippen. Zwei von uns beobachten aus sicherer Entfernung den Hafen. Sobald die Schiffe auslaufen, um Jagd auf uns zu machen, brauchen wir nur noch abwarten, dass Dark abhaut, dann können wir uns wieder im Hafen sehen lassen. Die anderen Piraten und Seeleute, die sich dann noch in Nassau aufhalten, kennen unsere Gesichter nicht. Und wonach sollen unsere Verfolger suchen, sie können die „Ghost" nicht mehr finden und unsere Gesichter kennt nur Darks Besatzung". Adam schlug kräftig auf die Reling und genau so fest auf Mauri's Schulter. „Du bist Gold wert, Mann, da wäre ich nie im Leben drauf gekommen, das ist genial!". Ich sehe jetzt schon Darks Gesicht, wenn er hört, dass wir es waren, die das Schiff gestohlen haben. Der wird platzen vor Wut und mit Samuel und Mauri verliert er zudem noch seine besten Männer. Mit viel Glück wird er dem Kapitän der „Ghost" folgen. Aber nur, um uns dann die Eingeweide raus zu reißen". Samuel ließ sich von Adams Euphorie anstecken und lachte laut, „mit welcher Mannschaft will er uns denn verfolgen, es sind ihm doch schon wieder sechs von Bord gegangen!". Alle drei lachten jetzt überschwänglich, sie waren sich sicher, dass der Plan gelingen würde. „Klarmachen zum Wenden, neuer Kurs Nassau", schallte es von Adam über Deck. Samuel sprang geschickt wie eine Katze auf die Brücke und schlug das Steuerrad kräftig ein. Die anderen beobachteten das Geschehen. Perry meinte, „jetzt sind sie verrückt geworden und wir hängen mit drin". Mauri, der den Kommentar mitbekommen hatte, legte eine Hand auf Perrys Schulter. „Nicht verrückt geworden Perry, wir versuchen gerade unser Fell zu retten". Mit einem kräftigen, aber freundschaftlichen Schulterdruck, ließ er Perry stehen und machte sich an die Arbeit. Kopfschüttelnd ging auch Perry an dieselbe, in dem Glauben, „die werden schon wissen, was zu tun ist". In der Nähe der Küste nahmen sie die Fahrt raus und rafften die Segel. Auf dem Mitteldeck setzten sie sich zusammen, Mauri wollte den drei anderen Mitstreitern den Plan erklären. Danach, konnte sich vor allem Perry ein verschmitztes Lächeln nicht verkneifen und bemerkte abschließend. „Sowas kann auch nur einem Schlitzauge einfallen" und reichte Mauri freundschaftlich die Hand. „Komm schlag ein, so einen wie dich kann man nur mögen", forderte er ihn auf. Das ließ sich Mauri nicht zweimal sagen, solche Worte fand man selten unter Seeleuten. Direkt danach machten sie sich ans Werk, das Beiboot zu Wasser zu lassen. Bis auf Adam und James gingen alle von Bord, die beiden zerschlugen mit Äxten, tief im Inneren des Schiffes den Schiffsrumpf. Das stellte sich als äußerst schwierig dar. Denn der Rumpf, aus massiven Eichenstämmen gebaut, gab nicht so leicht nach. Und ihn einfach sprengen, ging auch nicht, das würde das ganze Unternehmen verraten. Nach unzähligen Schlägen, splitterte endlich das Holz und die „Ghost" war dem Tod geweiht. Schnell beeilten sich die Beiden von Bord zu kommen. Im Beiboot angekommen, fragte

Samuel sofort. „Wo wart ihr solange, habt ihr Karten gespielt?" Adam Antwortete nicht, er schüttelte nur grinsend den Kopf. Joshua und Perry legten sich mächtig in die Riemen, um zum rettenden Ufer zu kommen. Schnell ging die Fahrt und bald liefen alle sicher an Land. Vom Schiff war nichts mehr zu sehen, das fand auf dem Meeresgrund das ewige Grab. Joshua und Mauri sollten an einem günstigen Platz den Hafen überwachen, die anderen fanden in einer Grotte Unterschlupf, wo sie versuchten, die Kälte mit einem kleinen Lagerfeuer zu vertreiben. Hier verharrten sie, auf die Dinge wartend, die noch kommen würden. Als der Morgen anbrach, konnten Joshua und Mauri beobachten, dass der Kapitän der „Ghost" wie ein Irrer am Hafen umhersprang und seine Besatzung malträtierte. Andere Piraten kamen dazu, die sich lauthals über ihn lustig machten. Plötzlich tauchte Dark in dem Gewirr auf. Er unterhielt sich aufgebracht mit dem wütenden Käpt'n der „Ghost". Zusammen gingen sie zur „Limited" gefolgt von der Besatzung. In Windeseile wurde das Schiff seeklar gemacht. Allem Anschein nach sah es so aus, als wollten sie zusammen die Verfolgung aufnehmen und sich das Schiff mit den Entflohenen zurückholen. Mauri und Joshua liefen zurück zur Grotte, schnell erklärten sie was sich am Hafen zugetragen hatte. Man konnte die Erleichterung in den Gesichtern ablesen, alle wussten bei wem sie sich bedanken durften. Mauri's Plan war voll aufgegangen, sie waren wieder freie Männer. In drei Zweiergruppen gingen sie in die Stadt, ihr gemeinsamer Treffpunkt war die Spelunke zum „Krähennest", sie lag am äußersten Ende des Hafens. So, wie sie es geplant hatten, trudelten sie zeitversetzt auch dort ein. Kein Mensch nahm besondere Kenntnis von ihnen. Hier war es üblich, dass man sich zusammen setzte, unter den Seeleuten und auch unter den Piraten ein gepflegter Brauch, um sich blutrünstigste Geschichten zu erzählen und zusammen steifen Grog zu trinken. Als sie frei reden konnten, waren sie einstimmig der Meinung, dass niemand sie beachtet und schon gar nicht erkannt hatte. In aller Gemütlichkeit genossen sie ihre neu errungene Freiheit und das gute Frühstück.

# 6. Kapitel

## Auf eigene Faust

Adam fühlte, dass er diesen mutigen Kameraden eine Erklärung schuldig war, er wollte ihnen seine Geschichte anvertrauen. Mit etwas Glück hoffte er, bleiben wir ja zusammen. Entschlossen ergriff er das Wort: „Wir sind wieder freie Männer, jeder kann jetzt seinen eigenen Weg gehen. Ich möchte euch nach alldem, was wir überstanden haben, meine Geschichte erzählen und warum ich hier überhaupt gelandet bin. Ich weiß, dass das nicht üblich unter Piraten ist, jemand anderem seine Lebensgeschichten zu erzählen. Aber hört mir zu; ich war nicht immer Pirat und ich denke, ich bin jetzt auch noch keiner, obwohl ich schon viele Männer getötet habe. Nicht um an ihr Geld zu kommen, sondern nur, um mein eigenes Leben zu retten". Adam machte eine kleine Pause. Gespannt lauschten alle der Fortsetzung. „Ich glaube, ich war der glücklichste Mann an Englands Küste. An meiner Seite stand die schönste und klügste Frau, die mir je unter die Augen getreten ist. Ihr Name war Christin. Sie schenkte mir zwei wunderbare Kinder, Josephine und Philipp", und er erzählte seine tragische Geschichte. Er ließ nichts aus und es tat ihm gut, sein Leid mit Freunden zu teilen. Am Ende seiner Erzählung schaute er allen in die Augen und fragte sie. „Wer hilft mir, diesen Teufel Greyhound zur Strecke zu bringen, alleine schaffe ich das nicht"?! Mauri erhob als erster sein Glas, direkt danach Samuel. „Ich bleibe bei dir, ich verdanke dir mein Leben", sagte er dabei laut. Perry zögerte auch nicht, „ich hasse diese Art Piraten, ich mache mit". Joshua und James schauten sich an, hoben zugleich ihre Becher in die Mitte und sagten. „Mit euch gehen wir durch die Hölle". Adam fiel ein Stein vom Herzen und er hob als letzter den hölzernen Becher. „Vielen Dank, Freunde, das werde ich euch nie vergessen. Auf dass wir Greyhound zur Strecke bringen!". Kräftig schlugen sie die Becher zusammen, so fest, dass der Grog überschwappte und zusammen wiederholten sie den Schwur.

An einem Nachbartisch lag ein alter Seemann mit seinem Kopf auf dem Tisch. Obwohl es noch früher Morgen war, schlief er schon seinen Rausch aus. Aber als er den Namen „Greyhound" hörte, schlug er seine vom Rum gezeichneten, roten und müden Augen auf. Wackelig versuchte er aufzustehen, um zu dem Tisch zu gehen, wovon er gerade diesen Namen gehört hatte. Joshua bemerkte als erster, dass da jemand wankend an ihrem Tisch stand. „Können wir helfen"? redete er ihn an. An seiner Kleidung konnte man erkennen, dass er kein gewöhnlicher Mann vom Deck war, eher ein Bootsmann, vielleicht auch Käpt'n. Die Zunge war noch betäubt vom Rum, lallend versuchte er zu sprechen. „Wer von euch Ratten kennt diesen stinkenden Verräter „Greyhound"? Gehört ihr zu seiner Besatzung? Ist er hier im Hafen? Sprecht schon oder soll ich euch Beine machen". Dabei versuchte er seinen Säbel zu ziehen, was aber nur schwerlich klappte, er war zu betrunken, um den Sechsen am Tisch Angst einzuflößen. Der Wirt nahm ihm den Säbel aus der schwachen Hand und bremste seine Wut, „setz dich wieder hin und lass die Leute in Ruhe, sonst fliegst du raus"! Jämmerlich stand er da. Schließlich setzte er sich wieder dahin, wovon er sich gerade aufgerafft hatte und gab keinen Laut mehr von sich. Der Wirt kam an den Tisch und Entschuldigte sich für das Benehmen des Betrunkenen, er erklärte ihnen, wie es um ihn stand. „Seitdem Käpt'n Greyhound ihn gelinkt hat, sitzt er hier fest, wie ein Fisch auf dem Trockenen. Er hält sich mit kleinen Jobs am Hafen über Wasser, meistens ist er aber betrunken". Adam wollte wissen, was genau passiert war. Der Wirt konnte dazu aber nichts sagen und ging seiner Arbeit nach. So schnell ließ Adam nicht locker, jeder noch so kleinen Spur die zu Greyhound führen könnte, wollte er nachgehen. Die Gruppe beschloss, sich den Betrunkenen, Abgewrackten, einmal vorzunehmen, er wusste mehr, das lag klar auf der Hand. James ging zu ihm rüber und sprach ihn an, „Hey, Mann, warum so aufbrausend? Setz dich zu uns rüber und erzähl uns mehr über diesen Käpt'n, über den du so schimpfst". Er schlug die müden Augen auf, sammelte sich und fragte. „Gibt's bei euch auch einen leckeren, großen Becher Rum"? „Den sollst du haben", versprach ihm James. Er kratzte sich am Kopf und tat so, als wenn er überlegen würde, dann sagte er „Wehe, du verschaukelst mich, dann bereust du es, das sag ich dir gleich". Aber durstig wie eine Krähe und kein Geld mehr in der Tasche, ging er gleich mit ihm. Am Tisch angekommen, schaute er sich alle mit blinzelnden Augen listig an. So betrunken er auch war, jetzt bemühte er sich um Anstand. „Käpt'n Greyhound ist die Ausgeburt der Hölle", fing er an zu erzählen. „Ich weiß das... ich bin mit ihm zur See gefahren. Denn ich war auch mal Käpt'n von einem prächtigen Schiff. Wir segelten zusammen; jeder auf seinem eigenen Schiff, mit seiner eigenen Mannschaft.... aber beide für eine Sache". Plötzlich schaute er Perry tief in die Augen. „Du bist einer von Greyhound's Bande, du warst auf seinem Schiff, ich erkenne dich"! Samuel packte den Käpt'n fest an den Armen sodass er sich nicht mehr bewegen konnte. „Sei leise, du hast recht, Perry war bei ihm, jetzt aber nicht mehr. Wir suchen diesen Teufel und brauchen Informationen, wo wir ihn finden können". Dieses harte Zupacken, hat bei dem Betrunkenen Wunder gewirkt, die Augen wurden klarer und sein Verstand versuchte den Alkoholnebel zu verdrängen. „Ist ja schon gut, musst mich nicht gleich in Stücke reißen", redete er einlenkend. „Wir haben viel Geld gescheffelt, sehr viel Geld. Ganze Schiffsladungen haben wir erbeutet. Uns entkam keiner. Die Leute vor dem Mast verdienten Unmengen von Geld, aber sie gaben alles wieder aus. Wie die Fürsten lebten sie, alles für Huren und Rum. Deshalb ging es immer wieder hinaus, um neue Beute zu machen. Eines Abends saß ich mit Greyhound bei einer guten Flasche Wein in seiner Kapitäns Kajüte. Er fragte mich, was ich denn davon halten würde, wenn wir nicht mehr den Schiffen hinterher jagen, sondern die einsamen kleinen Fischerdörfer an Englands Küste plündern würden? Ich brauchte nicht lange zu überlegen; denn ich wusste, dass ich schon viel Unheil gebracht hatte, dazu stehe ich auch. Aber wehrlose Menschen zu überfallen, das war nichts für mich und so versuchte ich ihm diese Idee auszureden. Er war aber schon so in die Idee vertieft, dass er kein Nein von mir duldete. Es kam zu einem heftigen Streit. Für mich war danach die Sache klar, unsere Wege sollten sich hier trennen. Aber der listige Greyhound hatte damit gerechnet, dass ich nicht mitmache. Noch während des Streites in der Kajüte, tötete er meine drei Treuesten. Und als ich auf Deck ging, wurde ich vor meiner eigenen Mannschaft als Feigling hingestellt. Ich würde ihnen Reichtümer verwehren, weil ich keinen Mut hätte, beschimpften sie mich. Er versprach den Meinen noch mehr Geld, wenn sie mit ihm kämpfen würden. Kopflos, wie sie alle waren, gingen sie auf das Angebot ein. Nachdem die Mannschaft übergelaufen war, legten sie mich in Ketten. Nach einigen Tagen in Gefangenschaft, steuerte Greyhound eine Insel an. Dort ließ er mich zurück, mit einer Pistole, in der eine Kugel steckte und eine Flasche Rum. Der Sinn war klar, ich sollte mich betrinken und dann in meiner ausweglosen Situation, selbst erschießen. Aber soweit kam es nicht. Ich erkundete die kleine Insel und musste zu meinem Leid feststellen, dass es kein Trinkwasser gab. Also sammelte ich Regenwasser und den Tau auf großen Palmenblättern. Gegessen habe ich die Eier der Seevögel, die dort zahlreich brüteten und natürlich selbst gefangene Fische und Krebse. Es reichte so gerade, um am Leben zu bleiben. Aber der Gedanke daran, Greyhound in die Finger zu kriegen, gab mir die Kraft durchzuhalten. Irgendwann entdeckte ich ein Segel vor der Insel, wie wild rannte ich auf den höchsten Punkt und schoss meine einzige Kugel ab. Gott sei Dank wurde der Schuss gehört und ich gerettet. Der Rest ist schnell erzählt, das rettende Schiff war ein Händler, der auf der Rückreise von seinen Geschäften war. Als wir in dem Heimathafen vor Anker gingen verließ ich sein Schiff. Dann bin ich über viele Umwege hier in Nassau gelandet. Und nun warte ich jeden Tag auf Greyhound, um mit ihm abzurechnen". Die Zuhörer schauten noch lange den alten Mann an. Schließlich brach Adam das Schweigen. „Schließ dich uns an, wir können dich gut gebrauchen, aber lass das Rum trinken sein!". Der jetzt fast nüchtern wirkende Käpt'n schaute Adam an. „Hast du überhaupt ein Schiff, um ihn zu jagen?"Die Frage war berechtigt und Adam antwortete ruhig. „Nein, ein Schiff haben wir nicht, wir sind froh dass wir unsere Freiheit wieder haben". Der Käpt'n überlegte einen Augenblick und dann, als wenn es nichts Einfacheres wäre, sagte er, „na gut, ich glaube, jetzt sind wir sieben und ein Schiff haben wir mit etwas Glück auch"! Das war ein Paukenschlag für die Weggefährten, jetzt ging es vorwärts. Was für ein Glücksfall, in dieser Spelunke solch einen Verbündeten zu finden.

Und dieser neue Verbündete verbarg noch ein großes Geheimnis, davon aber später.

Alle stießen in der Mitte des Tisches die Holzbecher zusammen, um die Freundschaft zu besiegeln, mit einem Zug trank jeder seinen Becher leer, Adam bezahlte die Zeche, dann machten sich alle zusammen auf den Weg zum Hafen. Dort wollte der alte Piratenkapitän einen guten Freund vorstellen. Dieser Freund sollte helfen, ein tüchtiges Schiff zu bekommen. Sein Geschäft lag direkt am Anfang der Hafenstraßen. Ein schmuckes Haus, mit Blick auf das weite Meer. Und wie sie diesen Freund zum ersten Mal sahen, mit seinem feinen Auftreten und seiner sehr rundlichen Form, passte er gar nicht in diese wilde Stadt. Das war aber nur der erste Schein nach längerer

Beobachtung stellte sich heraus, dass er für diese Stadt wie geboren war. Er sprach genau die Sprache, die hier zählte, rau und herzlos. Er verkaufte alles, was auf einem Schiff gebraucht wurde, sogar mit ganzen Schiffen handelte er. Der alte Kapitän musste alle Trümpfe aus dem Ärmel ziehen, bevor der kleine Dicke ihm überhaupt ernsthaft zuhörte. Es war überhaupt nicht zu erkennen, dass sie miteinander befreundet sein sollten. Aber so war er, man musste seine Neugier schon wecken, um ihn auf sich aufmerksam zu machen. Er hörte gelangweilt die ganze Geschichte an, erst als er hörte; „Du wirst dafür fürstlich belohnt, dafür stehe ich mit meinem Wort. Und ich habe dich noch nie enttäuscht, das weißt du selbst am besten"! wurde sein Interesse geweckt. Mit listigen, blinzelnden Augen beobachtete er den Redner. Dann plötzlich, fiel er ihm ins Wort. „Käpt'n", sagte er eindringlich, „wenn du mich linken willst, werde ich dich finden. Und dann Gnade dir Gott"! Nach einer kleinen Pause fuhr er weiter fort. „ Ich weiß nicht, woher du das Geld nehmen oder holen willst, aber das,…….. interessiert mich recht herzlich wenig. Nur wiederhaben will ich es. Ich gebe dir ein Jahr Zeit, dann will ich es zurück". Die kleine Gruppe freute sich, dass der alte Kapitän den knorrigen Händler überreden konnte. Das war ein riesiger Schritt für den langen Weg, den sie gehen wollten. Mit dem Händler ging es jetzt zum Hafen.

116

Drei Schiffe hatte er zur Auswahl, die am Ende des Hafens vor Anker lagen. Als sie vor den prächtigen Schiffen standen, konnten sie ihr Glück kaum glauben. Nur Adam war unwohl zu Mute, wie sollte der alte Käpt'n das Geld auftreiben, um das Schiff zu bezahlen? Mauri, Adam und Perry sprangen als erstes von Schiff zu Schiff, sie versuchten die Vorteile der Schiffe heraus zu finden. Schließlich nach kurzem hin und her, war die Wahl getroffen. Sie fiel auf ein Schiff mit dem Namen „Breakwater". Ein stolzer Dreimaster mit wunderschönen Schnitzereien, vom Bug bis zum Heck. Entscheidend war, dass die „Breakwater" mehr Kanonen an Bord hatte, als die anderen. Dies könnte noch von großem Vorteil sein. Man verhandelte noch über den Preis. Schließlich gaben sie sich die Hände und der neue Besitzer ging an Bord, wo er von Adam in Empfang genommen wurde. Er reichte ihm dankbar die Hand und fragte ihn. „Wie heißt du eigentlich, oder sollen wir dich die ganze Zeit „Alter Kapitän" nennen". Da lachte er laut, „nein, das möchte ich nicht! Dass ich alt bin, weiß ich selbst, da braucht ihr mich nicht jedes Mal daran erinnern. Nennt mich einfach Will, das ist mein richtiger Name. Adam sprang auf das Vorderdeck. „Hört zu Freunde", rief er. „Auf unsern neuen Freund Will, der es uns ermöglicht hat, so ein Schiff zu bekommen, ein dreifach kräftiges Hipp hipp". Und das „Hurra" kam so kräftig, wie man es von sechs

Männern nicht erwartet hätte. Will stand die Freude im Gesicht geschrieben, aber über eines freute er sich besonders, dass sein Leben wieder einen Sinn bekommen hatte. Jetzt ging es an die Arbeit, es musste eine Bestandsaufnahme gemacht werden. Fein säuberlich wurden die fehlenden Sachen von Joshua notiert. Alles was sie an Bargeld bei sich hatten, warfen sie zusammen in eine Mütze mit der Samuel rumging. Perry schmiss sogar das Geld hinein, was er von Adam bekommen hatte, als er sich ihm seinerzeit anschloss. Vor allem brauchten sie Proviant und noch ein paar tüchtige Seeleute, aber um das alles wollten sie sich am anderen Morgen kümmern.

Die erste Nacht in Freiheit war herrlich, alle schliefen seit Langem mal wieder ohne Ängste. Als es hell wurde kam auch schon Bewegung auf Deck. Man spürte die Motivation in jedem einzelnen Mann. In einer Taverne, die direkt in der Nähe des Schiffes lag, stärkten sich alle für den anstrengenden Tag, der vor ihnen lag. Will kannte sich in der Stadt am Besten aus, er wusste genau, wo sich die Seemänner aufhielten, wenn sie nicht auf See sind. Nach dem ausgiebigen Frühstück ging es erst einmal in die großen Lagerhallen, Dort wollten sie Proviant bestellen, was in Begleitung von James auf die

„Breakwater" gebracht wurde. Joshua und Perry sollten zu einem Waffenhändler gehen und Gewehre, Säbel und Munition für alle Schusswaffen besorgen, und auch sie zum Schiff schaffen. Mauri, Adam, Samuel und Will machten sich auf die Suche tüchtige, kernige Seeleute zu bekommen, die mit Salzwasser gewaschen waren und die auch schon mal einem Sturm und einem Kampf ins Auge gesehen hatten. Das hört sich komplizierter an, als es in Wirklichkeit war, man muss nur wissen, wo sich diese Typen aufhalten. In den Bordellen der Stadt. Wills Weg führte genau auf so ein Haus zu, an einem Schild stand „Liebesgrotte". Ein heilloses Durcheinander war dort zu sehen, als Will die Tür öffnete. Die Luft war schwer von Rauch, Rum und süßem Parfüm. Das Licht schummerig, obwohl es draußen taghell war. An einem freien Tisch setzten sie sich hin, sofort schwärmten die Damen, wie Motten, die vom Licht angezogen wurden, zu ihnen. Jeder verteidigte sich so gut er konnte, was wirklich nicht so einfach war gegen die aufdringlichen Liebesdamen. Aber Will sollte recht behalten, hier hielten sich einige auf, die zumindest optisch den Anspruch hatten, so ein Unternehmen mitzumachen. Zwei grüßten sogar den alten Kapitän. Worauf er sofort aufstand und auf sie zuging, um sie anzusprechen. Nach einer kleinen Unterhaltung standen die beiden auf und setzten sich zu Adam und den anderen. „Das sind Kirk und Marc, ich bin schon mit ihnen gesegelt. Das sind gute Leute, die wir gebrauchen können. Ich habe ihnen kurz erzählt worum es geht. Was meint ihr"? fragte Will in die Runde. „Eine größere Empfehlung kann man nicht bekommen, meinetwegen sind sie dabei", bemerkte Samuel. Die anderen, die am Tisch saßen, sahen das genauso. Und so waren die ersten beiden Haudegen gefunden. Mauri brachte sie sofort zum Schiff, sie sollten beim Beladen helfen, aber vor allem sollten sie keinen Rückzieher mehr machen. Will, Adam und Samuel suchten weiter und nach einiger Zeit kamen sie mit drei Männern ins Gespräch, auch sie hatten im Moment nirgends angeheuert und verspürten wieder Lust, die Weltmeere zu besegeln. Man wurde sich schnell einig und zusammen machten sie sich auf den Weg zum Schiff. Dort angekommen packten gleich alle kräftig mit an. Fleißig wie die Ameisen, wurde beladen und verstaut. Gegen Nachmittag war die Arbeit getan und Will, Samuel und Adam machten sich nochmal auf den Weg, Seeleute zu bekommen. Sie suchten noch einen Segelmeister und einen, oder zwei Zimmerleute. Auch hier hatte Will wieder großen Verdienst daran, dass das so gut klappte. Ein befreundeter Wirt, gab ihm den entscheidenden Tipp und schnell waren sie ausfindig gemacht. Auch diese Männer zögerten nicht, dem Angebot nachzukommen. Im Ganzen waren sie jetzt vierzehn Mann, was natürlich noch viel zu wenig war, um auf See zu bestehen. Man war sich einig, dass noch vierzig einfache Matrosen angeheuert werden sollten. Diese waren nicht schwer zu finden, in den Tavernen saßen sie wie die Vögel auf der Stange. Einfache Seeleute, die nicht schreiben und lesen konnten. Aber auch sie brauchte man für die vielen kleinen Dinge, die an Bord anfielen. Fast jeder Angesprochene sagte zu und reihte sich in die Gruppe ein. Schließlich wurden alle aufs Schiff gebracht und in ihre Arbeiten eingewiesen. Auf Deck lag die tiefschwarze Nacht, nur der Schein der Öllampen erhellte das Mitteldeck. Adam rief alle zusammen. „Freunde, Kameraden, wir werden heute Nacht auslaufen, das ist der Augenblick worauf wir schon lange gewartet haben. Aber vorher müssen wir noch ein paar Dinge klären. Wir sind ein zusammengewürfelter Haufen, wovon sich die meisten nicht mal einen Tag lang kennen. Und wir, wie das Schiff, müssen geführt werden, das wisst ihr, genauso wie ich. Unsere Aufgabe ist es, einen Kapitän zu bestimmen. Es sind sicher einige gute Matrosen unter uns, aber ein Kapitän sollte der erfahrenste sein. Und aus diesem Grund schlage ich „Will" vor. Er hat die meiste Erfahrung. Er weiß, wie man ein Schiff befiehlt. Was meint ihr? Wer dafür ist, hebe die rechte Hand". Die Männer schauten sich fragend an und erst als Samuel und Mauri die rechte Hand hoben, folgte einer nach dem anderen. Adam freute sich, sprang auf Will zu und gratulierte ihm. „Es ist dein Schiff, Käpt'n Will, gib uns deine Befehle". Der grinste, ließ sich nicht zweimal bitten, und wie es sich gehört für einen Käpt'n, ließ er die Männer gleich strammstehen. „Was ist los mit euch, wollt ihr die Flut verpassen? Macht euch an die Arbeit, ihr faules Gesinde! Du Adam, ans Steuerruder und du Mauri, mit sechs Mann zur Ankerwinde, die anderen in die Takelage, Segel klar machen, Anker lichten. Schiff klar machen zum Auslaufen, das karibische Meer wartet auf uns, und möge Gott uns beistehen". Alle sprangen auseinander und spätestens jetzt wusste jeder, dass der Käpt'n sein Handwerk verstand. Die Kommandos donnerten über Deck, jeder, der nur eine Sekunde verschnaufte, wurde sofort daran erinnert, dass dies hier kein Urlaub war. Die ganze Zeit stand Käpt'n Will neben Adam am Steuerruder. Irgendwann sagte er zu Adam. „Siehst du, ich habe nichts verlernt". Von Adam kam keine Antwort, sein Blick ging nur gerade aus. Zu tief war er besessen von der Jagd, die endlich begann. Langsam legte die „Breakwater" ab. Das Schiff war eine Pracht, unter vollen Segeln ging es jetzt aufs offene Meer. Dort, nach etlichen Meilen, sollte die Mannschaft in die Geschichte eingeweiht werden. Adam hatte mit dem Käpt'n darüber gesprochen, niemand sollte überredet oder gezwungen werden, mit ihm Rache zu nehmen. Ihre Befürchtung war nur, wenn sie von Anfang an mit offenen Karten gespielt hätten, dann wären einige erst gar nicht an Bord gegangen. Denn Greyhound war für viele ein Teufel und wer jagt diesen schon gerne?

Am Abend des zweiten Tages auf See, fasste sich Adam ein Herz und öffnete seine Seele. Die „Breakwater" lag gut im Wind und Tausende von Sterne waren zu sehen in dieser milden Nacht. Auf einer Kiste sitzend, neben ihm Mauri und Samuel, sprach Adam zur Mannschaft. Er begann mit dem Dorfleben in Bearn, er redete darüber wie sein vorheriges Leben war, wie glücklich er war. Keine einzige Stelle ließ er aus, er wollte der Mannschaft alles anvertrauen, um Verständnis für seinen abgrundtiefen Hass zu wecken. Kein Laut war zu hören, außer Adams ehrlich gemeinten Worten. Aufrichtig stellte er am Ende die Frage; „Wer möchte sich uns anschließen? Wer macht mit?" Die Jubelstürme blieben aus, zu groß war die Angst vor dem blutrünstigen Greyhound. Einige machten ihren Unmut breit, sie wollten Handelsschiffe angreifen und nicht Greyhound jagen. Sie riefen Lügner oder Sklavenhändler in die Runde. Käpt'n Will, bemerkte, dass die Mannschaft mit Rachegedanken nicht zu überzeugen war, da musste mehr bei rumkommen. Daher ergriff er das Wort „Ich selber hasse diesen Greyhound, das könnt ihr mir glauben. Weil er auch mir übel mitgespielt hat. Aber ich kann euch verstehen, euch hat er noch nichts getan. Warum sollt ihr für Fremde euer Leben riskieren? Aber jetzt sperrt mal alle eure dreckigen Ohren weit auf, ich sage es nur einmal! Viele Jahre bin ich mit Greyhound gesegelt. Berge von Reichtümern haben wir erbeutet. Und jetzt haltet euch fest, ich weiß die Position der Insel, wo kistenweise, in einer geheimen Höhle, alles versteckt ist. Und so wahr ich hier stehe, sollten wir es schaffen, den Schatz zu bergen; werdet ihr reich sein, so reich, dass ihr in den teuersten Bordellen euer Geld verprassen könnt! Was haltet ihr davon?" Unruhe machte sich unter den Zuhörern breit. Der listige Käpt'n spielte sein letztes Ass aus, warf nun genau in die Mitte der Männer ein altes Stück Papier. Wie Katzen, die mit einem Wollknäul die Mäusejagd übten, sprangen sie danach. Das Stück Papier war nicht gewöhnlich, es war eine Seekarte, auf der auch eine Insel aufgezeichnet war, mit genauen Längen- und Breitengraden. Es war die Karte der Insel, auf der sich unermessliche Schätze versteckten. Dies Papier beseitigte die letzten Zweifel. Wie kleine Hunde balgten sich die Männer auf Deck, sie jauchzten vor Freude und in Gedanken ließen sie sich schon die Goldstücke durch die Finger gleiten. Die Seekarte ging von einer Hand zur nächsten, die gierig danach griff. Bei einigen traten die Augen aus den Höhlen, so fasziniert waren sie von diesem Stück Papier. Der Käpt'n wurde mit wilden Sprechchören gefeiert, in ihren Träumen badeten schon alle in Gold und Seide. Jetzt wollte jedermann dabei sein. Euphorisch vergingen die nächsten Tage auf See, die Mannschaft raufte sich immer mehr zu einem verschworenen Haufen zusammen.

Neben Käpt'n Will, gehörten auch Adam, Mauri und Samuel zu den Leuten, die auf dem Schiff das Sagen hatten. Auch Perry wurde von allen sehr geschätzt. Wenn es Abend wurde auf der „Breakwater", studierten sie in der Kapitäns Kajüte die Seekarten, denn der Kurs für den nächsten Tag musste berechnet werden. Eines Morgens, der Tag war noch jung, schrie der Mann im Ausguck „Land in Sicht". Im Nu waren im Rumpf des Schiffes Stimmen zu hören. Wildes Getrampel und Flüche begleiteten das Hinauf stürmen auf Deck. Jeder wollte zuerst die Insel sehen, die sie reich machen sollte. Auf dem Oberdeck stand der Käpt'n und der wach habende Perry, beide hielten ein langes Fernrohr in der Hand. Plötzlich zuckte Perry zusammen, irgendetwas musste ihn erschrocken haben. Mit ausgestrecktem Finger zeigte er geradeaus, „ein Schiff liegt vor Anker" konnte man leise, fast flüsternd hören. Der Käpt'n reagierte geistesgegenwärtig und mit gedämpfter Stimme gab er die Befehle. „Steuer, hart backbord und Ruhe auf Deck, keinen Mucks will ich hören, Lichter aus. Noch steht die Sonne sehr tief, wir sind noch im Schatten der Nacht, sie können uns noch nicht gesehen haben!". Das Schiff legte sich schräg aufs Wasser und machte einen großen Bogen an der Insel vorbei. Der Käpt'n plante auf der andere Seite der Insel anzukommen. Wenn alles gutging noch in der Morgendämmerung. Alles klappte wie geplant, dort angekommen, wurde schleunigst das Beiboot zu Wasser gelassen und eine kleine Gruppe machte sich auf den Weg zur Insel. Vier einfache Matrosen, sowie Perry, Mauri und der Käpt'n saßen im Beiboot. Sie wollten in Erfahrung bringen, mit wem sie es zu tun hatten. War es Greyhound, oder war es ein Schiff, das nur zufällig vor der Insel ankerte? Die Zeit verging, es war schon heller Tag, als sie zurückkehrten. Adam stand oben an der Reling und empfing sie. Die Gesichter der Ankömmlinge waren ernst, keiner sprach ein Wort. Nur der Käpt'n gab Befehle, „Anker lichten, wir müssen schnell weg". Die Mannschaft führte die Befehle aus, die Anspannung stand ihnen ins Gesicht geschrieben. Was hatten sie auf der Insel gesehen? Erst als sie sich weit genug von der Insel entfernt hatten, um nicht entdeckt zu werden, sagte der Käpt'n, „Es ist Greyhound"! Aus einigen Kehlen trat Entsetzen hervor, die Träume der ganzen Reichtümer waren die eine Sache, die andere war, dass sie den Teufel genau vor sich hatten;  der wie eine Spinne in seinem

Netz saß. Und das war für den einen oder anderen dann doch zu viel. Adam stand abwesend da, so nah war er ihm noch nie gekommen, dem Mann, der ihm alles genommen hatte. Er brauchte doch nur mit dem Beiboot zur Insel rudern, über die Insel laufen und diesen Greyhound erschlagen, so einfach! Blind vor Wut und völlig durcheinander im Kopf, siegte dann doch die Vernunft. Joseph gab ihm damals mit auf den Weg. „Schalte deinen Kopf ein, du darfst nicht nur nach dem Wunsch des Herzen handeln". Mauri legte die Hand auf Adams Schulter, zusammen setzten sie sich mit der ganze Mannschaft auf das Unterdeck. Ein Plan musste her und das schnell. Der Käpt'n ergriff das Wort, „Zahlenmäßig sind sie uns überlegen, auch im Kampf, Mann gegen Mann, werden sie uns kräftemäßig überlegen sein. Aber wir haben einen Vorteil, der das alles wieder aufwiegt. Die wissen nicht, dass wir hier sind. Sie hatten keine Wachen aufgestellt, nicht am Lager, und auch nicht auf den Hügeln, das haben wir kontrolliert! Der Überraschungsmoment ist auf unserer Seite. Wir können ihnen mit List und Tücke beikommen. Jetzt hört, so werden wir unseren Vorteil voll ausspielen. Kirk und Marc werden wir so herrichten, dass sie wie Schiffbrüchige aussehen. Ihr trinkt ab sofort keinen Tropfen Wasser mehr, es muss alles echt aussehen. Zieht eure Hemden aus, dass die Sonne eure Haut verbrennt.

Wir segeln weiter auf offener See, damit wir nicht entdeckt werden. In der zweiten Nacht, bringen wir euch mit dem Beiboot in die Nähe der Insel. Dann geben wir euch zwei Nächte, in der dritten greifen wir an. Bis dahin müsst ihr versuchen, Pistolen und Gewehre unschädlich zu machen. Wenn ihr merkt, dass Piraten unzufrieden sind, überredet sie, zu unserer Seite zu wechseln, aber nur, wenn ihr euch ganz sicher seid. In der dritten Nacht, kurz vor dem Morgengrauen, werden wir sie einkreisen und überrumpeln. Sie werden so benebelt sein vom Rum, das sie sich kaum wehren können". Die Mannschaft hatte die ganze Zeit gut zugehört, kaum einer stimmte gegen den Vorschlag, der Plan wurde für durchführbar befunden. Nur zwei wechselten die Gesichtsfarbe, Kirk und Marc. Ihnen war gar nicht wohl in ihrer Haut. Der Käpt'n ging auf sie zu, fasste jedem bei der Schulter. „Ihr schafft das, sonst hätte ich euch nicht ausgewählt". Die Blicke und die Körperhaltung der beiden richteten sich wieder etwas auf. Marc scherzte zu Kirk, „dann Komm, lass uns in der Sonne unsere Haut grillen". Der Tag kroch wie eine Schnecke, die Sonne brannte auf Deck, dass der Teer in den Ritzen zu schmelzen begann. Gegen Abend waren Kirk und Marc schon von der Sonne gezeichnet, müde und entkräftet saßen sie da, ihre Köpfe glühten von der Sonne. Der zweite Tag verlief genauso wie der erste, die Sonne brannte vom wolkenlosen Himmel. Am späten

Abend sahen die beiden aus wie Brathähnchen. Die ganze Mannschaft hatte Mitleid mit ihnen, aber einige wenige konnten sich das Lachen nicht verkneifen, sie sahen wirklich erbärmlich aus. Erst weit nach Mitternacht brachten sie die beiden in die Nähe der Insel. Das letzte Stück sollten sie schwimmen. Sie schrien laut auf, als das kalte Salzwasser ihre verbrannte Haut berührte.

## 7. Kapitel

## Greyhound

In tiefer Dunkelheit erreichten sie völlig erschöpft den Strand, sie wollten sich bis zum Morgengrauen noch verstecken. Zwischen großen Felsen suchten sie Schutz und warteten ab. Die Sonne war nur als Schimmer am Horizont zu erkennen, als sich die Beiden in der Morgendämmerung auf den Weg machten. Die kraftlose Haltung brauchten sie nicht zu spielen, der Durst quälte sie mörderisch und ihre Köpfe, der Hals, die Brust, der Rücken  und die Arme brannten wie Feuer von den Sonnenbränden. Mehr stolpernd als gehend führte ihr Weg direkt auf das Piratenlager zu. Schon von weitem konnten sie die Rauchsäule von dem heruntergebrannten

Feuer sehen. Jeden Augenblick mussten sie entdeckt werden. Doch nichts passierte, sie kamen näher und näher, sie konnten die Piraten schon neben dem Feuer liegen sehen; wild durcheinander schliefen sie ihren Rausch aus. Es waren zwar viele, die sie jetzt zu Gesicht bekamen, aber diese waren harmlos wie Lämmer, denn sie schliefen tief und fest. Die beiden machten sich bemerkbar, sie riefen um Hilfe und immer wieder „Durst, Durst". Hätten sie um den Zustand der Piraten gewusst, hätten sie gar nicht so einen Aufwand betreiben müssen. Mit Leichtigkeit hätten sie die schlafenden, betrunkenen Piraten überrumpeln können. Aber wer konnte damit rechnen, dass sie gar keine Wachen, keinen einzigen nüchternen Piraten vorfanden. Plötzlich kam Leben in das Lager, aus dem nahegelegenen Wald liefen schwer bewaffnete Piraten auf Kirk und Marc zu. Sofort schrien die Heranstürmenden sie an, dass sie stehen bleiben sollten oder sie würden auf der Stelle erschossen. Die beiden bekamen es mit der Angst zu tun. Eingeschüchtert blieben sie da stehen, wo sie waren. Diese Piraten wirkten nicht ganz so betrunken, sie waren ausgeschlafener und sehr aggressiv. Aus diesem Haufen trat ein Mann hervor. Sein Aussehen kann man nur mit einem Wort beschreiben: „Exzentrisch". Ein großer Hut zierte sein Haupt, mit rotweißen Federn geschmückt. Eine weite dunkle Hose, mit einer roten Schärpe um den

Bauch. Stiefel bis zum Knie und eine Jacke, die mit golden schimmernden Knöpfen und Stickereien glänzte. Und das Auffälligste waren die vielen großen Ringe an den Fingern, mit dicken Edelsteinen besetzt. Wie ein Papagei kam er daher, aber das fast lustige Aussehen täuschte. „Das war Greyhound!" Der Teufel der Meere, der Mann, der so viel Unheil über unzählige Menschen gebracht hatte. Die Angst konnte man in Kirk und Marcs Gesicht sehen. Zu viele grausame Taten hatten sie über diesen Mann gehört, der nicht fragte, bevor er tötete, dieser Mann war genau so verrückt wie sein Aussehen. „Wo kommt ihr denn her? Aus welchem Mauseloch seid ihr denn gekrochen. Sprecht schnell und ich warne euch, lügt mich nicht an, das ist noch keinem bekommen". Mit seiner Säbelspitze strich Greyhound ganz langsam über die Kehlen der beiden. Sie stammelten total verängstigt, „Wir sind Schiffbrüchige, unser Boot ist im Sturm gesunken, nur wir beide haben es geschafft. Tagelang trieben wir auf See, nur ein paar Planken trugen uns auf dem Wasser. Wir haben so einen Durst, bitte gebt uns Wasser". Dabei fielen sie auf die Knie, mit erhobenen, gefalteten Händen bettelten sie um Wasser. Mit einer kurzen Handbewegung zeigte Greyhound an, dass jemand Wasser bringen sollte. Sofort sprang einer los und führte den Befehl aus. Als er die Schüssel mit Wasser in der Hand hielt, zeigte er sie den beiden Bettelnden. Als sie danach griffen, zog er sie zur Seite, setzte genüsslich an und trank einen großen Schluck daraus. Lachend setzte er sie wieder ab und schleuderte den Rest Wasser den beiden Knieenden ins Gesicht. Niedergeschlagen kauerten sie im Sand. In ihren Köpfen spielten sich schon die schlimmsten Dinge ab. „Ihr denkt wohl, ihr könnt mich hinter das Licht führen, nein, meine Freunde, so schnell falle ich auf eure Geschichte nicht rein. Wir hatten die letzten drei Tage keinen Sturm, sondern immer Sonnenschein. Wann soll das denn gewesen sein? Sprecht, bevor ich mich vergesse und euch tot schlage". Kirk war der bessere Lügner und so begann er zu erzählen, wie sich alles zugetragen habe. „Käpt'n, wir waren mit der „Future" in einen heftigen Sturm geraten, die Masten brachen ab, wie Streichhölzer. Viele wurden von Bord gespült. Wir hatten Glück, dass wir zwei dicke Schiffsplanken ergreifen konnten. So haben wir es bis hierher geschafft". Ein Nebenstehender mischte sich ein. „In drei Tagen kann man eine Menge Seemeilen schaffen, ich glaube ihnen, so wie die aussehen". Mit lautem Fluchen schrie ihn Greyhound an „Dich hat keiner nach deiner Meinung gefragt oder willst als erster an diesem      wunderschönen      Morgen      sterben". Eingeschüchtert ging der arme Hund in volle Deckung und sagte kein Wort mehr. „Hat sonst noch irgendjemand einen Vorschlag, den er gerne kundtun möchte? Nein?

Dann haltet gefälligst eure Fischmäuler". In aller Ruhe kümmerte er sich jetzt wieder um Kirk und Marc. „Wie hieß denn euer Käpt'n …. das Schiff die „Future" kenne ich nämlich…. nun sagt schon, wie hieß er". Kirk wuchs über sich hinaus und ohne zu zögern rief er, „der Käpt'n hieß Pitter, Käpt'n Pitter natürlich. Gott sei seiner Seele gnädig". Wir segelten von Freeport die nordamerikanische Küste herauf, um in den Häfen unsere Ladung zu verkaufen". Käpt'n Greyhound war sehr überrascht von dieser spontanen Antwort, denn er kannte die „Future" in Wirklichkeit gar nicht und einen Käpt'n Pitter auch nicht. Aber diese schnelle Antwort hatte ihn überzeugt, dass diese zwei Schiffbrüchige waren. Und was sollten schon zwei schwache Matrosen gegen seine über hundert Mann starke Mannschaft anrichten. „Gebt ihnen Wasser", schrie er in die Meute, „bevor sie uns noch verdursten. Wer weiß, vielleicht sind sie uns noch einmal nützlich". Das Schlimmste war überstanden, so dachten sie jedenfalls. Die Wasserschüsseln, die sie gereicht bekamen, tranken sie mit einem Zug leer. Die Gruppe löste sich wieder auf, keiner schenkte den Beiden sonderliche Aufmerksamkeit. Die Piraten fühlten sich ihrer Sache sehr sicher. Etwas abseits von dem Lagerfeuer, das wieder lichterloh in Brand gebracht wurde, setzten sich die Beiden in den Sand. Listig, in alle Richtungen schauend, beobachteten sie das ganze Lager.

Es waren ungefähr neunzig Männer zu sehen, einige hielten sich aber wohl im Wald auf, da wo auch Greyhound sein Lager hatte, deshalb war ihre tatsächliche Zahl schwer zu bestimmen. Viele sahen runtergekommen aus. Schlechte Zähne, verstümmelte Hände und schreckliche Narben im Gesicht. Die Kleidung, die ihre Körper zierte, war zerlumpt und dreckig. Man konnte sich gut vorstellen, dass, wenn so eine Horde auf einen zustürmte, die Knochen und Muskeln vor Angst versagten. Der Tagesablauf war eigentlich durch das gleiche Programm bestimmt, wenn es überhaupt eines gab. Saufen, Karten spielen, irgendwelche Kraftspiele oder Singen. Der ein oder andere Pirat setzte sich schon mal zu den Beiden, rauchte eine Pfeife mit ihnen oder trank einen Becher Rum. So ging es bis zur Abenddämmerung, dann änderte sich die Stimmung am Strand. Greyhound war aus dem Wald zurück an den Strand gekommen. Er wirkte stark angetrunken und fuchtelte mit seinem Säbel umher. Um ihn herum waren wieder dieselben Männer, wie bei ihrer Ankunft. Das mussten seine Vertrauten sein, die, wenn es eng wurde, auch fest zuschlagen konnten. Lange Zeit beobachteten Kirk und Marc das Treiben, dann ganz plötzlich drehte sich der Käpt'n um seine eigene Achse und wie ein Tänzer, der zum Finale übergeht, zeigte er mit dem Säbel auf Kirk und Marc. Im gleichen

Augenblick schrie er wie ein Irrer, „Aufnahmeritual". Die ganze Mannschaft jubelte Greyhound zu, einige schlugen Purzelbäume und blieben betrunken im Sand liegen, krabbelnd, auf allen vieren kamen sie wieder zum Lagerfeuer zurück. Greyhound stellte sich genau vor Kirk und Marc. „Wisst ihr, was das heißt, Aufnahmeritual?". Beide schüttelten den Kopf, keiner wollte mit irgendwelchen falschen Antworten, den Käpt'n reizen. „Nein.... ihr kennt das nicht, dann will ich es euch mal erklären. Um in meine Mannschaft aufgenommen zu werden, müsst ihr eine Prüfung bestehen. Ich möchte ja keine Feiglinge in meiner Mannschaft haben, die beim ersten Kanonenschuss das Weite suchen. Ich glaube ich kann mit Stolz behaupten, dass ich die mutigste Mannschaft habe, die auf den Weltmeeren segelt. Stimmt das nicht?" Schrie er seine Mannschaft an. Die Mannschaft jubelte so laut, dass es von den Bergen der Insel zurück hallte. Dieser Mann verstand es, Menschen aufzubringen und mit ihnen in den Kampf zu ziehen. „Für euch beiden habe ich mir was ganz Feines einfallen lassen. Da ihr ja beide gute Schwimmer seid, wie ihr uns tollkühn berichtet habt, werdet ihr heute im Wasser getauft. Hört gut zu, ich erkläre es nur einmal. Ihr werdet auf mein Schiff die „Limited" gebracht. Auf Deck verbinden wir eure Arme vor dem Bauch. Dann stecken wir jedem ein Messer ins Maul und zum guten Schluss spaziert ihr über die Planke ins Meer. Bis hier hin ist alles ganz einfach, wie ich meine. Jetzt kommt die eigentliche Prüfung. Ihr müsst versuchen euch zu befreien und zurück zum Strand zu schwimmen. Wer sich nicht befreien kann, den können wir eh nicht gebrauchen, um den ist es nicht schade! Aber das ist ja auch noch keine schwierige Prüfung, die euch Angst einjagen müsste. Aber ab jetzt habt ihr ein Problem! Sobald ihr euch befreit habt und auftaucht, machen sich unsere besten Schwimmer bereit, um euch zu jagen. Wer es vor den Jägern zum Strand schafft, ist aufgenommen. Wer es nicht schafft, ist  tot. Denn, wenn der Jäger euch nicht tötet, dann töten wir den Jäger. So haben wir auf jeden Fall einen fairen Wettkampf". Greyhound musste über sich, vor allem über seine fiesen Ideen lachen. Das tat er so herzhaft, das seine Vertrauten mit einfielen und zusammen lachten sie, bis ihnen die Tränen über das Gesicht liefen. Die beiden Jäger, die Greyhound aussuchte, waren darüber gar nicht erfreut. Das eine war klar, es mussten zwei Menschen sterben, wieder durch diesen Teufel. Marc und Kirk wurden zum Boot gebracht. Mit ihnen im Boot saßen die beiden Jäger und noch vier, die die Ruder bedienten. Am Strand herrschte ausgelassene Stimmung, Greyhound hat es mal wieder geschafft, seine Mannschaft zum Jubeln zu bringen. Die Fahrt zum Schiff ging viel zu schnell und schon standen sie auf Deck. Kirk gab Marc noch den Ratschlag, lange zu tauchen, nachdem er sich befreit hatte, „Das ist dein Vorsprung vor den Jägern". Marc nickte nervös, er war zu angespannt um mit Kirk zu sprechen. Sie zogen ihre langen Hosen aus, um im Wasser noch schneller zu sein, dann wurden ihre Hände fest verschnürt und jedem ein grobes Messer in den Mund gesteckt. Über die Reling ging es auf die Planke, dann kam das Kommando zum Start. Gerade waren sie im Wasser eingetaucht, als sich die Jäger schon auf die Planke stellten, sie warteten gespannt, wann sie auftauchten. Unter Wasser ging es ums nackte Überleben. Es war schon schwierig genug, das Messer im Mund zu halten, um das Seil zu zerschneiden. Aber je länger es dauerte, umso tiefer sanken sie auf den Meeresgrund. Kirk war der erste, der das Seil zerschnitten hatte, kräftig stemmte er sich vom Meeresgrund ab Richtung Strand. Ein paar Meter entfernt kämpfte Marc noch mit dem Seil, schließlich schaffte er es auch. Er machte es genau wie Kirk, mit einem kräftigen Tritt stemmte er sich ab. Sie wollten so lange tauchen, wie die Lunge es hergab, denn das bedeutete den Vorsprung vor den Jägern. Fast gleichzeitig kamen sie an die Oberfläche, die Jäger auf den Planken sprangen sogleich hinterher. Mit aller Kraft und Geschicklichkeit schwammen sie los. Bei Kirk konnte man sehen, dass er ein sehr guter Schwimmer war, der Abstand zwischen ihm und dem Jäger verkürzte sich nur wenig. Aber bei Marc war nach der Hälfte der Strecke schon zu sehen, dass es nicht reichen würde. Zug um Zug holte der Jäger auf. Kirk hatte seinen Vorsprung halten können, er fühlte festen Boden unter den Füssen und lief zum Strand. Wo er gleich Ausschau nach Marc hielt. Er wollte wissen, ob er es auch geschafft hatte. Mit Entsetzen sah er, dass er eingeholt würde, schnell wollte er zur Hilfe eilen. Aber weit kam er nicht, denn eine Pistolenkugel schlug direkt vor ihm ins Wasser. „Die nächste sitzt, bleib wo du bist", schrie ihn Greyhound an. Schon wieder hörte Kirk einen Schuss, im Schall der abgefeuerten Waffe, einen Todesschrei. Der Seemann, der ihn gejagt hatte, wurde von einem Vertrauten des Käpt'n erschossen und fiel der Länge nach, begleitet von dem Jubel der aufgebrachten Meute, ins Wasser. Im hüfttiefen Wasser stand Kirk da, keine zehn Meter vor ihm kämpfte sein Kamerad ums Überleben. Marc hatte seinen Vorsprung verspielt und kämpfte jetzt Mann gegen Mann. Ein ungleicher Kampf; der Pirat brauchte nicht lange, um Marc zu überwältigen. Er ertränkte ihn mit bloßen Händen. Kirk stand wie fassungslos im Wasser, als der Jäger stolz vorbeischritt, um an den Strand zu kommen. Er hatte sein Leben gerettet, Marc seines verloren. Wenigstens ans Ufer bringen, wollte er ihn. Aber selbst das wurde ihm nicht gestattet. Der andere, der das Leben gelassen hatte, wurde auch nicht mehr beachtet. Sie überließen die beiden Toten dem Meer. Ganz langsam ging Kirk zum Strand, der Pirat, der Marc getötet hatte, wurde gefeiert wie ein König. Greyhound ging direkt auf Kirk zu und reichte ihm ein große Flasche Rum. „Trink mein Freund, jetzt bist du einer von uns". Kirk nahm die Flasche und setzte sie erst ab, als sie halb leer war. Darüber amüsierte sich Greyhound herzlich. Kirk ging es nur darum seine unbändige Wut zu ertränken. Diese Wut, gegen alle, die um ihn herum waren. Die ganze Nacht feierten die Piraten, wie jede Nacht, wenn sie an Land waren. Kirk schlief irgendwann vom Rum benebelt ein. Er war auch der erste, der am frühen Morgen wieder auf den Beinen war. Apathisch saß er da und schaute aufs Meer. Die Wellen liefen am Strand hoch, so gleichmäßig, als gäbe es keinen schöneren Ort. Dabei lagen hier, um ihn herum, nur Mörder und Betrüger. Langsam raffte er sich auf, der Kopf dröhnte vom Rum. Seine langsamen Schritte führten ihn zum Strand, der frische Wind sollte ihm wieder Klarheit verschaffen. Zwei Tage musste er noch mit diesem Pack auskommen, erst dann konnte er mit Hilfe rechnen. Wie sollte das gehen? Wie sollte er das schaffen? Was hatte der Käpt'n von ihm und Marc verlangt? Das waren die Gedanken, die in seinem Kopf immer wieder hochkamen. Er verfiel fast in Selbstmitleid. Ein ganzes Stück hatte sich Kirk schon vom Lager entfernt, da sah er in ungefähr hundert Meter Entfernung jemanden am Strand sitzen. Interessiert ging er näher. Der, der da saß, nahm keine Notiz von ihm, sein Blick war geradeaus auf das Meer gerichtet. „Hey, was machst du hier", sprach Kirk ihn an. Sein Kopf drehte sich in die Richtung aus der die Stimme kam. Aber der Blick, die Augen, alles war leer. „Kann ich dir irgendwie helfen"? , fragte Kirk weiter. Die Frage wurde nur mit einem Kopfschütteln beantwortet. Einige Sekunden verstrichen, ohne, dass jemand sprach. Von einem Seufzer begleitet, flüsterte er ganz leise." Du kannst mir nicht helfen und ich kann dir nicht helfen, alle die hier sind, sind verloren". Kirk setzte sich zu ihm in den Sand. „Mein Name ist Kirk, wie darf ich dich ansprechen"? Er wollte mehr von diesem Mann erfahren, versuchen ihn auf seine Seite zu bekommen. „Mich rufen alle Shorty, weil ich so klein bin. Aber Kraft habe ich für zwei, das kannst du mir glauben". „Das will ich dir glauben, Shorty. Aber warum starrst du so traurig aufs Meer"? Kirk musste versuchen, sein Vertrauen zu gewinnen, er witterte einen interessanten Kameraden. „Mir hängt der ganze Mist zum Hals raus. Greyhound hat mich vor ungefähr einem Jahr als Gefangenen von einem englischen Kriegsschiff mitgenommen. Ob ich wollte oder nicht. Aber es war gut so, denn die anderen schlugen sie alle tot. Seitdem ziehen wir an den Küsten entlang,

140

immer auf der Suche nach neuer Beute. Es kommen immer wieder neue arme Seelen dazu, die durch den schlimmen Umgang erst zu dem werden, was du hier von ihnen siehst. Es sind wirklich gute Jungs darunter, aber sie haben keine Wahl; wenn du dich nicht anpasst, fällst du auf, und schnell landest du dann auf dem Meeresgrund". Kirk überlegte, wie er es anstellen sollte, diesen Shorty einzuweihen. Schließlich fragte er ganz belanglos, „möchtest du weg"? Es kam ein langsames Nicken, „ich würde alles dafür tun, um diese Piraten zu verlassen, wirklich alles". Das reichte Kirk, er weihte ihn in ihre Geschichte ein. Schnell erklärte er den Plan, den er verfolgte und am Ende fragte er, „Bist du dabei?" Shorty drehte sich zu Kirk um, seine Augen funkelten vor Freude. Todernst Antwortete er ihm. „Ich bin dabei, mit Haut und Haar, das verspreche ich dir. Ich werde dir eine große Hilfe sein. Denn, wenn meine Freunde sehen, dass ich auf deiner Seite bin, werden sie uns auch unterstützen, das ist so sicher wie das Amen in der Kirche". Kirk freute sich über die Hilfe, und er fand Shorty's Idee sehr gut, niemand weiteren einzuweihen, denn zu viele Mitwisser könnten das Unternehmen zum Scheitern verurteilen. Getrennt gingen sie zurück ins Lager, in dem schon wieder alles drunter und drüber ging. Mit Lebensmitteln, Feuerholz, Rum und was es sonst noch alles gab, wurde verschwenderisch umgegangen, als wenn es keinen Morgen mehr gäbe. Am späten Nachmittag schlug die Stimmung im Piratenlager um. Käpt'n Greyhound war schon mächtig angetrunken, er brüllte pausenlos drauflos. Alles ging ihm zu langsam, er verlangte einmal dies und dann wieder das, wie ein kleines Kind, das seinen Willen nicht bekommt. Urplötzlich schrie er, „Wir laufen heute Abend noch aus, ich will wieder auf See, ich will Schiffe kapern und Siedlungen brandschatzen und Köpfe will ich abschlagen, viele Köpfe will ich!" Dabei lachte er und kicherte verrückt vor sich hin, um dann wieder, wie vom Blitz getroffen, mit dem Säbel um sich zu schlagen. Die Piraten sprangen auseinander, keiner wollte von den kräftigen Hieben getroffen werden. Zwei seiner Vertrauten liefen hinter ihm her und redeten beruhigend auf ihn ein, sie versprachen ihm, das Schiff schnellstmöglich zum Ankerlichten klar zu machen. „In drei Stunden sind wir auf dem Meer", redeten sie auf ihren betrunkenen Käpt'n ein. Als Kirk das hörte, wurde er kreidebleich, auch Shorty konnte man den Schrecken im Gesicht ablesen. Das waren schlechte Nachrichten für die beiden. Falls sie wirklich am späten Abend auslaufen würden, dann kämen seine Leute zu spät. Und er wäre auf Greyhounds Schiff gefangen! Die Kommandos folgten wie Donner einer abgefeuerten Kanone, jeder bekam genug Aufgaben, die im Eiltempo erledigt werden mussten. Auch Kirk bekam so viel aufgetragen, das er keine Möglichkeit sah, sich einen Plan auszudenken. Er war auch einer der ersten, die mit dem Beiboot zum Schiff ruderten, um beim Verladen des Proviants zu helfen. Die Besatzung der „Limited", schätzte Kirk jetzt auf weit über hundert Mann, die es sicher schaffen würde, das Schiff in drei Stunden seeklar zu machen. Shorty hatte einen kurzen Augenblick Zeit, um nach Kirk zu gehen, was er auch sofort tat. „Hast du deinen Jungs eine Nachricht hinterlassen, dass es auf dem Schiff Männer gibt, die zu euch halten?". Kirk nickte, „Ich habe mit einem Kohlenstück auf eine Baumrinde mitgeteilt, dass Marc tot sei und dass wir Verbündete in Greyhounds Mannschaft haben, mehr konnte ich leider nicht tun". Shorty klopfte Kirk auf die Schulter, „Das wird schon, wenn die Greyhound wirklich so hassen, wie du sagst, dann werden sie auch die Verfolgung aufnehmen, schon alleine, um dich zu befreien". Kirk war am Boden zerstört, Marc war tot und er ein Gefangener von diesem Satan, ihr Plan war gehörig schief gegangen.

✦

Auf der „Breakwater" kroch die Zeit wie in einer Sanduhr, auf die man ständig schaut. Immer wieder korrigierte der Käpt'n den Kurs, um sich nicht zu weit von der Insel zu entfernten. Tagsüber wurden die üblichen Dinge erledigt, die Wachposten waren am Tage doppelt, nachts sogar vierfach besetzt, um keine Überraschungen zu erleben. In der Kajüte wurde der Angriffsplan immer wieder durchgesprochen, damit auch alles glatt lief. Endlich ging der dritte Tag dem Ende zu, in der kommenden Nacht wollten sie angreifen. Der Käpt'n gab die Befehle, sie segelten mit direktem Kurs auf die Insel zu. Gegen Mitternacht waren sie nah genug und rafften die Segel, drei Mann Besatzung sollten auf dem Schiff bleiben, alle anderen ruderten bis an die Zähne bewaffnet, rüber an den Strand. Im Schutz der Nacht, versteckt hinter großen Steinen, wurden noch einmal die Waffen kontrolliert. Der Käpt'n sprach erneut eindringlich auf alle ein, „Denkt daran, der Überraschungsmoment ist auf unserer Seite, schießt genau und nicht überhastet, jeder Schuss muss einen von denen zu Fall bringen. Wenn ihr nicht mehr schießen könnt, verliert keine Zeit zum Nachladen, dann kriegen sie es mit dem Säbel! Viel Glück, lasst keinen am Leben!". Nach dieser kleinen Ansprache stieg der Mut in jedem einzelnen. Zu allem entschlossen, machten sie sich auf den Weg zum Piratenlager. Eine kleine Gruppe von ungefähr fünfzehn Mann sollte vom Strand angreifen, alle anderen aus dem Wald. Jeder trug so viele Pistolen und Gewehre, wie man nur tragen konnte, um noch zu kämpfen. Geräuschlos wie die Katzen, schlichen sie durch das Unterholz, keiner sprach, selbst das Atmen war nicht zu hören. Dann waren sie angekommen. Durch die Bäume konnten sie die Glut des Lagerfeuers sehen, noch einmal verharrten sie und beobachteten das Lager. Zwei wurden vorgeschickt, um aus nächster Nähe die Lage zu überprüfen. Alles war ruhig, die beiden Späher gaben Handzeichen, dass alle nachrücken sollten. Dann warteten sie auf die Gruppe vom Strand. Auch hier lief alles wie geplant. Sie kamen geschützt durch die großen Steine, die hier überall herumlagen, unbemerkt zum Lager. Der Käpt'n hatte einen Pistolenschuss als Angriffssignal vereinbart, darauf warteten jetzt alle. Dreißig Meter vor dem Lager, versteckt hinter Büschen, Bäumen und Steinen. Dann ging es los, wie ein Peitschenhieb durschnitt der Schuss die Stille der Nacht, „Auf sie, Kameraden, lasst keinen am Leben;" schrie Käpt'n Will. Mit lautem Gebrüll stürmten sie los. Jeder lief so schnell er konnte auf das Lager zu. Aber nach wenigen Sekunden war der Spuk auch schon wieder vorbei. Die, die am schnellsten waren, ließen die Waffen langsam niedersinken und gingen vom Spurt in den Trab, um am Ende zu gehen. Alles war wie leergefegt, die Unterkünfte waren zwar noch da, auch Fässer, Bretter, Segeltuch und unzählige Flaschen konnte man sehen, aber nicht ein Pirat schreckte von dem

145

Überraschungsangriff auf. „Weg, alle sind weg", mehr bekamen sie nicht heraus, als sie das Lager durchsuchten. Am Strand war das gleiche Bild, überall lagen Flaschen, kleine Fässer und Segeltuch herum, aber mehr auch nicht. Unzufrieden setzte sich Adam ans Feuer, wovon nur noch der große Gluthaufen in der Mitte Wärme ausstrahlte. Er dachte an Greyhound, der ihm wieder wie feiner Sand durch die Hände gerieselt war. Aber nicht nur Adam ging es so, vielen war die Enttäuschung anzusehen. Anderen wieder gar nicht, sie durchstöberten das Lager, um vielleicht doch etwas zu finden, was von Wert war. Sie hatten sie verpasst! Jetzt stellten sich neue Fragen auf. Warum hatten sie so fluchtartig die Insel verlassen und was war aus Marc und Kirk geworden? Fürs erste blieben diese Fragen unbeantwortet. Käpt'n Will war es, der durch seine humorvolle Art der Truppe wieder Leben einhauchte. „Warum sind wir von New Providence zur Insel gesegelt, he? Habt ihr das schon wieder vergessen? Dann werde ich euch mal auf die Sprünge helfen! Auf dieser Insel liegt ein riesiger Schatz. Hört ihr? Ein Schatz! Es war wirklich so, die Mannschaft war dermaßen angespannt vor dem Angriff und dann so verblüfft, niemand anzutreffen, dass sie durch die ganze Aufregung den Schatz vergessen hatten. Langsam kam wieder Leben in die Truppe, sie alberten herum und freuten sich darüber, dass sie jetzt auf Schatzsuche gehen konnten, ohne ihr Leben riskiert zu haben. Selbst bei dem sonst so humorlosen Samuel kam Freude auf. Das Feuer wurde wieder mit Holz bestückt, während eine andere Gruppe Proviant vom Schiff holte. Rund um das Lagerfeuer herum konnte man in ausgesprochen fröhliche Gesichter blicken. Nur Adam war nicht zufrieden, er trauerte immer noch der einmaligen Gelegenheit hinterher. Eine Kleinigkeit aßen sie noch, dann legten sie sich für ein paar Stunden aufs Ohr. Die Sonne stand noch ganz tief, als Joshua mit einer Baumrinde in der Hand vor Käpt'n Will auftauchte. „Hier Käpt'n habe ich gerade unten am Strand gefunden, es ist eine Nachricht darauf geschrieben". Käpt'n Will war sofort hellwach und las die mit Holzkohle geschriebene Botschaft laut vor. „Marc ist tot- Verbündete auf Schiff- Ziel unbekannt- Kirk". Mehr stand nicht geschrieben. Die Reise hatte ihr erstes Opfer gefordert, was viele nachdenklich stimmte. Den Käpt'n störte das nicht, ihm war von vornherein klar gewesen, das es Opfer und Verluste geben würde. Und Marc würde nicht der letzte gewesen sein. „Aufstehen Freunde, wir haben noch viel vor. Esst was reinpasst, dann gehen wir den Schatz holen". Schnell hatte der Käpt'n sie auf andere Gedanken gebracht. Käpt'n Will rief Adam und Mauri zu sich. Mit ihnen ging er ein Stück aufwärts zu einer kleinen Anhöhe, von dort zeigte Käpt'n Will in eine Bucht. „Dort hinten, versteckt in einer

147

Höhle, liegt er. Wir gehen zu Fuß dorthin, obwohl wir mit dem Schiff schön in die Bucht einfahren könnten, ich kenne die Strömung und die Tiefen. Aber das tun wir nicht, Greyhound lässt oft ein paar Männer als Wache hier auf der Insel. Die sollen uns nicht sofort kommen sehen und wie die Rebhühner abknallen. Versteht ihr"? Auf eine Antwort wartete der gewiefte Käpt'n nicht, er kannte Greyhounds Vorgehensweise. Käpt'n Will rief die Mannschaft mit einem Handzeichen zu sich; auch ihnen erklärte er, was er vermutete. „Vermeidet jedes Geräusch und haltet die Augen offen. Er selber ging vor, immer wieder die Umgebung prüfend. Alle Folgenden machten es ihm nach. Sie überquerten gerade eine weitere Anhöhe von der sie eine hervorragende Sicht auf die Höhle hatten. Dann plötzlich, wie von einer Faust niedergestreckt warfen sich Käpt'n Will, Adam und Mauri auf den kargen Stein, hinter ihnen suchten alle anderen sofort Deckung. Vor der Höhle war für einen Augenblick eine Gestalt zu sehen, die jetzt aber schon wieder verschwunden war. „Mist, der Dreckskerl hat tatsächlich Wachen hier gelassen", flüsterte der Käpt'n. „Die können wir am Tage nicht angreifen, die sind mit einem ganzen Waffenarsenal bestückt, das weiß ich. Wir müssen einen günstigen Platz suchen und abwarten bis die Nacht einbricht". Die Gruppe ging tiefer in den Wald und versteckte sich. Aber auf der kleinen Anhöhe waren immer zwei Mann, die die Höhle genau beobachteten. Gegen Abend hatten sie schon acht verschiedene Männer gezählt, die in der Nähe der Höhle auftauchten. Wer weiß wie viele es tatsächlich waren? Die Sonne war schon lange untergegangen als sich die Gruppe auf den Weg machte. Möglichst geräuschlos gingen sie langsam auf die Höhle zu. Vor ihr konnte man ein kleines Feuer aufleuchten sehen. Die Wachen schienen gut gelaunt zu sein, denn oft konnte man ein lautes Lachen hören. Schritt für Schritt kam die Gruppe näher. Der Käpt'n dirigierte sie durch das Steinlabyrinth, um sie in eine gute Schussposition zu bekommen. Am Feuer saßen fünf Piraten, mindestens drei fehlten, sie mussten noch im Inneren der Höhle oder im nahen Wald sein. Minutenlang tat sich nichts. Bis der Käpt'n die ersten Anzeichen gab, dass es gleich los gehen sollte. Die Sekunden verstrichen, jeder der ein Gewehr besaß, zielte auf die kleine Gruppe am Lagerfeuer. Dann gab er das Kommando zum Feuern. Und im nächsten Augenblick blitzten unzählige Gewehrläufe auf. Die fünf Piraten waren auf der Stelle tot. So plötzlich wie der Angriff kam, so schnell war es auch wieder totenstill. Nichts rührte sich. Aus der Höhle kam kein Schuss. Der Käpt'n schickte zwei geschickte Kletterer in die Bäume. Sie sollten schauen, ob sie von oben in die Höhle sehen konnten. Denn von da, wo sie sich aufhielten, versperrten große Steine die Einsicht in den Höhleneingang. Schnell wie die Affen erklommen sie die Baumwipfel. Einer von ihnen, zeigte zwei Piraten auf der linken Seite an. Der schlaue Käpt'n Will wollte keinen Mann riskieren, deshalb schickte er seine Besten nach vorne, um die beiden Piraten im Nahkampf unschädlich zu machen. Mauri und Samuel machten sich auf den Weg, sie waren zweifelsohne die besten Kämpfer im Mann gegen Mann. Sehr geschickt schlichen sie in Richtung Höhle. Schon bald hatten sie die Felsen erreicht hinter denen sich die Piraten versteckten. Sie gaben kurz das Zeichen und schon kletterte Mauri an dem Felsen empor. Samuel zog seine beiden Pistolen aus dem Gürtel und machte sich bereit. Genau in dem Moment, als Mauri einen Kampfschrei ausstieß, hechtete Samuel um den Stein herum und streckte die beiden Überraschten nieder. Sie hatten nur auf den schreienden Mauri geachtet, nicht auf Samuel der plötzlich neben ihnen stand und ihnen keine weitere Chance gab. Die Eroberer gaben erneut Zeichen, dass die Luft rein ist. Aber diesen Fehler sollte einer teuer bezahlen. Zwei Piraten lagen versteckt und gut bewaffnet auf der anderen Seite der Höhle und feuerten in Richtung Käpt'n Will. Samuel und Mauri brachten sich sofort in Sicherheit. Nur von da, wo sie jetzt festhingen, konnten sie die beiden nicht sehen. Immer wieder strich ein Schuss nach dem anderen über ihre Köpfe. Adam war es, der bemerkte, das Käpt'n Will zusammengesackt an einem Stein lehnte. „Käpt'n, Käpt'n, was ist passiert?" Adam bekam keine Antwort. Vorsichtig robbte er zu ihm herüber. Die Kugeln peitschten durch die Luft. Der Käpt'n war schwer verwundet, eine Kugel war direkt in seine Brust eingeschlagen. Er kämpfte um Leben und Tod. Währenddessen überwunden Samuel und Mauri auch die beiden letzten Piraten und töteten sie mit bloßen Händen. Der Käpt'n wurde vorsichtig aus den Steinen herausgetragen und an das Lagerfeuer der Piraten gebracht. Jeder der Anwesenden konnte sehen, dass es mit ihm zu Ende ging. Keiner sprach, nur Adam und Mauri knieten neben ihm und versuchten ihm, so gut es ging die Schmerzen erträglich zu machen. Mit letzter Kraft stemmte er sich noch einmal nach oben, „Danke meine Freunde, dass ich alter Mann noch einmal so eine Mannschaft befehligen durfte. Danke Freunde". Dann winkte er Adam zu sich und auch Perry, Mauri und Samuel. „Freunde", sagte er, „Befreit die Meere von diesen Hunden, befreit die Meere von Greyhound und denkt an den Schatz, der hier in der Höhle liegt. Und du Adam, versprich mir, dass du das Angefangene weiterführst, ich weiß, dass du das kannst. Diese drei werden dir dabei helfen". Erschöpft fiel er in sich zusammen und schloss für immer die Augen. Die Vier hielten noch einen kurzen Moment inne, sie dachten an den guten Mann, der gerade von ihnen gegangen war. Tief betroffen suchte Adam die Einsamkeit, wie viele würden noch sterben, bis seine Rache gestillt war. Menschen, die mit seiner Rache, nichts zu tun hatten. Auch bei den anderen dauerte es eine ganze Zeit, bis sie sich von dem Verlust des Käpt'n erholten. Die getöteten Piraten wurden unten am Strand auf einen großen Haufen getragen und verbrannt. Die Rauchsäule stieg weit in den dunklen Himmel. Der Käpt'n wurde so feierlich, wie es die Umstände hergaben, unter den Bäumen begraben. Perry übernahm die Stelle des Pastors und sprach die Gebete, er fand auch persönliche Worte für Käpt'n Will. Mittlerweile war es schon fast Morgen, aber ans Ausruhen dachte keiner. Einige liefen zum Beiboot, sie wollten die „Breakwater" in der Bucht vor Anker legen und die drei Kameraden, die noch auf dem Schiff waren, sollten auch an Land kommen. So wurde auch alles erledigt. Anschließend setzten sie sich um das Lagerfeuer und aßen die Delikatessen die die Piraten in Unmengen in der Höhle gehortet hatten.

# 8. Kapitel

## Der Neue Käpt'n

So saßen sie da, eine fast fünfzig Mann starke Mannschaft ohne Kapitän. Unter ihnen Männer, die auf jedem Piratenschiff mit Jubelstürmen in Empfang genommen würden. Aber so war es nun mal nicht, hier wurde niemand gefeiert, alle waren gleich. Aber allen war auch klar, dass ein neuer Käpt'n gewählt werden musste. Eine Mannschaft ist immer nur so gut, wie es der Kapitän vorlebt. Und in diesem Haufen waren zweifelsohne einige, die das Zeug dazu hatten. Perry, der sich als neutraler Mann hielt, sprach als erster in die Runde. „Ich bin mit Greyhound gesegelt und mit Dark, deshalb ergreife ich hier als erster das Wort. Wir brauchen einen neuen Käpt'n, und wie ihr alle wisst, wird der Käpt'n aus der Mehrheit der Mannschaft gewählt, so ist es Brauch. Schlagt vor, wer eurer Meinung nach das Zeug dazu hat". Einen Augenblick wurde beraten, dann kamen die ersten Nennungen. „Ich schlage Samuel vor, er war zweiter Mann bei Käpt'n Dark und das soll was heißen!". Als nächstes wurde Perry selbst vorgeschlagen, weil er mit Greyhound und Dark gesegelt war. Der letzte Vorschlag kam von Mauri. Er schlug Adam vor, mit der Begründung, das man alles Vergangene hinter sich lassen solle, um einen ganz neuen Weg zu gehen, mit einem frischen, unverbrauchten Käpt'n". Perry wartete nur auf diesen Vorschlag, denn direkt danach sagte er, „Drei sollten reichen und denkt daran, jeder hat nur eine Stimme". Die drei Vorgeschlagenen standen auf und stellten sich nebeneinander. Jeder konnte nun selbst entscheiden, wen er wählen wollte. Die ersten Männer traten hinter Samuel. Dann war Perry an der Reihe; Er reihte sich hinter Adam, noch bevor irgendjemand anderes es tat. War dies das Zeichen an alle, zu welchen Gunsten die Wahl ausging? Am Ende war es so, dass hinter Samuel 17 und hinter Adam 29 Mann standen. Samuel, der die Wahl verloren hatte, ging auf Adam zu und reichte ihm die Hand. „Auch wenn ich gerne Käpt'n geworden wäre, ich stehe voll hinter dir. Ich wünsche dir eine glückliche Hand, Käpt'n Adam". Freundschaftlich umarmten sich die beiden, als Zeichen tiefer Verbundenheit. Jetzt kamen alle herbei, auch die, die für

Samuel gestimmt hatten, und gratulierten fair. Adam strahlte über das ganze Gesicht, denn er war sehr stolz über das Vertrauen, das ihm entgegen gebracht wurde. Die Gruppe setzte sich wieder in einen Kreis. Adam stand als Einziger aufrecht und hielt eine ergreifende Rede zu seiner Mannschaft. „Es liegt vieles in den Sternen, was wir noch nicht wissen, aber einige Dinge sind absolut sicher. Wir haben erstens, ein tüchtiges Schiff. Zweitens, eine verschworene Mannschaft. Und drittens; Auf dieser Insel liegt der Schatz von Greyhound versteckt. Ein gewaltiger Schatz, wie Käpt'n Will uns versicherte. Beute, die er seiner Mannschaft unterschlagen hat. Dieser Schatz wird uns helfen eine riesige Mannschaft anzuheuern. Den Rest teilen wir gerecht auf, keiner soll zu kurz kommen, wenn wir Greyhound zur Strecke gebracht haben. Und ich sage euch noch etwas, sobald wir den Schatz gehoben haben, bringen wir ihn auf unser Schiff und verschwinden von dieser verfluchten Insel. Noch dürfen wir nicht riskieren, dass uns Greyhound hier überrascht. Seine Mannschaft ist um ein Vielfaches stärker als unsere, und das wäre unser Untergang". Nach einer kurzen Pause sprach er weiter. „Wir segeln nach Nassau, heuern mutige Seeleute an, jagen ihn und befreien Kirk. Aber als erstes Freunde, lasst uns den Schatz suchen". Die Mannschaft brach in Jubelstürme aus, Adam hatte genau ihren Nerv getroffen,

155

er sprach ihre Sprache. Gut gelaunt und voller Tatendrang machten sie sich auf den Weg zur Höhle. Jeder nahm eine Fackel aus dem Lager im Eingang der Höhle. Der Weg schlängelte sich tief in den Berg hinein. Je tiefer sie gingen umso schmaler und flacher wurden die Gänge, bis es nur noch hintereinander vorwärts ging. Sie führten in eine große Halle, von den Wänden hallte jedes Wort tausendfach zurück. Man konnte förmlich spüren, dass hier, an diesem Ort, irgendwo ein Schatz liegen musste. Plötzlich schreckte ein Jubelschrei alle auf! „ Der Schatz!" Hastig liefen alle zu dem Rufenden, der sich gar nicht wieder beruhigen konnte. Die vielen Fackeln leuchteten die Stelle aus. Was da zum Vorschein kam, war unbeschreiblich: Unzählige Kisten, Amphoren, Kelche und Schüsseln standen dort, gefüllt mit Münzen, Goldbarren und Diamanten. Kostbares Tuch lag in großen Rollen, gut verpackt, auf einer aus Holz gebauten Vorrichtung. Ein Schatz von unmessbarem Wert lag vor ihnen. Adam, Mauri und alle anderen freuten sich überschwänglich. Aber sehr schnell fand Adam seine Fassung wieder, „Los Männer, raus damit, wir wollen keine Zeit verlieren". Die Mannschaft kam in Bewegung, jeder nahm so viel, wie er tragen konnte. Etliche Male ging es hin und her. Eine Gruppe war damit beschäftigt, die Reichtümer aus der Höhle zu schaffen, eine andere brachte alles aufs Schiff. So ging es bis zum späten

Abend. Die Männer leisteten Unvorstellbares, alle waren erleichtert, als das Boot endlich zum letzten Mal ablegte. Jede noch so kleine Kammer war bis zur Decke gefüllt. Adam stand im Bug der „Breakwater", seine Augen streiften noch einmal an der Küste entlang, sie ließen dort einen guten Kapitän, einen echten Freund zurück. Er würde für immer in ihren Gedanken einen festen Platz haben. Der Kurs wurde bestimmt und die Decksmannschaft eingeteilt, alle anderen schliefen vor Erschöpfung ein. Die nächste Nacht blieb wie erwartet ohne besondere Vorkommnisse. Als der Morgen nahte, kam wieder Leben auf Deck. Um Käpt'n Adam gesellten sich Mauri, Samuel und Perry, als seine engsten Vertrauten, Joshua und James gehörten zum erweiterten Rat, so wie es auch schon bei Käpt'n Will war. Die Stimmung in der Mannschaft war sehr gut, schließlich schlummerte im Bauch des Schiffes für jeden ein Vermögen. Am dritten Tag auf See brach ein gewaltiger Sturm auf die „Breakwater" ein. Die Masten knarrten heftig, dass selbst die erfahrensten Seeleute an einen Schiffbruch dachten. Der Schatz von Greyhound sei verflucht, tuschelten sie im Überlebenskampf. Segeltuch zerriss wie Papier, Schiffsaufbauten zerbarsten unter dem Druck der ständig einbrechenden Wellen. Von einer dieser gewaltigen Wellen wurden zwei Matrosen von Deck gespült, keiner konnte ihnen helfen, sie waren für immer verloren. Das Meer zog sie in seinen eisigen, grausamen Schlund. Die Mannschaft kämpfte aufopferungsvoll in diesem ungleichen Kampf. Nach Stunden legte sich der Sturm. Es war schon tiefe Nacht, als der Himmel aufriss und tausende Sterne zu sehen waren. Im Schein der Lampen, wurde jetzt erst die ganze Zerstörung sichtbar. Viele Matrosen hatten sich verletzt, Kopfwunden oder gequetschte Finger waren zu beklagen. Ein Matrose hatte den Arm so unglücklich gebrochen, dass Perry keinen anderen Rat wusste, als ihn zu amputieren. Die Mannschaft wollte sich dieses Schauspiel nicht entgehen lassen und schaute gespannt zu, als Perry den blutenden Arm von dem zerrissenen Hemd befreite. In einem riesigen Kreis standen alle drum herum und drängelten um die besten Plätze. Den leidenden Matrosen hatten sie mit starkem Rum so betrunken gemacht, dass er lauthals einen Shanty sang und immer wieder vor sich hin plapperte. So makaber die Situation auch war, sie diente vor allem der allgemeinen Belustigung. Perry, der mit derlei Erfahrung ausgestattet war, meinte, „wenn ihr wüsstet wie viele Arme und Beine ich schon abgeschnitten habe, würdet ihr weglaufen, damit ich eure nicht gleich auch abschneiden. Ich habe nämlich richtig Spaß daran!". Mit dem blutverschmierten Messer forkelte er nur wenige Zentimeter vor einem Matrosen herum, der in der ersten Reihe stand, worauf dieser, begleitet von dem Gelächter der Mannschaft, in Ohnmacht viel. Plötzlich schrie Adam dazwischen, „geht an die Arbeit, wir haben genug zu tun. Das Schiff ist in einem erbärmlichen Zustand und ihr habt nichts Besseres zu tun als rum zu Gaffen!". Darauf sprang die Mannschaft auseinander. Die, die noch arbeiten konnten, fingen sofort an das Schiff zu reparieren. Die Verletzten versuchten sich irgendwie nützlich zu machen. Adam beschloss, sich mit seinen Vertrauten zurückzuziehen, um sich zu beraten. Durch den Sturm hatten sie den Kurs um etliche Seemeilen verloren. Zusammen diskutierten sie wie es weiter gehen sollte. Adam war als einziger ruhig und in Gedanken vertieft. Er besann sich auf das Wesentliche, nahm sich den Sextanten und verließ die Kabine. Auf Deck versuchte er anhand der Sterne, so wie Joseph es ihm gelehrt hatte, den Kurs neu zu bestimmen. Sie mussten erst einmal wissen, wo sie sich genau auf diesem riesigen Ozean befanden. Unten in der Kabine wurde weiter heftig diskutiert, bis Adam mit zufriedenem Gesicht zwischen seine Kameraden trat. Er beugte sich über die Seekarte und zeichnete die Position des Schiffes ein. Wenn sie auch alle mutige und tüchtige Seeleute waren, in dieser Sache war ihnen Adam einen Schritt voraus. Das Bestimmen der Position eines Schiffes, das konnte er wie kein Zweiter. Der Sturm hatte sie weit abgetrieben. „Ist in diesen Gewässern schon mal jemand gesegelt"? fragte Adam in die Runde. Samuel meinte, er wäre schon einmal hier gewesen. Alle anderen kannten dieses Gebiet nicht. So weit außerhalb der üblichen Fahrrouten waren sie nie gewesen. Samuel meinte zudem, dass in dieser Gegend kleinere Inselgruppen vorkämen, die auf keiner Karte zu finden seien. Adam drängte ihn: „Erinnere dich, das ist jetzt ganz wichtig für uns, wo könnten diese Inseln zu finden sein"? Samuel beugte sich noch näher über die Karte, er versuchte sich zu erinnern. Alle anderen verließen die Kabine, sie konnten auf Deck mehr helfen, als hier. Nur Adam blieb bei ihm, er wollte ihn so gut es ging unterstützen. Samuel erzählte, warum sie sich damals in dieser Gegend aufhielten. „Wir hatten gegen Abend eine schöne Prise ausfindig gemacht. Auf den ersten Blick ein ganz normales Händlerschiff mit einfachen Matrosen und nur wenigen Kanonen. Es schien ein einfaches Spiel zu sein. Wir griffen direkt an, um keine Zeit zu verlieren, denn die Nacht nahte. Nur was uns dann erwartete, hätte niemand voraussagen können. Es war ein getarntes spanisches Kriegsschiff mit unzähligen Soldaten und unzähligen Musketen. Die Kanonenluken flogen auf wie von Geisterhand, dicke Geschützläufe schauten aus den schwarzen Löchern. Dann brachen ihre todbringenden Salven über uns ein. Käpt'n Dark war so erschrocken, dass wir ohne einen Schuss abzufeuern an ihnen vorbei segelten. Viele von uns lagen schon tödlich getroffen auf Deck. Das war für die „Spanier" ein sehr einfaches Spiel. Unsere Matrosen hingen siegessicher in der Takelage bis sie aus den Seilen geschossen wurden, wie Tauben von der Stange. Wir sind mit viel Glück davon gekommen, die Nacht rettete uns. Kein Licht wurde angezündet und kein Wort gesprochen. Am anderen Morgen waren wir allein, sie hatten in der Nacht unsere Spur verloren. Dark war sehr wütend über die eigene Naivität. Fast hätten wir ihn abgesetzt. Gegen Mittag rief der Späher aus dem Krähennest, „Land in Sicht!" Eine herrliche unbewohnte Insel lag vor uns. Mehrere Wochen hielten wir uns hier auf, reparierten das Schiff und ließen es uns gut gehen. Die Insel gab uns alles, was wir brauchten, Obst, Wild und frisches Wasser. Nur, wussten wir nicht wo sie lag. Damals war ich noch nicht Darks rechte Hand, deshalb bekam ich keine Koordinaten mit. Aber wenn ich mich nicht ganz irre, muss es in dieser Gegend gewesen sein!". Adam schaute auf die Karte, außer Wasser, war nichts eingezeichnet. Samuel begründete seine Vermutung auf seine Art. „Wir sind vier Tage gesegelt, bei normaler Fahrt circa 4 bis 5 Knoten, bis wir die Spanier sahen. Dann noch mal die Nacht bis zum nächsten Mittag. Das sind ungefähr 1225 Seemeilen, der Kurs war Nord-Nordost, das kann nur in dieser Gegend gewesen sein". Samuel kreiste mit seinem Zeigefinger ein Gebiet auf der

Karte ein. Adam schlug ihm auf die Schulter. „Gut gemacht, das schaffen wir. Es ist nicht allzu weit von unserer jetzigen Position". Er rannte aus der Kajüte zum Steuermann. „Neuer Kurs, Nord Nordost, alles was das Schiff noch hergibt". Die Segel, die noch da waren ließen keine schnelle Fahrt zu, aber es ging stetig vorwärts. Die Nacht verging, genauso wie der nächste Tag, keine Insel kam in Sicht. Nach vier vollen Tagen, im letzten Tageslicht, schrie der Mann im Ausguck, „Land in Sicht, auf Steuerbord".

# 9. Kapitel

## Die Insel

Alle rannten Steuerbord um Land zu sehen. Die, die hoch in die Takelage geklettert waren hatten die beste Aussicht, sie zeigten mit langem Arm die Richtung an. Einen Augenblick später konnte man die Insel auch von der Brüstung aus erkennen. Ein Landstrich mit zwei Hügeln wurde am Horizont sichtbar. Adam gab dem Steuermann Anweisungen, wie er das Schiff steuern solle. Sie segelten von Süd auf Nord Nordost der Insel entgegen. Eine viertel Seemeile vor der Insel ankerten sie. Mehr wollten sie an diesem Abend nicht riskieren, erst am nächsten Morgen plante Adam mit einer kleinen Gruppe, die Insel auszukundschaften. Jetzt sollten sich alle stärken und von den Strapazen erholen. Die letzten Tage hatten die Mannschaft viel Kraft gekostet. Jeder sollte sich auf Adams Befehl einen großen Becher Rum nehmen und anschließend schlafen. Der nächste Morgen war noch frisch wie der Tau, als Adam sich mit ein paar Kameraden auf den Weg machte, die Insel zu erkunden. Mit wenigen Ruderschlägen gelang es ihnen, an einem flach auslaufenden Sandstrand zu landen. Die Insel tat sich paradiesisch vor ihnen auf, schneeweißer Sandstrand, riesige Palmen, Vögel, in den schillerndsten Federkleidern und Blumenblüten in solch einer Pracht, dass es einem die Sprache verschlug. Beim Durchstreifen der Wälder sprangen immer wieder wilde Tiere vor ihnen auf, Wildschweine, Ziegen, eine kleine Art Hirsche und andere Vierbeiner liefen durchs dichte Unterholz. Es war alles da, nur das Wichtigste hatten sie noch nicht gefunden, Trinkwasser. Ohne dies war die Insel nichts wert. Sie gingen weiter, als plötzlich Joshua Adam am Arm fest hielt. „Hört ihr auch, was ich höre"? Alle lauschten in den Wald. Ganz leise konnte man plätscherndes Wasser hören. Hastig liefen sie auf das Geräusch zu. Und was sich nach einigem Suchen vor ihren Augen auftat war unbeschreiblich. Von dem höchsten Berg, der im Süden der Insel lag, fiel ein glasklarer Wasserfall in eine ausgespülte Mulde und von da aus über unzählige kleine Treppen in einen großen See. Der See war umsäumt von Bäumen, die bis ans Ufer reichten. Der Anblick war atemberaubend. Die Männer entkleideten sich ihrer wenigen Sachen, die sie am Körper trugen und sprangen in das kristallklare Wasser. Sie jauchzten und jubelten vor Freude. Das Wasser war herrlich frisch und es tat ihnen gut, sich endlich ausgiebig waschen zu können. Nach dieser Erfrischung liefen sie wieder zum Strand. Unterwegs nahmen sie alles mit, was sie finden konnten; Beeren, Kokosnüsse und verschiedene Pfirsichfrüchte. Einer der Männer konnte sogar ein Wildschwein erlegen. All diese Sachen brachten sie zum Strand und forderten die Kameraden auf dem Schiff auf nachzukommen. Unterdessen wurde ein großes Lagerfeuer entfacht auf dem das Schwein gebraten werden sollte. Jeder, der an Land kam, wurde für eine Arbeit eingeteilt; einige gingen jagen, andere fischen, wieder andere sammelten Früchte und eine Gruppe holte in handlichen Fässern frisches Wasser. Hütten wurden am Strand gebaut, um vor der brennenden Sonne Schutz zu haben. Nach wenigen Stunden hatten sie es geschafft ein stattliches Lager herzurichten. Als sich alle um das Lagerfeuer gesellten und sich einfach des Lebens freuten, trat Käpt'n Adam in ihre Mitte. „Kameraden", sagte er, „wir konnten uns mit viel Glück auf diese Insel retten. Wir werden hier die „Breakwater" flott machen, um die Jagd auf Greyhound fortzusetzen. Wie ihr schon bemerkt habt, versorgt uns die Insel mit allem, was man zum Leben braucht. Deshalb schlage ich vor, dass wir hier unser Hauptlager aufschlagen, in welches wir uns immer wieder zurückziehen können. Wir bauen im Wald, nahe am See, stabile Häuser. Wir bauen hier unsere eigene Stadt und viele Kameraden sollen hierher folgen;". Adam holte noch einmal Luft für den Mut bringenden Satz; „Von hier werden wir die Meere reinigen, von hier sie von diesen Unmenschen befreien". Dafür wurde er überschwänglich gefeiert, sein Name schallte aus vielen Kehlen über die Insel. Alle waren bester Laune und feierten ihr zukünftiges Leben. In den nächsten Tagen standen viele Arbeiten an. Die „Breakwater" musste an den Strand gezogen werden. Am See machte sich eine Gruppe daran eine Fläche zu roden, um dort das Hauptlager zu bauen. Alles ging nach einem Plan, den Adam im Kopf hatte. Er sah das Dorf schon vor seinen Augen mit einem großen Hauptplatz in der Mitte. Aber noch eine Sache hatte er entdeckt, wenn diese umzusetzen war, wäre die Insel ein wahrer Schatz. Mit Mauri verließ er den See und verfolgte seinen Auslauf in Richtung Meer. Auf dem Weg kamen sie an kleineren Seen und tief ausgespülte Gumpen vorbei. Bäume versperrten ihnen den Weg, die kreuz und quer über den

Fluss gefallen waren. Dann endlich standen sie vor dem weiten Ozean. Adam war sehr zufrieden mit dem, was er gesehen hat. Mauri wollte mehr wissen, warum sein Freund so gute Laune hatte. Adam legte den Arm um Mauri's Hals. „Mauri ich sehe jetzt schon die einfältigen Gesichter, wenn wir wie vom Erdboden verschluckt sind". Mauri verstand kein Wort von dem was er da hörte. „Siehst du nicht, welche Möglichkeiten wir hier haben?". Mauri schüttelte ein wenig beschämt den Kopf. „Wir sprengen uns einen Kanal vom Meer bis zum See, dann können wir mit unserm Schiff bis in das Herz der Insel fahren. Und wenn uns mal jemand auf den Fersen ist, sind wir schnell in unserem Versteck. Und sollte mal ein Schiff hier kreuzen, liegt unser Schiff nicht vor Anker. Na, wie findest du das?" Mauri schaute Adam an, er war erstaunt über den Ideenreichtum den er immer wieder bei seinem Freund bemerkte und sagte zu ihm. „Das eine muss ich dir lassen, du hast schon einen schlauen Kopf auf deinen Schultern! Auf diese Idee wäre ich nie gekommen. Aber eines hast du vergessen mein Freund, denn was wir können, können andere auch. Irgendwann entdeckt einer die Einfahrt und dann sitzen wir in der Falle". Adam grinste über das ganze Gesicht; daran hatte ich auch gedacht. Die Einfahrt wird niemand entdecken, weil keine da sein wird!". Jetzt verstand Mauri kein Wort mehr. Erst sollte ein Kanal her, dann wieder nicht". Adam bemerkte, das Mauri ihm nicht mehr folgen konnte. „Hör zu Mauri, wir bauen Flöße in der Größe der Einfahrt. Die bepflanzen wir mit Büschen und Bäumen. Und immer wenn wir rein- oder rausfahren, wird die Einfahrt von Leuten, die auf der Insel bleiben, wieder versperrt". Mauri staunte über Adam's Scharfsinn. Er war zwar fasziniert von der Idee, konnte sich aber nicht vorstellen, dass sie umzusetzen sei. „Du brauchst gar nicht so ungläubig zu schauen, ich werde dir beweisen, dass es funktioniert". Mauri hatte Spaß daran, dass er durch seine kritischen Bemerkungen Adam's Tatendrang verstärkt hatte und sagte. „Das ist mir eine Nacht in Nassau wert, mit allem, was dazu gehört". „Die Wette hast du gerade verloren", meinte Adam trocken und schlug Mauri im Vorbeigehen auf die Schulter. Mauri sagte nur, „das werden wir ja sehen". Zusammen gingen sie zum Strand, wo viele Kameraden damit beschäftigt waren, die „Breakwater" Kiel zu holen. Sofort packten sie mit an. Mit viel Kraft und Geschick gelang es ihnen das Schiff zu stranden. Adam ging an Bord und holte mehrere Fässer mit Schwarzpulver, er wollte heute noch wissen ob es möglich war den Flusslauf so zu vergrößern, dass ein Schiff ihn durchfahren konnte. Er nahm Mauri, Perry und zwei Matrosen mit. Jeder trug ein Fass Schwarzpulver auf den Schultern. So machten sie sich auf den Weg zum Fluss. Dort angekommen, erklärte

167

er ihnen seinen Plan. Sie suchten eine geeignete Stelle am Flussufer aus und fingen an, Löcher für die Fässer zu graben. Die ersten zwei Ladungen rissen so ein großes Loch in das Flussbett, das Adam sehr zufrieden war. Nachdem die nächsten Fässer auch explodierten, war der Fluss mehr als doppelt so breit und einige Meter tiefer als vorher. Das riesige Loch füllte sich mit Wasser und nach kurzer Zeit, glich es schon ein wenig dessen, was sie anstrebten. Zufrieden gingen sie zum Lager, Adam wollte der Mannschaft erklären, welchen Plan er verfolgte. Samuel kam ihnen entgegen gelaufen. „Was war das für eine Explosion, was habt ihr gemacht?" „Warte es ab, Samuel, ich erkläre allen, was wir die nächsten Wochen zu schaffen haben. Aber glaub mir, die Arbeit wird sich lohnen". Gespannt scharrten sich alle um Adam, jeder wollte wissen, was gerade passiert war. Auch die Leute vom See kamen hastig angelaufen. „Freunde", fing Adam an. „Hier auf dieser Insel werden wir uns niederlassen. Von hier werden wir die Weltmeere besegeln. Es wird viel Kraft kosten, aber es wird sich lohnen. Auf dieser Insel werden wir eine richtige Festung bauen, mit Wachposten, Schutzwällen gegen Angriffe, Kanonenbatterien in alle Richtungen und einem Dorf am See, stabil wie eine Festung. Aber das Entscheidende wird ein Kanal vom Meer, durch den Wald zum See ein. Niemand wird unser Schiff hier vor Anker liegen sehen.

Glaubt mir, der Kanal wird uns große Dienste erweisen".
Die Mannschaft hörte gespannt zu, die Idee, auf der Insel
ein Lager zu errichten gefiel ihnen, aber der Kanal,
überzeugte sie nicht. Sich wie eine Maus zu verstecken,
war ihnen fremd. Sie kannten nur das Gefecht auf See,
bei dem der Bessere gewinnt. Trotz der Zweifel
widersprach niemand, dafür vertrauten sie Adam zu sehr.
Dieser redete weiter, „Wir werden uns aufteilen, ein Teil
baut das Lager weiter auf, der andere Teil segelt mit mir
nach New Providence, um Leute anzuheuern und
Werkzeuge zu besorgen. Wir müssen auch die
„Breakwater" bezahlen, das sind wir Käpt'n Will
schuldig. Und wir brauchen viel Sprengstoff. Mit etwas
Glück erfahren wir auch Neuigkeiten über Greyhound".
Die Mannschaft nickte die Ansprache mit dem Kopf ab
und ging wieder an die Arbeit. Die Arbeiten in den darauf
folgenden Tagen verliefen sehr gut und die „Breakwater"
erstrahlte auch wieder im neuen Glanz. Mit Hilfe der Flut
glitt das Schiff wieder in sein gewohntes Element.
Geschützt von der Brandung lag es jetzt im seichten
Gewässer vor Anker. Den Schatz hatten sie vorher schon
an Land gebracht, ihn versteckte die Mannschaft in einer
Höhle in der Nähe des Sees. Adam hatte nur so viele
Goldmünzen mitgenommen, wie er für seine
Besorgungen und die „Breakwater" brauchte. Mauri und

dreißig Matrosen begleiteten ihn, als er eines Morgens in See, Richtung New Providence stach.

# 10. Kapitel

## Die Mannschaft wächst

Der Wind war günstig und die Fahrt ging rasant ohne besondere Vorkommnisse dahin. Bis eines Mittags der Mann im Ausguck „Land in Sicht" rief. New Providence konnte es nicht sein, dafür waren sie noch nicht lang genug gesegelt. Es war wieder eine dieser kleineren Inseln, die noch in keiner Karte verzeichnet waren. Adam nahm das Fernrohr und suchte die Küste ab. Plötzlich blieb seine gleichmäßige Bewegung abrupt stehen. An der Küste, verkeilt zwischen großen Felsen, hing ein Schiff stark beschädigt fest. Eine heftige Brandung schlug immer wieder auf den Rumpf des Schiffes ein. Adam gab Zeichen, die Fahrt raus zu nehmen. Sie wendeten und gingen vor der Insel vor Anker. Bevor sie die Beiboote ins Wasser ließen, streifte Adam noch einmal mit dem Fernrohr den Sandstrand ab. Jetzt konnte er einige Soldaten erkennen, die in ihren Uniformen am Strand lagen, wahrscheinlich waren sie tot. Ihre Körper bewegten sich im Spiel der auflaufenden Wellen. Unzählige Wrackteile, mit allem was auf einem Schiff benötigt wird, lagen neben ihnen. Erst jetzt kam der Befehl, die Boote ins Wasser zu lassen. Adam selbst sprang bewaffnet mit zwei Pistolen in das erste Boot. Am Strand angekommen untersuchten sie die Soldaten. Sie waren nicht ertrunken wie zuerst angenommen. Sie hatten Schussverletzungen, sie mussten also im Kampf gestorben sein. Die kleine Gruppe ging wieder zurück zu den Booten, um nachzusehen, ob vom Schiff noch irgendetwas zu gebrauchen war. Mit viel Mühe gelang es ihnen am Wrack anzulegen. Auf Deck war nichts mehr da, wo es einmal hin gehörte, alles war von Kanonenkugeln und der Brandung zerstört. Adam ging die Treppe runter, um unter Deck zu gelangen. Das ganze Schiff knarrte und stöhnte aus allen Balken und Brettern, jeden Augenblick konnte es auseinander brechen. Mauri, der hinter Adam war, drängelte darauf das Schiff zu verlassen, seiner Meinung nach war hier eh nichts mehr zu holen. Aber Adam ließ sich davon nicht abhalten und immer tiefer drang er in den Bauch des Schiffes, gefolgt von dem nörgelnden Mauri. Jetzt standen sie vor der Kapitäns Kajüte. Mit vereinten Kräften gelang es ihnen, die Tür zu öffnen. Auch hier war dasselbe Bild; Nichts hatte mehr seinen alten Platz und in der Schiffswand klaffte ein riesiges Loch einer Kanonenbreitseite. Auf den ersten Blick war nichts Außergewöhnliches zu entdecken, bis Mauri ein leises Stöhnen vernahm. Es kam aus einer Ecke, aus einem Haufen zerborstenem Holz. Schnell hoben sie die schweren Balken an die Seite. Jetzt konnten sie den Schwerverletzten sehen. An Hand der einst mal imposanten Uniform musste es der Kapitän sein, den sie hier vor sich hatten. Adam sprach ihn an, er sah, dass der Mann dem Tod sehr nahe war. „Käpt'n was ist passiert"? Der Käpt'n gab keine Antwortet, er starrte nur tief in Adams Augen, dann sagte er mit letzter Kraft, „Greyhound". Darauf fiel er in tiefe Ohnmacht. So vorsichtig es ging, brachten ihn vier Mann zum Beiboot. Adam und Mauri gingen noch tiefer unter Deck, sie bahnten sich den Weg durch ein völlig zerstörtes Schiff, bis sie vor einer massiven Tür standen, die mit einem dicken Schloss gesichert war. Adam lauschte an der Tür, war da nicht ein leises Stöhnen? Er zog seine Pistole und mit einem gezielten Schuss flog das Schloss daher. Sie öffneten die Tür und was sie jetzt zu Gesicht bekamen, verschlug ihnen die Sprache. Dicht aufeinander gepfercht lagen die erbärmlichsten Menschen, die sie je zu Gesicht bekommen hatten. Aus tiefen Augenhöhlen starrten diese armen Geschöpfe die Beiden an. Adam war der erste, der zur Besinnung kam und reichte dem, der am nächsten war, die Hand. „Ihr seid gerettet, steht auf, wir müssen uns beeilen". Nach kurzem Zögern ergriff der ängstliche

Mann die Hand und richtete sich auf. Mauri drängelte „Geht, draußen liegt ein Boot, das Schiff bricht gleich auseinander". Einer nach dem anderen stand auf, apathisch folgten sie dem Vordermann. Einige rührten sich nicht; für sie kam jede Hilfe zu spät. Das kleine Boot musste dreimal den Weg auf sich nehmen, ehe alle vom Schiff waren. Mehr tot als lebendig fielen sie auf den Strand. Adams Mannschaft brachte ihnen Wasser und Brot, was sie in kleinen Portionen zu sich nahmen. Unter den Bäumen am Strand wurden kleine Unterstände gebaut. Darunter sollten sie zur Ruhe kommen und neue Kräfte schöpfen. Perry kümmerte sich ausschließlich um den schwerverletzten Kapitän, er hatte viel Blut verloren und brauchte absolute Ruhe. Nach drei Tagen erlangte er das erste Mal für einen Augenblick das Bewusstsein, dann fiel er wieder in einen tiefen Schlaf. Am fünften Tag nach Ankunft auf der Insel, ging es ihm schon dank Perrys Bemühungen, bedeutend besser. Es stellte sich heraus, dass die Gefangenen Piraten waren, unterwegs zu ihrer eigen Hinrichtung waren. Bevor Greyhound sie Angriff und ihnen dadurch eine zweite Chance gab. Alle Geretteten waren wieder zu Kräften gekommen und konnten schon kleinere Aufgaben bewältigen. Nach neun Tagen wurden sie an Bord gebracht und der Anker gelichtet. Von dem stolzem Kriegsschiff war nichts mehr zu sehen; das Meer hatte es sich in einer unruhigen Nacht von den Klippen geholt. Alles ging seinen gewohnten Gang, die geretteten Piraten brachten sich gut in die Mannschaft ein. Der englische Kapitän war schon wieder in der Lage kleinere Spaziergänge auf Deck zu machen. Seine Gesundheit hatte große Fortschritte gemacht. Und bei einer dieser kleinen Runden auf Deck, kam er mit Adam ins Gespräch. Stolz wie es sich für einen englischen Kriegsschiffkapitän gehörte, redete er Klartext „Ich glaube, ich muss mich bei Ihnen und Ihrer Mannschaft bedanken, Sie haben mir in letzter Sekunde das Leben gerettet. Aber, dass sie diese dreckigen Piraten auch vom Schiff geholt haben, sagt mir, dass sie mit ihnen unter einer Decke stecken. Oder ist es nicht so?" Adam schaute ihn gelassen an, in aller Ruhe antwortete er: „Ich bin zwar kein Kapitän, der in seiner prachtvollen Uniform Jagd auf die Piraten macht, aber ich bin auch kein Piratenfreund. Ich reise in eigener Sache mit meiner Mannschaft, die genauso denkt wie ich. Wir haben nur ein Ziel, das Meer von diesen Unmenschen, wie Greyhound zu befreien, der Kinder, Frauen, Alte, an Land, und auf See überfällt und abschlachtet". Der englische Kapitän musterte Adam sorgfältig, Adams Auftreten gefiel ihm sehr. Er sah sofort, dass er hier einen ehrbaren Mann vor sich stehen hatte. Aus diesem Grund nahm er die Spitzfindigkeiten aus der Unterredung und lenkte ein. Leise sprach er, „Großes Wort, aber

Greyhound ist nicht irgendein Pirat, er ist der brutalste, falscheste und widerlichste, der mir je unter die Augen gekommen ist. Ich erkannte ihn sofort, als er auf der Brüstung stand und seine Mannschaft aufhetzte. Die Ausgeburt der Hölle. Er hat mich so überrascht, dass wir uns nicht zur Wehr setzen konnten. Nur die Nacht hat uns gerettet. Kaum noch manövrierfähig kamen wir davon, aber dann zerschellten wir an den Klippen dieser gottverdammten Insel. Die, die nicht schon tot waren, sind ertrunken, nur ich und die Gefangenen haben es Dank eurer Hilfe geschafft". Adam hörte gut zu, er wusste wie schnell Greyhound zuschlagen konnte. Mit listigem Blick versuchte er, den englischen Kapitän einzuschätzen, welch ein Zeitgenosse er sei. Schließlich verließ er sich auf sein Bauchgefühl und sagte zu ihm. „Wenn ihr wollt, könnt ihr bei mir anheuern. Es ist bestimmt kein schlechteres Leben, als auf einem englischen Kriegsschiff". Dem Kapitän verschlug es die Sprache, er wurde puterrot und empört über Adams benehmen und der Dreistigkeit mit der er vorging. „ So etwas hat man mir noch nie angeboten, das ist eine Frechheit, ich soll mit Piraten gemeinsame Sache machen. Niemals, Nur über meine Leiche!". Adam, der mit dem Wutausbruch gerechnet hatte, schmunzelte den schimpfenden Kapitän an und sagte, „wir werden ja sehen". „Das werden wir auch", schimpfte der Kapitän

175

weiter, „Im nächst größeren Hafen könnt ihr mich mit meinen Gefangenen an Land bringen. Dort werde ich sie wieder in Ketten legen und später zum Henker bringen. Das ist mein Angebot". Adam blieb ganz ruhig, mit scharfer Stimme zwang er den Kapitän zur Ruhe. „Nun mal halblang, jeder der Geretteten bekommt auf diesem Schiff eine zweite Chance. Ich denke viele sind unter ihnen, die von anderen Handelsschiffen versklavt wurden. Wie würden Sie sich fühlen, an deren Stelle"? Dem englischen Kapitän verschlug es die Sprache, daran hatte er nie gedacht, dass auch Unschuldige unter ihnen weilten. Am gleichen Abend noch versammelten sich alle auf Deck. Adam wollte mit den neuen Männern sprechen und von jedem dessen Geschichte hören. Mauri saß neben ihm auf einer Kiste, um sie herum alle Getreuen. Vor ihnen standen zwölf gerettete Piraten und etwas abseits der englische Kapitän. Adam ergriff das Wort. „Es wird Zeit, dass wir uns unterhalten, alle sind jetzt mehr oder weniger bei guter Gesundheit. Und es stellt sich jetzt die Frage, wer bei uns mitmachen will. Aber bevor ihr antwortet, will ich wissen, wie ihr Piraten geworden seid. Du da fängst an!". Adam zeigte auf den Mann ganz rechts. Kleinlaut erzählte er seine Geschichte. „Ich war mit meiner Frau und meinen beiden Jungs auf einem Warenschiff. Wir wollten in Bristol ein neues Leben anfangen. Eines Morgens wurden wir von Piraten angegriffen. Meine Frau starb bei dem Gefecht, meine Jungs und mich nahmen sie mit auf ihr Schiff. Ich sollte den gefallenen Zimmermann ersetzen. Meine Jungs verkauften sie an ein anderes Piratenschiff, welches wir auf See trafen. Ich sollte bleiben, wegen meinen Fähigkeiten mit Holz, seitdem bin ich bei ihnen". Adam drückte seine Fäuste fest zusammen, denn die Geschichte wühlte auch in seinen Wunden. Dann fasste er sich wieder und sagte nur kurz, „Der Nächste". Auch er fing eingeschüchtert an: „Ich war mit meinem Kumpel in einer Taverne in unserer Heimatstadt Bristol. Wir tranken in aller Ruhe einen steifen Grog. Nach einiger Zeit setzten sich übel aussehende Männer zu uns. Sie gaben eine Runde Rum nach der anderen aus. Wir haben gesungen, getanzt und gelacht. Ich schwöre auf alles was mir heilig ist, ich war noch nie so betrunken, wie an diesem Abend. Als ich irgendwann wieder die Augen aufgeschlagen habe, lag ich mit meinem Kumpel in einem schäbigen Raum, der nach faulem Wasser roch. Uns war speiübel vom Rum, vom Gestank und dem Schaukeln des Schiffes. Wir merkten schnell, dass wir verschleppt worden und auf See waren. Beim ersten Angriff auf ein Händlerschiff verlor mein Kumpel das Leben. Von dem Tag an musste ich mich alleine gegen die Männer an Deck durchschlagen". So erzählte einer nach dem anderen seine Geschichte. Es war nicht einer unter ihnen, der aus Überzeugung oder Abenteuerlust ein Pirat geworden war. Zum Abschluss blickte Adam den englischen Kapitän an, er nickte ihm nur kurz zu, als wenn er sagen wollte. „Sehen Sie, ich habe Recht behalten!". Der Kapitän verstand, was Adam meinte und so nickte er geschlagen zurück. „Das sind ja alles ergreifende Geschichten, die man aber immer wieder hört", fuhr Adam fort. „Wir sind in eigener Rechnung unterwegs und wenn wir Beute machen, bekommt jeder den gleichen Anteil. Wir gehen respektvoll miteinander um, haben aber natürlich auch gewisse Regeln. Aber was uns am meisten von allen anderen unterscheidet, wir jagen keine Engländer, Spanier, Portugiesen oder sonst wen, sondern wir jagen Piraten. Wer hat Mut uns dabei zu helfen?". Von den zwölf zeigten neun Mann mit dem rechten Zeigefinger auf, mit der Begründung, dass ihnen das Leben gerettet worden war. Drei rührten sich erst einmal nicht. Sie gaben später zu verstehen, wieder zu ihren Familien zurückkehren zu wollen. Für Adam war das kein Problem, er wollte sie an einem Hafen auf den Bahamas gehen lassen. Den englischen Kapitän natürlich auch. Die weitere Fahrt verlief ohne Zwischenfälle und so sah man am dreiundzwanzigsten Tag auf See den Hafen von Great Abaco. Adams Mannschaft war froh wieder festen Boden unter den Füssen zu fühlen. Die drei Matrosen, die gehen wollten, verabschiedeten sich von der Mannschaft, begleitet von vielen Glückwünschen, und jeder bedankte sich nochmals für die Befreiung. Jetzt war der englische Kapitän an der Reihe. Er ging auf Adam zu, reichte ihm zu aller Verwunderung die Hand und schwor ihm vor der ganzen Mannschaft, dass er sich voll und ganz in den Dienst auf diesem Schiff stelle. „Ich habe es mir gut überlegt, ich will bleiben". Das war ein Paukenschlag, denn über diese Entscheidung freuten sich alle. Gute Seeleute waren schwer zu finden und der englische Kapitän war zweifelslos einer. Adam gab seiner Mannschaft frei bis zum nächsten Morgen. Wie Kaninchen auf der Flucht sprangen sie von Deck und verschwanden in der Menge. Selbst Samuel, Perry, Joshua, James und der englische Kapitän beeilten sich, von Deck zu kommen, sie wollten ihren neuen Kameraden Jack mit Rum taufen. „So sei das üblich", meinte Perry. Vier Matrosen blieben auf dem Schiff als Wachen. Adam machte sich mit Mauri auf den Weg die Stadt zu durchstreifen. Sie hörten sich in vielen Tavernen um, aber es gab keine nennenswerten Informationen und so ließen sie sich spät am Abend in einer dieser Taverne nieder. Nach einem wirklich gutem Essen und einem ausgezeichnetem Wein kehrten sie wieder zur „Breakwater" zurück. Von den Kameraden war noch nichts zu sehen, sie hatten den Weg zum Schiff noch nicht gefunden. Ein paar Stunden legten sie sich noch in die Hängematten, die Nacht war kurz und es sollte im Morgengrauen auf See gehen.

Gerade wurde es hell, als die ersten Trunkenbolde über die Gangway auf Deck stolperten. Dort wurden sie von Mauri und Adam gleich in Empfang genommen. „Schlafen könnt ihr später, wir legen sobald alle an Bord sind, ab". Die betrunkenen Kameraden schimpften und drohten mit den Fäusten, weil sie ihren Rausch nicht ausschlafen durften. Adam sah das mit Humor und lachte, als Mauri den Ersten über Bord warf. Der flog im hohen Bogen ins kalte Nass. Die anderen wurden dadurch Hand zahm, sie gingen zwar langsam, aber gekonnt an ihre Arbeit. Nass wie eine Katze krabbelte der über Bord Geflogene wieder aufs Schiff. Oben begegnete er Mauri, der reichte ihm die Hand und fragte lachend zu ihm. „Bist du jetzt wieder wach und packst mit an?". Ein kurzes Nicken und dann reihte er sich bei den anderen ein. Viel langsamer als gewohnt wurde die Arbeit erledigt, aber nach einigen Missgeschicken, bei denen die Kameraden den Tollpatsch jedes Mal albern auslachten, legte die „Breakwater" dann doch ab. Das Schiff ging auf Kurs Richtung New Providence. Hundemüde suchten sich die Seeleute einen Platz und schliefen ihren Rausch aus. Die Sonne senkte sich schon am Horizont bis alle wieder bei vollen Kräften waren. Nach einigen Tagen erreichte man

Nassau, die „Breakwater" wurde vertäut und jeder auf Deck, außer der Schiffswache, bekam frei. Die wurde auf zehn Kameraden erhöht und gut bewaffnet. Mauri, Jack und Adam gingen zusammen von Bord. Als erstes wollten sie den Händler aufsuchen, um die „Breakwater" zu bezahlen. Anschließend beabsichtigten sie, gute Seeleute anzuheuern. Den Weg zum Händler fanden sie sofort. Der staunte nicht schlecht als die drei in der Tür auftauchten und ihm das Geld auf den Tisch legten. „Wo ist Will, das alte Schlitzohr"? war seine erste Frage. „Will ist tot, wir bezahlen seine Schulden", antwortete Mauri trocken. Erschrocken schaute der Händler Mauri an, „Was ist passiert, wie ist er gestorben"? Mauri erzählte, dass er bei einem Piratenangriff auf See gestorben sei. Kein Wort verlor er darüber, wie es sich tatsächlich zugetragen hatte. „Gott hab seine Seele gnädig", sagte der Händler sichtlich betroffen. „Kann ich euch irgendwie helfen? Ich habe gute Beziehungen", hakte er nach. „Nein, wir haben alles, was wir brauchen, danke", antwortete ihm Adam und fügte hinzu. „Aber man weiß ja nie, was noch kommt. Vielleicht nehmen wir deine Hilfe später mal in Anspruch". Mit diesen Worten verabschiedeten sie sich von dem Händler. Sie waren froh wieder auf der Straße zu sein, denn man konnte diesem gewieften Mann nicht vertrauen. Nun führte ihr Weg direkt in das Getümmel der Stadt. In den Bordellen wollten sie als erstes nach neuen Matrosen suchen. Das hatten sie von Käpt'n Will gelernt. Die Freudenhäuser und Tavernen platzen aus allen Nähten, es wurde gefeiert, als wenn es kein morgen mehr geben würde. Sie einigten sich darauf getrennt zu suchen, so hatten sie in kürzerer Zeit mehr Möglichkeiten die Männer anzusprechen. Viele waren schon so betrunken, dass sie uninteressant waren. Ihr Wort würde am anderen Tag nichts mehr wert sein. Deshalb suchten sie nur Männer, die noch bei klarem Verstand waren. Die Antworten, die sie bekamen waren unterschiedlich: Einige willigten sofort ein und andere waren nicht zu überzeugen, manche lachten sie aus wie kleine Kinder. Nach dem dritten Bordell hatten fast vierzig Männer zugesagt, nun musste man natürlich damit rechnen, dass nicht alle am anderen Morgen zum Schiff kamen. Deshalb wollten sie bis zu hundert Zusagen haben, um wenigsten 50 bis 60 Männer einzuschiffen. Es dauerte mehrere Stunden, bis sie endlich wieder auf die „Breakwater" kamen, aber noch kein Matrose hatte den Weg zum Schiff gefunden. Sie mussten abwarten, ob sie ihr Wort hielten. Der Morgen kam und Adam ging seit einiger Zeit auf Deck  immer auf und ab. Die Unruhe in ihm war letztendlich unberechtigt, denn glücklich überrascht schaute er auf die vielen Männer, die den Weg zum Schiff gefunden hatten. Die alte Crew, die diesmal nicht so betrunken war, musterte die neuen Kameraden von oben bis unten. Schließlich gab Adam den Befehl, sie an Bord zu holen. 78 Männer waren gekommen, das war mehr als sie erwartet hatten. Von Joshua wurden sie in ihre Unterkünfte eingewiesen, Adam machte sich mit Mauri ein weiteres Mal auf den Weg um Männer zu finden. Auf den Straßen war schon ein reges Treiben. Sie brauchten nicht lange suchen, um eine volle Taverne zu finden. Die Matrosen, die hier abhingen waren noch berauscht von der Nacht, sie brauchten nicht viel Rum um wieder in Stimmung zu kommen. Adam gab eine Runde an einem Tisch aus und schnell war man im Gespräch. Acht sagten zu, mit aufs Schiff zu kommen, sie waren alle ohne Arbeit. Immer mehr Seeleute gerieten in ihr Visier und schließlich nahmen sie 25 Matrosen mit an Bord. Adam trieb die Männer an, er wollte schnellstmöglich aus der Stadt verschwinden, weil er Bedenken hatte, dass einige abspringen würden. In der Zwischenzeit war Joshua auch nicht tatenlos geblieben. Er hatte tonnenweise Schwarzpulver, Waffen jeglicher Art und Unmengen an Proviant besorgt. Sogar lebende Tiere waren dabei. Schweine, Hühner und Enten fanden den Weg aufs Schiff. Die Laderäume waren noch nicht gänzlich gefüllt, als Adam den Befehl gab, den Anker zu lichten. „Beeilt euch, wir müssen los, wir wollen nicht die Flut verpassen", nörgelte Adam ungeduldig. In einem unglaublichen Tempo wurden die letzten Arbeiten verrichtet und die „Breakwater" stach in See. Mit direktem Kurs zur Insel, wo die Kameraden bestimmt schon auf die Rückkehr ihres Schiffes warteten. Jetzt hatte Adam Zeit, sich noch einmal mit dem englischen Kapitän zu unterhalten. „Woher der Sinneswandel, vom Piratenhasser zum Getreuen auf meinem Schiff " ? fragte er ihn. „Die Piraten hasse ich immer noch, aber die Idee, die ihr verfolgt, gefällt mir. Und ich sehe hier große Chancen etwas zu erreichen. Mein Name ist Jack, Käpt'n Adam". Adam nahm die gereichte Hand und sagte nur knapp. „Ich hoffe Jack, du behältst recht". Nach mehreren Tagen erreichten sie ihre Insel, wo sie mit Jubel in Empfang genommen und begrüßt wurden. Was die Zurückgebliebenen auf der Insel geschafft hatten, war wirklich bewundernswert. Am See standen schon mehrere Blockhäuser, alles war mit sehr viel Bedacht hergerichtet worden. Die neuen Matrosen staunten, jetzt wussten sie, dass man sie nicht hinters Licht geführt hatte. Alles war so, wie es ihnen versprochen worden war. An diesem Abend feierten sie die Rückkehr. Ein großes Fest, mit Gesang, gutem Essen und viel Rum. Mittlerweile war die Mannschaft auf fast zweihundert Mann angewachsen. Adam, der sich bei Feiern eigentlich eher zurück hielt, war in dieser Nacht in bester Stimmung. Er tanzte und lachte wie schon lange nicht mehr. Zu sehr freute er sich darüber, dass Samuel, Perry, Mauri, Joshua, Jack und James bei ihm saßen. Mit den vielen anderen Verbündeten wurde gefeiert bis zum Morgengrauen. Als der nächste Morgen kam, war noch so viel Arbeit zu erledigen, dass an Ausschlafen nicht zu denken war. Ein paar Matrosen bereiteten das Frühstück, mit gebratenen Eiern und Speck vor. Andere richteten schon die Arbeit her, die heute anstand. Wieder andere lagen noch im Sand und stöhnten über ihren schweren Kopf von zu viel Rum. Langsam aber stetig kam Leben in das Lager. So eine große Mannschaft sinnvoll einzusetzen, war nicht so einfach. Deshalb wurde alles in Gruppen eingeteilt. Die größte Gruppe ging zum Fluss, sie wollten versuchen, den Kanal zu sprengen. Die Insel erzitterte jedes Mal, wenn wieder eine Ladung explodierte und Unmengen an Sand und Bäumen wegriss. So ging das mehrere Wochen. Während aller Arbeiten wurde ständig jeder Berg und Hügel besetzt, um Ausschau nach ungebetenen Gästen zu halten, aber noch blieb alles ruhig. Schließlich, nach unzähligen Sprengungen, war es soweit. Alle versammelten sich an der Mündung zum Ozean, keiner wollte nach der schweißtreibenden Arbeit diesen Moment verpassen. Es fehlten zum offenen Meer noch ungefähr 20 bis 25 Meter, dann sollte es geschafft sein. Der Sprengmeister platzierte eine Ladung Schwarzpulver, die doppelt so

185

groß war wie nötig. Er wollte sicher sein, dass vor so vielen neugierigen Blicken, alles glatt lief. Mit dieser Sprengung sollte der Kanal geschafft werden. Um alles noch feierlicher zu gestalten, stellte er sich auf eine Anhöhe und blies kräftig das Sprengsignal in ein Kuh-Horn. Der letzte Donner hallte über die Insel. Und eine mächtige Sand- und Wasserfontäne spritzte in den Himmel. Das Wasser strömte hin und her, riesige Sandkanten brachen ab und wurden von den Fluten mitgerissen. Jubelnd und tanzend fielen sich alle in die Arme, es hatte funktioniert. Der Kanaldurchbruch war geschafft! Nach kürzester Zeit sah die Mündung aus wie ein von der Natur entstandenes Flussbett. Das Wasser suchte sich seinen Weg in dem weichen Sand. Einige Tage dauerte es noch, bis aller Unrat im Kanal beseitigt war, dann endlich wollte man es wagen die erste Fahrt anzutreten. Parallel zu den Sprengarbeiten hatte man schon zwei riesige Flöße gebaut, die den Weg und die Sicht in die Insel versperren sollten. Mit einer geschickten Vorrichtung aus Seilen und Gewichten zog man die beiden Flöße auf und zu. Die Flöße waren so bepflanzt, dass sie aussahen wie eine grüne Wand. Das wirkte so täuschend echt, dass man den Unterschied vom Wald, der links und rechts des Kanals stand, nicht erkennen konnte. Dann war der Moment gekommen und die Einfahrt in die Insel sollte ausprobiert werden. Auf der „Breakwater" gingen zwanzig Männer in Position, alle anderen waren auf der Insel geblieben. Sie bildeten entlang des ganzen Kanals Spalier. Adam stand am Steuer und Samuel hatte sich ganz vorne auf den Bugspriet gesetzt, um alles genau zu beobachten. Wie eine Schwalbe glitt die „Breakwater" in die Insel ein. Nach der Passage der Schleuse warfen die Matrosen schwere Taue hinab. Die Kameraden, in Reih und Glied, zogen das Schiff bis zum großen See. Alles klappte auf Anhieb so gut, als hätten sie das schon hundert Mal gemacht. Adam war sehr glücklich darüber und laut schrie er, „Mauri, du hast deine Wette verloren. Ich freue mich jetzt schon auf die Nacht in Nassau". Mauri war darüber nicht traurig, er freute sich mit allen anderen über den Erfolg. Natürlich musste dieses Ereignis mit einem großen Fest gefeiert werden. Zwei fette Schweine wurden gegrillt, dazu gab es noch alle anderen erdenklichen Leckereien, sie feierten ein unvergessliches Fest. In den darauffolgenden Wochen bauten sie das Dorf weiter auf. So groß, dass die zweihundert Mann starke Mannschaft problemlos Platz hatte. Es sollten noch viele mehr folgen.

# Kapitel. 11

## Das erste Schiff geht ins Netz

An einem späten Nachmittag meldete ein Späher ein feindliches Schiff mit direktem Kurs auf die Insel. Allen war klar, dass der Grund wahrscheinlich war, die Wasservorräte zu füllen. Durch die vielen Gräben und Schutzwälle, die schon auf der ganzen Insel in mühseliger Arbeit geschaffen waren, glich die Insel einer Festung. Man konnte ohne gesehen zu werden, von einem Graben in den nächsten huschen. Lauernd lag die Mannschaft in den Gräben und beobachtete wie der Anker zu Wasser gelassen wurde. In das Beiboot wurden große Fässer geladen und bald waren sechs Männer auf dem Weg zur Insel. Adam gab das Zeichen zum Rückzug zum Lager am See. Nur eine Gruppe von fünfzehn Mann beobachtete weiter das fremde Boot. Angeführt von Mauri und Adam krochen sie, gut geschützt durch das dichte Buschwerk, um in die Nähe der gerade gelandeten Männer zu kommen. Nur fünf Meter stiefelten die Ankömmlinge neben der Gruppe vorbei, die Fässer ließen sie erst einmal am Strand liegen. Sie sprachen

188

Spanisch und liefen einfach darauf los, ohne die kleinsten Anzeichen von Furcht. Nichts ahnend dass sie schon mitten in die Falle geraten waren. Sie liefen nach links bis zum nächsten Busch der den Weg versperrte, änderten die Richtung und liefen dann nach rechts. Dass sie sich auf der Insel auskannten konnte man ausschließen, denn dafür bewegten sie sich zu unkontrolliert. Fast wären sie auf das Dorf am See zugelaufen, aber wenige Meter bevor sie die Häuser hätten sehen können, drehten sie ab in eine andere Richtung. Mittlerweile hatten sie sich weit genug vom Strand entfernt und die Zeit drängte, sie zu überwältigen. Adam gab ein Zeichen sie einzukreisen, um sie bei der nächsten Möglichkeit zu stellen. Dermaßen unvorsichtig laut gaben sie sich, dass es für die folgende Gruppe ein Kinderspiel war, sie matt zu setzen. Das Gewehr locker in die Hüfte gelegt, stellte sich ihnen Adam an der nächsten Lichtung in den Weg. Die Spanier waren so erschrocken, dass sie im Nu von den anderen, die aus den Büschen sprangen überwältigt wurden. Nur drei Gewehre hatten sie zu ihrem Schutz dabei und jeder trug noch ein einfaches Messer. Ohne Gegenwehr zu leisten, waren sie entwaffnet. Adam wollte keine Zeit verlieren, schnell ging es zum Lager. Dort waren genug Matrosen die Spanisch sprachen. Sie brauchten Informationen wie viele Männer auf dem Schiff waren und welche Pläne sie verfolgten. Im Lager versuchte Adam, Informationen aus den Gefangenen heraus zu holen. Aber die stellten sich stumm, nichts bekam er aus ihnen heraus. Perry gab Adam ein Zeichen, dass er das Verhör übernehmen wollte. Schließlich war er mit Greyhound gesegelt, er wusste wie man Gefangene zum Reden brachte! Er ging langsam zum Lagerfeuer, zog sein Säbel aus dem Gürtel und legte ihn in die Glut. Ängstlich beobachteten ihn die Spanier dabei. Als die Klinge glühend rot war, nahm er sie wieder heraus. Perry sprach auch ein wenig Spanisch und so gab er ihnen zu verstehen, dass sie, wenn sie jetzt nicht sprechen würden, ihr Augenlicht verlieren würden. Aber trotz der Drohung kam kein Wort aus den stolzen Spaniern heraus. Perry gab zwei Kammeraden den Befehl den Erstbesten aus der Reihe zu nehmen. „Bringt ihn zu mir, wer nicht reden will muss leiden"; So einfach war das bei Perry. Adam hielt ihn nicht zurück, sie brauchten die Informationen. Langsam hielt Perry ihm den glühenden Säbel ins Gesicht. So dicht, dass dieser vor Schmerzen aufschrie. Immer wieder wollte er den Kopf von der Klinge wegdrehen, aber gegen zwei Mann, die ihn festhielten, hatte er keine Chance. Das offene Fleisch konnte man schon sehen und die Schreie waren markerschütternd. Die anderen Knienden schrien mit ihm, sie fluchten und spuckten Perry an. Der antwortete mit Faustschlägen. Auf Spanisch schrie er die jammernden Gefangenen an. „Ihr sollt reden, dann höre ich auf. Sagt uns wie viele ihr seid!" Kein Wort kam über ihre Lippen. „Wie ihr wollt, es ist eure Entscheidung". Perry steckte den Säbel wieder in die Glut, solange bis er wieder rot glühte. Erneut ging er auf die Knienden zu, der, den er als erstes gefoltert hatte, war nicht mehr bei Bewusstsein. Er lag ohnmächtig im Sand. Skrupellos hielt er dem Nächsten die Klinge ins Gesicht und drohte, „ich stech dir die Klinge ins Auge, wenn du jetzt nicht sprichst". Kein Wort kam aus ihm heraus. „Wie du willst, es ist deine Entscheidung", schrie Perry ihn auf Spanisch an, dann stach er zu! Die Schmerzen müssen unerträglich gewesen sein, es roch nach verbranntem Fleisch und Haaren. Endlich winselte ein anderer um Gnade. „Bitte hört auf damit. Ich sage alles, was ihr Wissen wollt". Grinsend zog Perry den Säbel zurück, er hatte ihm nicht ins Auge gestochen, aber die Wange war total verbrannt, „dann erzähl mal, was du alles weißt, aber ich warne dich, erzähl uns keine Schauermärchen, sonst schlage ich dich tot". Adam mischte sich wieder ein: „Wie viele Männer habt ihr an Bord und was wollt ihr hier?" Dies musste ein Matrose übersetzen, da Adam kein Spanisch sprach. Der Widerstand war gebrochen, der Gefangene plauderte alles aus. Es stellte sich heraus, dass an Bord noch achtzig Matrosen waren. Alle waren kampferprobte Männer mit reichlich Gewehren, Pistolen und Säbeln. Das Schiff hatte Steuer- wie Backbord schwere vierundzwanzig Pfünder. Auf dem Vorderdeck, wie auch auf dem Achterdeck waren Drehbassen installiert. Und ihr Auftrag lautete, so viele Piraten wie möglich zur Strecke zu bringen. Adam war sehr erfreut über diese Informationen, dieses Schiff mussten sie haben. Aber wie sollten sie das anstellen, kämpfen wollten sie gegen die Spanier nicht. Währenddessen gab er Anweisungen, dass sich jemand um die beiden Verletzten sorgen sollte. Er wollte ihnen zeigen, dass sie es nicht mit Unmenschen zu tun hatten. Dann gab er dem Übersetzer folgende Anweisung. „Sag ihnen, sie können das Leben all ihrer Kameraden retten, wenn sie mithelfen würden, sie an Land zu locken. Wir versprechen auch, dass wir allen das Leben lassen". Der Übersetzer gab alles weiter, wie Adam ihm Befahl. Die Spanier hörten gut zu, aber keiner antwortete. Adam fuhr weiter fort, „sag ihnen, dass wir über zweihundert Mann stark sind und eine ganze Batterie von Kanonen auf ihr Schiff gerichtet ist". Mit dem Finger zeigte Adam auf die Gräben, die vollgespickt waren mit Kanonen. Die gefangenen Spanier schauten sich an, verunsichert von dem was sie sahen und hörten, berieten sie sich. Nach einigen Minuten stand einer auf. Mit stolzer Haltung sprach er laut und deutlich; jedenfalls für die, die Spanisch verstanden. „Wir haben keine Wahl, wir müssen euch vertrauen. Aber wehe euch, wenn ihr uns

192

abschlachtet, dann wird Gott euch richten". Nach den letzten Worten bekreuzigte er sich und seine Kameraden taten es ihm nach. Nachdem der Übersetzer alles klargestellt hatte, war jeder froh, dass es nicht zum Kampf kommen sollte. Der Plan war ganz einfach, sie sollten am Strand ein Spektakel veranstalten, singen, tanzen und lachen, dabei den Kameraden auf dem Schiff zurufen, dass sie einen Schatz gefunden hatten. Um alles echt aussehen zu lassen, sollten sie mit Ketten behangen, mit goldenen Pokalen in der Hand und prächtigen Kronen auf dem Kopf geschmückt werden, um die Mannschaft unvorsichtig auf die Insel zu ködern. Kein Seemann konnte so einem verlockenden Anblick widerstehen, davon konnten sie ausgehen. So geschah es auch. Die Gefangenen wurden von oben bis unten mit den größten Kostbarkeiten behangen, die je ein Mensch zu Gesicht bekommen hatte. Wie ein funkelnder Diamant glänzten sie in der Sonne. Die Kameraden auf dem Schiff würden die Schätze leicht erkennen, da Adam nur die größten und schwersten Stücke ausgesucht hatte. Jetzt mussten sie es nur noch glaubhaft rüber bringen ohne die Kameraden auf dem Schiff misstrauisch zu machen. Und das gelang ihnen sehr überzeugend. Wie die Wilden liefen sie zum Strand, lachten und tanzten, jubelten und stolperten, so glaubhaft, dass selbst der misstrauischste unter ihnen es abgenommen hätte. Auf dem Schiff brach ein Freudensturm aus, im Nu fielen die Beiboote ins Wasser, überfüllt mit Matrosen, die gar nicht schnell genug an Land kommen konnten. Einige sprangen mit einem Kopfsprung von Bord um schneller an Land zu gelangen. Genau so hatte Adam geplant. Die armen Hunde waren geblendet von ihrer Gier, sie hatten sogar ihre Waffen auf dem Schiff vergessen. Die Boote schaukelten noch in den Wellen, als die ersten schon über Bord gingen, sie wollten mit eigener Kraft ans Ufer gelangen, weil sie die ersten sein wollten. Stolpernd liefen sie auf ihre tanzenden Kameraden zu, alle lachten, jubelten und grölten. Mittlerweile waren sämtliche Leute am Strand, selbst der Kapitän. Mit erhobenen Armen befahl er Ruhe. Nach einigen Ermahnungen kehrte die auch schließlich ein. In den Gräben im Unterholz, konnte man gut verstehen was der Kapitän fragte. Die erste Frage war, „wo sind die anderen beiden, ihr wart sechs, ich sehe aber nur vier". „Die sind natürlich beim Schatz", gaben sie ihm  zu verstehen. Die Wahrheit war eine andere, sie waren zu schwer verletzt und die Brandwunden hätten sie sofort misstrauisch gemacht. Aber zu weiteren Fragen kam der Kapitän gar nicht. Wie eine Wand trat Adam mit seinen Leuten aus dem Unterholz. Alle trugen ein Gewehr im Anschlag. Der Kapitän wurde kreideweiß, bei so einer Übermacht brauchten sie es gar nicht versuchen, sich zu wehren. Mit

194

der ersten Salve fänden sie alle den Tod. Die verkleideten Spanier, die den Köder gespielt hatten, fielen auf die Knie und flehten um Verständnis. Aber keiner schenkte ihnen Beachtung. Das Wechselbad, vom Reichtum zum Gefangenen, hatte ihnen den Verstand geraubt. Wie versteinert schauten sie auf die Gewehrläufe, die auf sie gerichtet waren. Der spanische Kapitän trug als einziger eine Waffe, an seinem Hüftgürtel hing ein prächtiger Degen. Entmutigt zog er ihn aus der Scheide und warf ihn in den Sand. Das war das Zeichen der kampflosen Aufgabe. Adam nahm den Degen an sich, betrachtete die aufwendigen Gravuren am Schaft und gab ihn dem Kapitän zurück. Der spanischen Käpt'n verstand sofort, dieses war ein Ritual unter Seeleuten, man würde fair behandelt werden. Sie mussten nicht um ihr Leben fürchten. Adam ergriff das Wort, Perry übersetzte. „Ihr braucht keine Furcht vor uns haben, ihr seid unsere Gefangenen, die wir mit allem Respekt behandeln. Wir werden euch auf eine unbewohnte Insel bringen. Weit ab von den befahrenen Seerouten. Dort habt ihr die Chance zu überleben, die Ausrüstung dafür bekommt ihr von uns. Das dient zu unserer Sicherheit, denn wir möchten nicht, dass ihr irgendwann mit der spanischen Flotte vor der Insel steht. Wir werden euch jetzt fesseln und zurück aufs Schiff bringen. Ihr, Käpt'n, sagt euern Männern, die noch auf dem Schiff sind, dass sie sich ergeben sollen. Sollten sie das nicht tun, werden wir eure Kameraden auf der Insel töten, alle". Der spanische Käpt'n nickte teilnahmslos, er war zu sehr mit dem beschäftigt, was hier gerade mit seiner Mannschaft und seinem Schiff geschah. Einige von Adams Männern traten vor, sie fesselten den Spaniern die Hände auf den Rücken, der Kapitän durfte frei bleiben. Eilig wurde aus dem Lager Proviant für die Fahrt geholt, die beiden verletzten Spanier brachten sie gleich mit und genau so schnell saßen einige der Gefangenen wieder in ihren Booten, die anderen standen noch gefesselt am Strand. Der spanische Kapitän stand im ersten Boot im Bug, von dort rief er den Männern auf Deck zu, das sie sich ergeben sollten, um die Kameraden am Strand zu retten. Die Männer, die noch auf Deck waren, beobachteten schon die ganze Zeit das Geschehen am Strand. Sie knieten geschützt hinter der Brüstung und waren gut bewaffnet. „Wenn sie jetzt nicht kapitulierten, würde noch viel Blut fließen", waren Adams Gedanken. Der Kapitän redete leidenschaftlich auf seine Männer ein, bis sie endlich aus der sicheren Deckung auftauchten. Erleichtert atmete Adam auf, der die ganze Zeit direkt hinter dem spanischen Kapitän gestanden hatte. Sie gingen an Deck und fesselten die gut zwanzig Mann starke Besatzung. Gut verschnürt wurden sie unter Deck gebracht und eingeschlossen. Zur Bewachung blieben einige auf dem Schiff, die anderen ruderten zurück zum Strand. Die nächste Ladung waren Proviant, Gefangene und wieder eine handvoll von Adams Mannschaft. Viermal ging es hin und her, bis alles erledigt war. Mauri, der auf Nummer sicher gehen wollte, machte Adam einen Vorschlag. „Lass uns über ihre Köpfe einfache Säcke ziehen, damit sich keiner die Richtung einprägen kann, in die wir segeln". Adam fand das übertrieben, da es in der ausgeräumten Segelkammer finster war wie in einem Mauseloch, aber er kam dem Vorschlag nach, sicher ist sicher. Anschließend begutachteten sie den stolzen Dreimaster. Es war ein Prachtschiff, sein Name war „Esperanza". Perry übersetzte sofort und rief laut, „wenn das kein gutes Omen ist! „Esperanza heißt übersetzt Hoffnung", dabei schlug er sich kräftig auf die Oberschenkel und lachte laut. Das steckte auch die anderen an, jeder war froh, dass alles so gut gelaufen war. Man konnte fühlen, dass die Anspannung wich. Sie hatten mit viel List und Tücke ein prächtiges Schiff gekapert. Aber wo genau eine Insel zu finden war, auf der man leben konnte, das wusste keiner. Deshalb segelten sie erst einmal mit günstigem Wind drauf los. Unter Deck, hockten die Gefangenen, sie wurden nur mit dem Notwendigsten versorgt. Zweimal am Tag bekamen sie durch den Sack hindurch etwas zu trinken. Es wurde ihnen einfach ein Schwamm mit Wasser auf den Mund gedrückt, den sie dann hastig aussaugten. Für die einzige Mahlzeit des Tages wurden ihnen für kurze Zeit die Säcke von ihren Köpfen genommen. Erst am siebten Tag fanden sie eine größere Insel, die aus der Ferne einen geeigneten Eindruck machte. Durch das Fernrohr überzeugte sich Adam, dass alles ruhig war, um dann an einer günstigen Stelle vor Anker zu gehen. Mit einer kleinen Gruppe setzte Adam an Land über, schnell fanden sie einen Fluss mit erstklassigem Süßwasser. Es gab genug Wildtiere und exotische Früchte. Diese Insel sollte es sein. Mit gutem Gewissen konnten sie die Spanier hier aussetzen. Drei Beiboote ließ man anschließend zu Wasser und bepackte sie mit Proviant, Schusswaffen und den Gefangenen. Hin und her ging es, die Gefangenen wurden an den Strand in den Schatten der Bäume geführt, immer noch gefesselt, aber ohne die Haube. Sie schrien auf, als sie ihnen vom Kopf gezogen wurde, nach sieben Tagen ohne Sonnenlicht kein Wunder! Den Proviant und die Waffen brachte man an einen ganz anderen Ort, um zu verhindern, dass sofort zu den Gewehren gegriffen wurde, sobald die Männer in Freiheit waren. Als endlich alles an Land gebracht war, wandte sich Adam noch einmal an die Spanier. „Hier habt ihr gute Chancen zu überleben, die Insel bietet euch alles, was ihr braucht. Der Proviant liegt dort hinten am Strand mit genügend Munition und Gewehren". Adam zeigte die Richtung mit der Hand an. Wir wünschen euch viel Glück und gehen jetzt in Frieden auseinander". Dann stieg er mit dem Übersetzer, als letzter ins Boot, das sofort ablegte. Mit einem Lächeln im Gesicht, warf er dem Kapitän ein stumpfes Messer zu, mit dem er seine Mannschaft möglichst langsam befreien konnte. Dieser stummen Aufforderung kam er direkt nach. Die ersten Befreiten liefen sofort zu den Gewehren, der Gedanke hier auf der Insel den Rest ihres Lebens zu verbringen, machte sie rasend. Der Kapitän blickte den Booten nach, die schon fast an der „Esperanza" angekommen waren. Einige verzweifelte Spanier gaben ein paar sinnlose Salven ab, sie verschossen nur ihre Munition, die sie noch dringend brauchen würden. Das war das letzte, was Adams Crew von den Spaniern hörte und sah. Jack, der mit an Bord war und genau wie Adam die aufgebrachten Spanier beobachtete, gratulierte ihm zu diesem genialen Streich. Ohne eine Kugel einzusetzen, an solch ein Schiff zu gelangen, war beeindruckend. Davon wollte Adam aber nichts hören, „Das haben wir zusammen geschafft, ich freue mich, dass du bei uns bist und jetzt wird unser neues Schiff gefeiert", mit diesen Worten, legte er den Arm über Jacks Schultern und beide gingen zu Perry und Samuel, die schon auf diesen Moment gewartet hatten. Joshua, der am Steuerrad stand, musste einen klaren Kopf behalten, schließlich wollten sie ja auf schnellstem Wege zurück in ihr Versteck. Welch ein Empfang wurde ihnen bereitet, als die Kameraden auf der Insel die „Esperanza" sichteten. Sie öffneten den Kanal und unter hundertfachem Jubel fuhr das Schiff in den großen See ein. Lachend und tanzend fielen sich die Kameraden in die Arme. Adam sprang auf die Brüstung der „Esperanza", laut rief er allen zu, „Freunde, seht her, schaut euch dieses prächtige Schiff an. Ich verspreche euch, es werden noch viele folgen. Wir werden mit unserer Flotte die Meere von diesem Ungeziefer reinigen. Wir werden alle massakrieren, so wie sie es mit den Unseren getan haben". Ein ohrenbetäubender Jubel entbrannte. „Und jetzt lasst uns gemeinsam den Sieg feiern!". Mit einem gekonnten Kopfsprung tauchte Adam ins Wasser und schwamm zum nahen Ufer. Samuel, Mauri und Perry wurden auf Händen getragen, die Kameraden wussten, dass auch sie großen Anteil an dem ungeheuren Erfolg dieser Mission hatten.

✛

Währenddessen musste Kirk um sein Leben bangen. Er konnte ja nicht wissen, dass seine Freunde alles daran setzten ihn zu befreien. Greyhound war noch schlimmer als er sich ihn jemals vorgestellt hatte. Keine Beschreibung war zutreffend, er war noch tausendfach schlimmer. Fast jeden Tag starb einer der Besatzung durch seine Hand. Beim kleinsten Vergehen schlug er zu. Und wenn nicht er tötete, dann tat es einer seiner Getreuen, sehr zur Freude Greyhounds. Jedes Mitglied der Besatzung, war ein Totgeweihter, lediglich der Tag war ungewiss. Greyhound reagierte wie ein wilder, angeschossener Wolf, er griff alles an. Jede Nationalität, jedes noch so kleine Dorf. Keiner wurde geschont oder begnadigt. Es sei denn, er war von kräftiger Statur und konnte fest zuschlagen. Dann war er für ihn interessant und ob er wollte oder nicht, ab dem Zeitpunkt gehörte er zu Greyhounds Mannschaft. Kirk trug jetzt auch das Brandzeichen am rechten Unterarm, wie jeder andere dieser gottlosen Mannschaft. Wenn sie ein Dorf angriffen, war Shorty stets in seiner Nähe, da er der einzige war, dem er trauen konnte. Zusammen retteten sie unzähligen Dörflern das Leben. Sobald es möglich war, versteckten sie Kinder und Frauen oder halfen ihnen zur Flucht. Alles immer mit der Gefahr im Nacken, entdeckt zu werden, was ihr Todesurteil gewesen wäre. Greyhound bestrafte Verräter nicht mit dem Schwert oder der Kugel, sondern dafür ließ er sich immer besondere Gräueltaten einfallen, wie zum Beispiel das langsame Eintauchen in kochendes Wasser. Kirk hatte es einmal gesehen, wie der armen Seele der Strick um die Handgelenke geknüpft wurde. Das Ende banden sie an eine Hebevorrichtung und mit den Beinen voran hoben sie den gefesselten Körper in einen großen Kessel mit kochendem Wasser, nur der Kopf und die Arme schauten noch über den Kesselrand. Am Anfang waren die Schreie markerschütternd, sie hielten aber nicht lange an, denn diese Schmerzen führten zu einer schnellen Ohnmacht. Trotzdem ließen sie den Ärmsten noch minutenlang in dem kochendem Wasser hängen, nur um zu beobachten, was noch geschehen würde. Erst dann zogen sie ihn wieder heraus, das Fleisch fiel stellenweise einfach von den Knochen, die Haut war aufgeplatzt und voller Wasserblasen. Nur der Kopf war unversehrt, aber das Gesicht war hässlich entstellt, es war im Todeskampf, beim letzten Schrei erstarrt. Ein Anblick, der dir das Blut in den Adern gefrieren lässt. Ein Anblick, den man nie wieder in seinem Leben vergisst. Greyhound ließ selbst bei solch bestialischer Grausamkeit seine fiesen Kommentare ertönen. Um der Mannschaft zu zeigen, dass ihm der Anblick nichts ausmachte, spottete er selbst bei so einem Exempel, „du hast aber ganz schön abgenommen, das steht dir aber nicht gut, Du siehst ja erbärmlich aus!". So, oder ähnlich waren dann seine verachtenden Bemerkungen. Die Mannschaft war dann für einige Zeit dermaßen eingeschüchtert, dass ein Vergehen erst einmal nicht mehr vorkam. Greyhound selbst lachte natürlich über seine Späße am lautesten.

Nicht selten kam es vor, dass mitten in der Nacht ein Schuss verhallte. Am Anfang war es neu für Kirk, aber nach einiger Zeit gab er solch einer Randerscheinung keine Bedeutung mehr. Ein Besatzungsmittglied hatte den Freitod vorgezogen, als weiter unter Greyhound zu leben. Wenn dann die arme Seele gefunden wurde, spottete Greyhound über den Toten, „Das er ein dreckiger Feigling war und den Tot verdient hatte". Kirk und Shorty konnten nur durch ihre Gemeinsamkeit überleben, gegenseitig sprachen sie sich Mut zu, um durchzuhalten bis Rettung kam, um dann die Rechnung zu begleichen.

## 12. Kapitel

### Die Jagd beginnt

Mittlerweile war das Dorf fertiggestellt worden. Drei weitere Schiffe waren der gleichen List zum Opfer gefallen, wie die "Esperanza". Es waren kleinere, ähnlich der „Breakwater" und gehörten Flotte Portugals. Die Namen der Schiffe waren „Trago", „Diamante" und „Estrela Polar", eine schöne Prise, die man gerne mitnahm. Wieder wurde die Mannschaft verschont, sie war einfach im Moment der Überwältigung, zu sehr überrascht. Ein glücklicher Zufall war auch, dass auf den Schiffen viele Engländer als Sklaven gehalten wurden, die sich nach ihrer Befreiung Adams Mannschaft anschlossen, die so auf über dreihundert Mann heranwuchs.

Die neu errungene kleine Flotte lag gut geschützt im Inneren der Insel. Adam saß angelehnt an einer Hütte und beobachtete den ruhigen See. Sein Blick streifte natürlich auch über die Schiffe, als ihm plötzlich etwas Entscheidendes auffiel. Es fehlte eine Flagge, ein Symbol unter dem sie Segelten. Eine englische Flagge würde nicht gehen, dafür war die Mannschaft zu wild durcheinander gemischt, und die Totenkopfflagge verachtete man. Es musste eine neue Flagge her. Diese eigentliche Kleinigkeit ließ ihm keine Ruhe. Kurzerhand rief er den Rat zusammen. Auf dem großen zentralen Platz in der Mitte des Dorfes setzten sie sich nieder. Schmunzelnd erklärte er, was ihm aufgefallen war und fragte in die Runde nach Ideen. Adam konnte nicht erahnen, was er damit angerichtet hatte. Es entbrannte eine heftige Diskussion und jeder meldete sich zu Wort. Durch den ganzen Radau kamen immer mehr Matrosen auf den Dorfplatz. Jeder war von seiner Idee überzeugt, dass sie die Beste sei. Selbst die einfachsten Seeleute mischten sich mit ein. Adam musste eingreifen, sonst wäre es noch zu einer heftigen Schlägerei gekommen. Für die Männer war es sehr bedeutend zu wissen, unter welcher Fahne sie segelten. Nach langem Hin und Her einigte man sich auf eine schwarze Fahne mit einem weißen Kreuz. Wer die Idee hatte, konnte nicht mehr nachverfolgt werden, es wurde aus vielen Einwänden und Zustimmungen heraus so entschieden. Dem Segelmeister erteilte Adam den Auftrag zur Fertigung der ersten neuen Flagge. Am anderen Morgen war das gute Stück bereits fertig. Ordentlich ineinander gelegt, wie es sich für eine stolze Flagge gehört, übergab der Segelmeister sie an Adam. Die erste Flagge sollte an den Mast der „Breakwater". Freudig nahm Adam sie entgegen, sie sollte umgehend aufgezogen werden. Aber was dabei passierte, versetzte Adam in Gänsehaut. Und das geschah so: Rechts und links der „Breakwater" standen alle Kameraden. Zusammen schauten sie zu, wie die Flagge den Masten erklomm. Als sie ganz oben thronte und durch den Wind in ganzer Pracht erstrahlte, erschallte von einem Teil der Mannschaft ein kräftiges „Adam" gefolgt von den anderen, die riefen „Black". Mehrere Male, immer lauter werdend, erschallte das in Zukunft noch oft gerufene „Adam, Black, Adam, Black". So erblickte beim Hissen der neuen Flagge auch noch ein Schlachtruf das Licht der Welt. Stolz über das ganze

Gesicht strahlend, stand Adam auf seiner „Breakwater." Die Tage vergingen mit reichlich Arbeit. Es wurde gebaut, der Kanal nachgearbeitet, die Flaggen hergestellt und alles andere wurde angegangen, was gemacht werden musste. Bis zu dem Tag, als es wieder an den verschiedensten Dingen mangelte, vor allem an Werkzeug und Baumaterial. Adam wollte mit einem Teil der Mannschaft erneut nach New Providence. Stolz wehte am Besanmast die neue Fahne! Neben den schon erwähnten Dingen, sollten auch noch kampferprobte Seeleute zur Insel geholt werden. Die Reise verlief ohne jegliche Zwischenfälle. Neben achtzig Seeleuten, waren Unmengen an Baumaterial, Werkzeugen, Arzneien, Proviant und auch Ziegen, Schweine und Hühner an Bord. Aber die größte Überraschung waren fünfzig Huren. Adam hatte sie mitgenommen, um mehr Ruhe unter den Männern zu bekommen. „So viele Männer auf einer Insel", dachte er sich, „da wird ein wenig Zerstreuung nicht schaden". In der Zeit, in der Adam unterwegs war, schufteten die Zurückgebliebenen wie wild und große Waldflächen wurden gerodet, um weitere Hütten zu errichten. Aber auch für Einfriedungen, damit die Tiere ihren Platz fanden. Und man wollte sich auch im Ackerbau versuchen. Die „Breakwater" erwies sich immer mehr als ausgezeichnetes Schiff. Schwer beladen erreichte man unbeschadet die Insel. Eifrig wie die

Ameisen, wurden die Kammern geräumt. Adam und Mauri standen an Steuerbord und beobachteten das Treiben. Mit einem Hieb in die Seite schreckte Adam Mauri auf. „Gleich müssen sie die Weiber entdeckt haben"; Er hatte es kaum ausgesprochen, da brach ein Jubelsturm aus, die willigen Frauen waren entdeckt. Wie alberne Kinder umgarnten die Männer die Schönheiten. Es galt der Lustigste und Kräftigste zu sein, um die anderen Freier auszustechen. Adam ermahnte mit strenger Stimme. „Wenn ihr euch nicht einig werdet oder es Streit gibt unter euch wegen der Weiber dann kommen sie wieder weg, das lasst euch gesagt sein". Viel half das nicht, aber es wurde etwas schonender um die Frauen gerangelt.

Am anderen Morgen lag wieder eine Menge Arbeit an. Vor allem mussten die neuen Mitglieder in die Regeln und die anstehende Arbeiten eingeführt werden. Auch die Frauen sollten eine sinnvolle Arbeit verrichten und sich erst abends um die Männer kümmern und für Tanzeinlagen beim Lagerfeuer sorgen. Adam wurde mit dieser „Freizeitbeschäftigung" bestätigt, die Stimmung unter den Männern war jetzt viel entspannter als zuvor. Die Zeit verflog und der Tag, an dem die Jagd auf Greyhound beginnen sollte, rückte immer näher. Eines Abends saßen Adam, Mauri, Samuel, Perry, Joshua,

James und Jack vor einer Hütte. Sie redeten darüber, wie und wo sie mit der Suche beginnen sollten. Perry sprach als erster; „Ich bin mir sicher, dass er schon wieder auf seiner Insel war. Er wird vor Wut rasen, weil er seinen Schatz verloren hat. Natürlich weiß er nicht, wer ihn gestohlen hat, aber er wird alles daran legen, denjenigen zu finden, der ihm das angetan hat. Ich schwöre euch, dass er das Grab von Käpt'n Will wieder ausgegraben hat. Nur um vielleicht dort eine Spur von uns zu finden. Er wird überall seine Spitzel einbringen, die ihm Informationen sammeln sollen. Ich bin mir auch sicher, dass ihm schon jemand erzählt hat, dass es einen neuen Kapitän gibt, der Seeleute anheuert. Es ist also nicht die Frage. „Wo steckt Greyhound", sondern, „Wie können wir ihn auf uns aufmerksam machen. Wie stellen wir ihm eine Falle?" Alle Anwesenden nickten zustimmend, der kluge Perry hatte vollkommen recht. Es lag klar auf der Hand, dass Greyhound alle großen Häfen anlaufen würde. Eine Entscheidung musste getroffen werden. Schließlich einigte man sich darauf, ihn rund um Nassau, bis runter nach Tortuga zu suchen. In allen Häfen wollten sie in den Tavernen und Bordellen auffällige Fragen stellen. Irgendeiner würde Greyhound schon berichten, dass man Erkundigungen über ihn einholt. So wollten sie seine Wut aufs Äußerste treiben.

✦

Mit ihren Vermutungen lagen sie schon nahe an der Wahrheit. Greyhound war nach einigen Wochen wieder zu seiner Insel zurückgekehrt. Er bemerkte schnell, dass irgendetwas nicht stimmte. An der Höhle waren keine Wachen, niemand antwortete auf sein Rufen. Am Strand fand er schließlich noch Reste von den verbrannten Männern, denn das Feuer hatte nicht alles vernichtet. Greyhound wurde totenblass, er sah in Sekunden aus wie ein alter Mann. Keiner seiner Leute hielt sich in seiner Nähe auf. Wie ein Irrer lief er zur Höhle, weißer Schaum quoll aus seinem Mund. Mehrmals fiel er der Länge nach auf die Steine. Im nächsten Augenblick war er in der Höhle verschwunden. Die Schreie, die nach kurzer Zeit aus ihr heraus drangen, gingen durch Mark und Bein. Ob es ein Tier, oder ein Mensch war, das konnte man nicht unterscheiden. Langsam wurde es stiller, er trat vor die Höhle. „Wer hat mir das angetan, welche feige, dreckige Ratte war das? Was ist los mit euch, sucht die Insel ab, vielleicht waren sie unvorsichtig und haben Spuren hinterlassen!" schrie er seine Männer an. Sie machten sich sofort auf die Suche und schnell fanden sie das Grab von Käpt'n Will. Sie riefen Greyhound dazu. Der fackelte nicht lange, „Grabt das verdammte Grab aus, ich will wissen wer auf meiner Insel beerdigt wurde". In Windeseile wurde das Grab geöffnet. Greyhound erschrak, als er die Leiche sah. Er erkannte sofort seinen alten Weggefährten Will. Leise, völlig apathisch, sprach er vor sich hin. „Dich habe ich ganz vergessen Will, du Dreckskerl hast die Insel verraten. Damals hätte ich dich besser getötet, als ich dich auf der einsamen Insel aussetzte. Wem hast du alles verraten? Welcher Wahnsinnige hat mich bestohlen"? Einen Augenblick schwieg er, genau wie jeder einzelne, der um ihn herum stand. Dann fing er wieder leise, aber immer noch gut hörbar zu sprechen an. „Ich werde ihn finden, das schwöre ich. Solange ich lebe, werde ich keine Ruhe geben. Bis ich ihm, mit meinen eigenen Händen die Luft aus seiner Kehle drücke". Greyhound spuckte in das offengelegte Grab und machte sich mit den Männern auf den Weg zum Schiff. Er sprach kein Wort, für heute hatte er genug Prügel abbekommen. Er musste diesen Fehler, Will damals das Leben zu schenken, teuer bezahlen.

✚

Es dauerte drei Tage bis die vier Schiffe beladen waren. Man stellte sich auf eine lange Seereise ein, die Vorratsräume waren gefüllt bis an die Decke. Von den knapp vierhundert Männern, die zur Verfügung standen, wurden hundert auf die „Esperanza" eingeteilt. Achtzig Männer auf die „Breakwater", sowie siebzig Männer auf die „Trago" und siebzig auf die „Diamante". Die „Estrela Polar" sollte versteckt auf der Insel bleiben. Mit über sechzig Männern, die die Insel verteidigen sollten. Adam meinte, und alle anderen stimmten ihm zu; „Das sollte reichen, wenn nicht gerade eine Flotte an der Insel anlegt;"Vielleicht ging ihnen auch noch ein einzelnes Schiff in die Falle. Dann sollten sie alles so erledigen, wie sie es schon bei den anderen vier Schiffen getan hatten. Die Gefangenen solange in einer Höhle gefangen halten, bis sie von der Reise wieder zurück gekehrt waren.

An einem milden Maitag ging es los. Ein Schiff nach dem anderen wurde von den Männern durch den Kanal vor die Insel gezogen. Adam war auf keinem der vier Schiffe, er stand an der Schleuse und beobachtete stolz, wie ein Schiff nach dem anderen an ihm vorbei zog. In seiner rechten Hand hielt er die Kette von Christin und den kleinen Holzfisch, das Geschenk seiner Kinder. Hunderte von Händen, winkten ihm zu. Sein Herz schlug so heftig in seiner Brust, dass er den Schlag am ganzen Körper spüren konnte. Soweit hatte er es geschafft, mit viel Glück, guten Freunden und Geschick! Als er vor über einem Jahr aus Bearn floh, konnte er sich nicht erträumen, wie viele Männer sich ihm anschließen würden. „Was Joseph wohl macht?", waren seine Gedanken. In Erinnerungen ganz versunken, stand Mauri plötzlich neben ihm. Er war auch noch nicht an Bord gegangen. „Adam", sagte er, „heute ist der Tag gekommen, für den wir so hart gearbeitet haben. Schau es dir an; Diese Schiffe, diese Mannschaft. Greyhound hat einen starken Feind im Nacken, das sag ich dir". Mit diesen Worten schlug er ihm kräftig auf die Schultern und machte sich auf den Weg zum Beiboot. Adam verabschiedete sich von den Männern, die auf der Insel zurück bleiben sollten. Dann folgte er Mauri. Mit kräftigen Ruderschlägen ging es zur „Esperanza", dieses Schiff befehligte Adam. Auf der „Trago" war Samuel Befehlsgeber, auf der „Breakwater" Perry und auf der „Diamante" hatte Jack wieder die Gewalt über ein Schiff, was ihn besonders freute. So war es abgesprochen, um auf allen vier Schiffen erfahrene Seeleute zu haben. Vom Strand aus winkten und riefen die Zurückgebliebenen ihnen zu, „Viel Glück!" „Kommt gesund wieder!" „Bringt uns den Kopf von Greyhound mit!" Oder. „Bringt ihn lebend, damit wir ihn hier quälen können" und noch vieles mehr. Jeder rief das, was er für sich am wichtigsten hielt ". Die Männer auf Deck winkten ihnen zu und riefen; „Wenn wir wiederkommen, feiern wir eine Woche lang, lasst noch genug Rum übrig". Dabei wurde auf beiden Seiten gelacht und gealbert. Die Schiffe entfernten sich immer mehr, bis sie schließlich ganz am Horizont verschwanden. Alle sollten langsame Fahrt machen; der Abstand zwischen ihnen war so weit, dass man sich noch über Zeichen verständigen konnte, die mit dem Fernrohr gut zu erkennen waren. Es wurde extra jemand abgestellt, der ständig mit dem Fernrohr Sichtkontakt zu den anderen Schiffen hielt. So konnte man viel mehr Seefläche überblicken, als wenn man im Konvoi gesegelt wäre. Die Fahrt ging Richtung Nassau, immer wieder kontrollierten sie den Kurs, der vorher festgelegt war und an den sich jeder genau halte musste. Mit Argusaugen beobachteten die Männer im Ausguck die See, die Wachen wurden sogar doppelt besetzt, man wollte nichts dem Zufall überlassen. Nachts, wenn eh nichts zu entdecken war, wurden alle Segel eingeholt, nur ein kleines Segel am Top Mast blieb hängen, um möglichst wenig Fahrt zu machen. So hielt man Kurs. Selbst das Licht auf Deck wurde gelöscht und Lärm sollte vermieden werden. Lieber sollten die Wachen ein anderes Schiff hören und sehen, als selber entdeckt zu werden. Adam war wirklich sehr vorsichtig. An einem heißen Tag Anfang Juni, als der Teer zwischen den Planken schmolz und jeder der auf Deck war, sich vor den Sonnenstrahlen in jedem noch so kleinem Flecken Schatten verkroch. Genau in dieser Zeit, wo jeder nur vor sich hinvegetierte, schreckte plötzlich der Späher auf der „Breakwater" auf. „Hab ich Halluzinationen von der Sonne oder war da tatsächlich ein Segel am Horizont" sprach er mit sich selbst. Einen Augenblick zögerte er noch, dann war er sich sicher, es war ein Segel. Schnell legte er seine Hände an den Mund, um sie wie einen Trichter zu formen. „Schiff voraus, auf Steuerbord, Schiff voraus". Perry stand neben dem Steuermann, erschrocken schaute er zum Späher hinauf, der mit lang ausgestrecktem Arm die Richtung des Schiffes anzeigte. Mit dem Fernrohr suchte er den Horizont ab. Einen Moment dauerte es, dann hatte er es gesichtet. Die anderen Schiffe bekamen hiervon noch nichts mit, weil die „Breakwater" das äußerste Schiff im Osten war. Das nächste Schiff, auf Steuerbord neben ihnen, war die „Esperanza". Schnell gab er der „Esperanza" mit einem Spiegel das Alarmsignal, so war es abgesprochen. Perry tat sein Bestes, immer wieder brach er mit dem Spiegel den Sonnenstrahl. Endlich wurde das Signal erwidert und sofort an die „Trago" und „Diamante" weitergegeben. Die Schiffe drehten bei und nahmen Kurs auf das gesichtete Schiff. In einer Front segelten sie auf das Ziel zu. Der Abstand zwischen ihnen war immer noch beachtlich, aber nicht mehr so groß wie vorher. Der Wind blies ideal in die voll aufgezogenen Segel. Die schnellen Schiffe holten bald auf und früh konnten sie erkennen, dass es kein Kriegs oder Piratenschiff war. Trotzdem wollten sie es anhalten und mit dem Kapitän sprechen. Das verfolgte Schiff konnte nicht erahnen, dass die ankommenden Schiffe nichts Böses im Sinn hatten, deshalb wurden alle Segel gesetzt, die zur Verfügung standen. Aber gegen die Segelkunst von Samuel, Perry, Jack und Adam blieb dem Schiff nicht der Hauch einer Chance und schnell hatten sie es eingeholt. Adam, der nicht an einen Angriff dachte, gab dem besten Schützen den Befehl; „Zwei Kugeln direkt vor den Bug, das sollte reichen um ihn zum Stoppen zu zwingen". Der Kanonier nahm Maß, sein Auge und die Erfahrung waren unglaublich. Als wenn es das Leichteste war, schlugen zwei Kugeln direkt vor dem Bug ins Wasser. Es dauerte auch nicht lange, bis man die ersten Anzeichen der Aufgabe sah. Die Segel wurden gerefft, der Händler verlor an Fahrt. Mit kurzen Kommandos segelten die vier Kriegsschiffe an ihn heran. Die „Esperanza" machte direkt an dem viel kleineren Schiff fest. Die „Breakwater", die „Trago" und die „Diamante" waren in unmittelbarer Nähe. Hinter der Reling der „Esperanza" lagen vierzig Männer mit Gewehren im Anschlag. Dadurch gut geschützt, sprangen Adam und Mauri an Bord. Es war ein englischer Händler, der auf den Knien rutschend auf die Zwei zukam und um Erbarmen flehte. Mauri packte ihn am Arm hoch, sodass er wieder auf seinen Füssen stand. Adam trat vor und sprach ihn an. „Habt keine Angst, wenn ihr Händler seid, wird euch nichts geschehen. Es sei denn, ihr habt Sklaven an Bord". „Nein, nein Käpt'n, wir haben nur Gewürze und Stoffe an Bord, das schwöre ich". Während der englische Händler seine Unschuld bekundete, verschwanden die Zwei unter Deck. Ein paar einfache Matrosen standen verängstigt herum, sonst war nichts Außergewöhnliches zu finden, das Schiff war sauber. Als sie wieder auf Deck traten, stand der Händler immer noch eingeschüchtert und verlegen an der Reling. „Habt ihr auf eurer Reise Piratenschiffe gesehen oder habt ihr in den Häfen etwas von Piratenangriffen gehört?", sprach Adam ihn an. Der Händler überlegte einen Augenblick, dann sagte er; „Auf See verlief alles ruhig, aber im letzten Hafen, in dem wir Gewürze geladen haben, da hörten wir aus vielen Mündern von einem Rachefeldzug. Man sprach darüber, dass ein übler Piratenkapitän andere Piratenkapitäne ansprechen würde, um sich ihm anzuschließen. Wir hörten auch, dass er die Verbündeten braucht, um einen Dieb zu jagen. Dieser soll ihm von einer Insel, große Reichtümer gestohlen haben". Adams Leute, die mittlerweile aus ihrer Deckung aufgetaucht waren, hörten natürlich alles, was der Händler erzählte. Nervosität machte sich unter ihnen breit. Adam selbst ließ sich nichts anmerken. Er fragte den Händler ohne zu zögern.

„In welchem Hafen war das"? die Antwort kam schnell. „Das kann ich dir genau sagen, das war im Hafen von Santo Domingo. Dort haben wir zuletzt geankert". „Santo Domingo, bis dahin ist es schon vorgedrungen". Adam war in Gedanken versunken, er musste versuchen, seinen Männern die Furcht zu nehmen „Männer, hört zu", schreckte er plötzlich auf, „das kann nur Greyhound sein. Glaubt nicht, dass sich ihm viele anschließen werden. Die meisten Piraten sind in eigener Sache unterwegs, das wisst ihr doch". Das war ein wenig dürftig, richtig überzeugen konnte Adam seine Männer damit nicht. Greyhound war in ihren Köpfen allgegenwärtig und der Gedanke, das sich auch noch andere Piratenkapitäne ihm anschlossen, der Gedanke machte ihnen schreckliche Angst. Aber Gott sei Dank war Perry dabei, er lachte laut von der „Breakwater" herüber. „Keiner wird sich ihm anschließen, das ist so sicher, wie das Amen in der Kirche. Seinen Schatz wird er wohl oder übel alleine suchen müssen. Greyhound hat so viele Männer gelinkt, das reicht für zwei Leben". Und wieder fing Perry laut zu lachen an. So herzhaft, dass Greyhound um Hilfe bettelte, dass er die Leute mit seinem Lachen ansteckte. Immer wieder spielte er Greyhound nach; „Kannst du mir helfen, mein Schatz wurde geklaut. Du sollst es nicht bereuen, ich will ihn nur wieder haben". Er veralberte Greyhound so gekonnt, dass die Leute den Respekt vor ihm verloren

217

und mit Perry das Spiel mitspielten. Wie alberne Kinder, afften sie den winselnden Kapitän nach. Der Händler stand die ganze Zeit mit seiner Mannschaft an der Reling, er verstand kein Wort von alledem. Nach einiger Zeit wurde es wieder ruhiger unter den Männern. Aber was in diesen Minuten mit Adams Mannschaft passiert war, konnte man schwer beschreiben. Das Selbstvertrauen war enorm gewachsen. In den Augen der Mannschaft, konnte man das Abenteuer und den Mut sehen, nicht die Furcht! Adam nutzte die Gunst der Stunde; Er nahm kurz Anlauf und sprang auf die Reling des englischen Händlerschiffes. Lachend sagte er, „Perry hat recht, lasst uns ihm entgegen fahren. Er soll sehen wer ihm den Schatz gestohlen hat. Er soll endlich die Strafe bekommen, die ihm zusteht". Ein ohrenbetäubender Jubel brach aus, „Tötet Greyhound, tötet seine Mannschaft, befreien wir Kirk. Dann erschallte wieder das rhythmische, Adam Black ". Aus hunderten von Kehlen schallte es über die Schiffe. Adam stand voller Stolz auf der Reling, immer wieder streckte er im Takt des Jubels seinen Säbel in den Himmel. „Auf geht's, lasst uns Greyhound einen herzlichen Empfang bereiten." Mit einem Satz sprang er über die Reling und stand wieder vor dem Händler. „Habt Dank für diese Informationen, wir wünschen euch eine angenehme Weiterreise". Dabei machte Adam einen höflichen Knicks und im Nu war er vom Schiff verschwunden, um Sekunden später schon neben Mauri am Steuerrad aufzutauchen. „Leinen los, auf geht's in die karibische See. Die Schiffe wieder in Position!". Lautstark hörte man die Kommandos, gestählt durch die Neuigkeiten, segelten sie weiter. Der Händler stand immer noch da und konnte sein Glück kaum glauben, dass ihm nichts geschehen war. Er war noch von den Schlachtrufen völlig verwirrt, wollte aber trotzdem wissen, mit wem er es gerade zu tun hatte und rief hinter den Schiffen her. „ Wer seid ihr? Wie heißt euer Kapitän, wer ist euer Anführer"? Es schien, als ob niemand das Rufen hörte, bis der Hüne Samuel am Heck der "Trago" auftauchte; „Adam Black, mit seinen Getreuen, das hast du doch gerade gehört. Wir sind die, die Greyhound sucht", rief er vor Kraft strotzend, zu ihm rüber. Der Händler nickte, er hatte verstanden und war überzeugt, dass diese Mannschaft dem blutrünstigen Piraten die Stirn bieten konnte. Er sollte es auch sein, der dafür sorgte, dass sich der Name Adam Black an der ganzen nordamerikanischen Atlantikküste rasch verbreitete. Drei Tage waren vergangen, bis wieder ein Späher ein Schiff entdeckte. Diesmal der von der „Trago". „Schiff gerade voraus, Schiff gerade voraus", meldete er aus dem Ausguck. Samuel griff zum Fernrohr, einen Moment streifte seine Bewegung über den Ozean, dann blieb er ruhig stehen: „Schnell gebt Zeichen, beeilt euch, macht schnell". Samuel war ganz außer sich. Er konnte es nicht abwarten, Adam, Jack und Perry die Entdeckung zu zeigen. Endlich waren sie in Rufnähe: „Es ist Dark, ich schwöre es euch, es ist Dark. Das Schiff erkenne ich aus hunderten wieder. Dafür bin ich zulange auf dem Kahn gesegelt", rief Samuel überzeugt. Adam glaubte ihm, eine Entscheidung musste getroffen werden und die ließ nicht lange auf sich warten. Der Befehl war, die Segel zu reffen und Samuel, Jack und Perry sollten mit Beibooten auf die „Esperanza" rüber schiffen. Er wollte mit ihnen in Ruhe überlegen und ihren Rat anhören. In der mit feinstem Edelholz verzierten Kapitänskajüte saßen sich Samuel, Mauri, Perry, Jack, Joshua, James und Adam gegenüber. Sie genossen den guten Wein, der ihnen eingeschenkt wurde und knabberten an getrocknetem Obst und Stockfisch. „Was machen wir, sollen wir Dark angreifen, oder sollen wir ihn ziehen lassen?" , fragte Adam in die Runde. Mauri war der erste, der sich zu Wort meldete: „So wie es aussieht, hat sich Dark nicht Greyhound angeschlossen, er segelt in eigener Rechnung". Perry fiel ihm ins Wort. „Ich hab euch doch gesagt, dass ihm keiner hilft, wer verbündet sich denn schon mit einem Wahnsinnigen?". Samuel meinte; „ Es ist besser, wenn wir ihn nicht beachten, lasst uns Greyhound suchen. Dark schnappen wir uns später. Er ist nicht der Pirat, den wir suchen, er jagt auf See". Perry pflichtete dem bei, James und Joshua waren der Meinung, man sollte sich auf Greyhound konzentrieren, damit hätte man genug zu tun. Im ungünstigsten Fall würde man gegen Dark viele Leute und eventuell auch noch Schiffe verlieren. Dieses Argument überzeugte alle, denn wenn sie an Schlagkraft verlieren würden, wäre ihr großes Ziel in Gefahr. Dafür wollte keiner die Verantwortung übernehmen. So wurde es dann auch beschlossen, sie segelten weiter Richtung karibische See. Die Reise ging vorbei an Great Exuma, mit Kurs auf die Küste Kubas, durch die Windward Passage mit Kurs auf die Insel Jamaica. Nichts, aber auch gar nichts, war von Greyhound zu entdecken. Die Häfen von Nuevitas und Montego Bay lief man an, um dort Seeleute auszuhorchen; bekamen jedoch immer dasselbe zu hören: Greyhound suche den Dieb, der seinen Schatz gestohlen hatte. Als letztes wurde er in der Nähe von Puerto Rico gesichtet, mehr konnten sie nicht in Erfahrung bringen. Die Reise ging weiter, es folgten Wochen der Entbehrung. Diese Jagd war wirklich kräftezehrend, sie mussten sich etwas überlegen um Greyhound eine Falle zu stellen. Erneut trafen sich Mauri, Jack, James, Joshua, Perry, Samuel und Adam in der Kapitänskajüte der „Esperanza". „So wie wir jetzt vorgehen, könnte die Jagd unendlich werden, wir müssen Greyhound einen Köder legen, damit er uns findet", stellte Adam fest. Die anderen sahen das genauso, aber wie, ohne das Unternehmen in Gefahr zu bringen? Es wurden mehrere Ideen besprochen, aber eine fand den meisten Zuspruch. Er wollte nur mit der „Breakwater" in den Hafen von Les Cayes, auf der Insel Hispaniola einlaufen. Dort wollte er den Seeleuten erzählen, wer den Schatz von Greyhound gestohlen hatte, und wo die Diebe zu finden seien. Dieselbe Geschichte wollte er auch in Santo Domingo und auf der Insel Puerto Rico, im Hafen von San Juan verbreiten. Die anderen drei Schiffe warteten weit vor der Küste, bis Jack wieder zurück war. Auf der Insel St.Kitt's sollte Greyhound in die Falle gehen. Die Häfen, die sie ausgewählt hatten, waren alles Haupthäfen in der karibischen See. Früher oder später würde Greyhound von den Gerüchten hören, das lag klar auf der Hand. Über fünf Wochen dauerte die Fahrt um die Spur zu legen, schließlich machten sie im Hafen von St.Kitt's fest. Dort wurden so schnell wie möglich die Proviantkammern der Schiffe gefüllt, um möglichst bald wieder auf offenes Wasser zu kommen. Im Hafen wollten sie nicht festhängen, wenn sie auf Greyhound treffen sollten. Der Plan war gut durchdacht, aber wenn sie gewusst hätten, dass nicht nur Greyhound, sondern sämtliche Piratenkapitäne, die etwas auf sich hielten, hinter ihnen her waren, selbst die Englische Marine hatte sich auf den Weg gemacht. Die Jagd auf die

„Breakwater" war eröffnet. Jeder der Jäger hielt sich für stark genug, um den Schatz von Greyhound an sich zu reißen. Von Nassau, bis rauf nach Great Abaco suchte man nach ihnen. Es sollte nicht mehr lange dauern, bis sich der erste Feind in ihren Weg stellte.

## 13. Kapitel

### Ein großer Verlust

Auf den Schiffen von Adam, Perry, Samuel und Jack war die Spannung zu spüren, jeder war hellwach. Ständig suchten mehrere Späher den Horizont ab. Jede Stunde, jede Minute und jeden Moment, konnte sich Greyhound zeigen. In den gewohnt großen Abständen, kreuzten sie in den Gewässern vor St.Kitt's, bis ihre Stunde schlug. Eines Morgens, wie aus dem Nichts, tauchte ein Schiff auf. Der Späher der „Breakwater" hatte es viel zu spät entdeckt, denn der Frühnebel war so dicht, dass er ihm komplett die Sicht genommen hatte. Alles war in eine undurchdringliche Wand gehüllt. Als das Schiff dann wie ein Gespenst vor ihm auftauchte, war es fast schon zu spät, um Alarm zu schlagen. Die Mannschaft schaute verunsichert in alle Richtungen. Perry war der einzige, der die Situation richtig einschätzte. Alle anderen suchten noch den Feind, der jetzt wieder wie ein Geist im Nebel verschwand. Perry schrie wie ein Verrückter, „Glotzt nicht so rum, macht euch kampfbereit oder wollt ihr kampflos auf den Meeresgrund?". Die Männer sprangen auseinander und verrichteten hektisch ihre zugewiesene Arbeit. Diese Situation hatte keiner eingeplant, der Nebel nahm Perry jede Chance Zeichen an die anderen zu geben. Perry wollte mit einem Kanonenschuss versuchen, auf sich aufmerksam zu machen. Das fremde Schiff zögerte nicht, es ging direkt zum Angriff über. Es war viel grösser und mit mehr Kanonen bestückt, als die „Breakwater". Perry war kein Feigling, aber er erkannte für sich, dass dieses Gefecht auf Messerschneide stand. Adam hörte den Kanonenschuss, aber eine genaue Position anzusteuern war unmöglich, der Schall des Schusses wurde fast vollständig von der dichten Nebelwand verschluckt. Auf den anderen beiden Schiffen war es nicht anders, auch sie hörten den Schuss, aber woher er konnte niemand genau sagen. Sie konnten nur mit langsamer Fahrt suchen. Adam erkannte die schreckliche Lage, er wurde kreidebleich, man hatte ihre verwundbarste Stelle gefunden. Der Angreifer hatte es nur mit einem Schiff zu tun. Ratlosigkeit machte sich bei den Suchenden breit, sie hörten das Gefecht, auch die schweren Kanonenschüsse, aber sie konnten nicht eingreifen.

Auf der „Breakwater" war man zum Äußersten bereit, jeder an Bord wusste, dass sie diesen Kampf alleine für sich entscheiden mussten. Die anderen Schiffe konnten in der kurzen Zeit nicht zu ihnen stoßen. Auf dem gegnerischen Schiff wurden die Luken geöffnet, schwere Geschützmündungen schauten aus der Bordwand, wie Zähne von einem Seeungeheuer, grinste das riesige Schiff sie an. Auf der „Breakwater" war alles gefechtsbereit, Perry heizte seine Mannschaft an. „Ihr wisst, warum wir hier sind, zeigt was ihr draufhabt. Lasst keinen am Leben!", schrie er so laut, das die Adern am Hals heraustraten. Der gegnerische Kapitän tat es ihm nach; er stand mit seinem Fernrohr auf der Brüstung und schrie die Mannschaft an; „Kämpft ihr Halunken, es ist die „Breakwater" wir werden reich sein wie Könige, wenn wir uns diese Prise schnappen. In ihrem Bauch schlummert der Schatz von Greyhound!" Es war tatsächlich einer von den Jägern, die sich Greyhounds Schatz unter den Nagel reißen wollten. Perry wusste, dass er die erste Breitseite abfeuern musste, um überhaupt eine Chance zu haben. Deshalb wollte er es mit einer Finte probieren. Kurz bevor die ersten Kanonen abgefeuert wurden schlug er mit der „Breakwater" einen Haken und kreuzte vor dem Bug des Angreifers. So konnten ihn die gegnerischen Kanonen nicht erreichen. Er selbst kam dadurch in eine ausgezeichnete Schussposition. „Auf mein Zeichen feuern und sofort nachladen, gebt ihnen Stahl zu fressen". Das Feuer erschallte und schwere Kanonenkugeln schlugen beim Angreifer ein. Der Punkt ging an Perry. Der Schaden auf dem anderen Schiff war enorm, aber nicht kräftig genug, um den Angreifer wirklich vor Probleme zu stellen. In der Zwischenzeit machte sich Panik bei den Suchenden breit, sie hörten in der Ferne die kämpfenden Kameraden, die schweren Kanonen, aber sie konnten immer noch nicht helfen. Mit mehreren Kehren versuchte Perry Zeit zu schinden, vielleicht konnte er es schaffen sich im Nebel zu verdrücken. Der Piratenkapitän war ein sehr erfahrender Mann, geschickt steuerte er sein Schiff immer in eine Position, die Perry vor Probleme stellte. Es war ein Spiel wie Katz und Maus, welches Perry aber beim nächsten Manöver verlor. Der gewiefte Pirat erkannte Perrys Plan und gekonnt ließ er die „Breakwater" in das Mündungsfeuer der Backbordseite segeln. Eine nicht aufhörende Breitseite ließ die „Breakwater" erzittern. Der Hauptmast fiel auf Deck, Brüstungsteile flogen umher und erschlugen viele Männer. Manövrierunfähig stand Perry am Steuerrad. Er schrie mit blutverschmiertem Gesicht; „Feuert alles was ihr habt, wenn euch euer Leben lieb ist." Noch einmal bäumte sich die

„Breakwater" wie ein angeschossenes Raubtier auf. Aber es nutzte nichts, die nächste Breitseite zerstörte alles auf Deck. Die Kameraden flogen umher wie Puppen, der Haupt und Fockmast waren gefallen. Perry selbst, lag schwer verwundet neben den Resten vom Steuerrad. Er konnte hören wie der gegnerische Kapitän die Kommandos zum Kapern gab, sie waren besiegt. Leise, mit dem Tod ringend, sprach er vor sich hin, dabei rannte ihm Blut aus dem Mund auf die Schiffsplanken; „Adam, wo bist du? Samuel, Mauri hört ihr mich?" Sekunden später schloss Perry für immer die Augen. Mit ihm ließen auch Joshua und James ihr Leben, drei der engsten Verbündeten Adams. Erst jetzt tauchte aus dem Nebel Hilfe auf. Es war die „Trago" mit Samuel, kurz darauf die „Esperanza" mit Adam. Die „Diamante" war mit Jack am weitesten entfernt und kam als letztes Schiff zum Gefecht. Samuel rief dem Piratenkapitän zu, „Untersteht euch und kapert das Schiff. Bleibt wo ihr seid oder wir schicken euch gleich auf den Meeresgrund". Der Piratenkapitän erkannte die ausweglose Situation, er blieb da, wo er war. Die „Trago" machte längsseits an der „Breakwater" fest, Samuel sprang als erster auf das zerstörte Schiff. Überall lagen tote Kameraden, Perry fand er am Steuerrad. Die Kameraden von der „Trago", die Samuel folgten, halfen den Verwundeten. Es waren aber nicht viele, denn die meisten hatten den Tod gefunden. Samuel kniete neben Perry, er konnte seine Tränen nicht zurückhalten. Er war ihm ein richtiger Freund geworden, den er jetzt tot in den Händen hielt. Vorsichtig hob er Perry auf und legte ihn behutsam auf das Hauptsegel, das einen Teil des Achterdecks bedeckte. Joshua und James fanden sie auf dem zerstörten Mitteldeck. Die beiden, sowie alle anderen Gefallenen legten sie neben ihn. In der Zwischenzeit war auch Adam an Bord gekommen. Sprachlos stellte er sich neben Samuel. Einen Moment verharrten sie dort wortlos. Schließlich war es Adam, der als erster die Stimme wiedergefunden hatte. „Lasst uns die Mannschaft mit der „Breakwater" auf See begraben, Perry hätte es so gewollt". Samuel nickte stumm. Adam gab die Befehle, das Schiff zu räumen. Proviant, Munition, Gewehre und Schwarzpulver wollten sie retten, alles andere sollte an Bord bleiben. Die ganze Zeit standen die Piraten, bewaffnet bis an die Zähne, auf ihrem Schiff. Aber keiner war so verwegen einen Finger krumm zu machen. Unzählige Gewehrläufe zielten auf sie, die Schiffe von Jack und Adam hatten ihre Kanonen auf sie gerichtet, für sie gab es keine Möglichkeit zur Flucht. Als das Schiff geräumt war, gab Adam den Befehl die Kanonen der „Trago" auf die Wasserlinie der „Breakwater" zu richten. Mit einer donnernden Salve sank sie für immer in die Tiefe der See. Der Piratenkapitän wurde sichtlich nervös, er versuchte mit Jack und Adam ins Gespräch zu kommen. „Wir schließen uns euch an, wir wussten ja nicht, dass ihr zusammen gehört". Adam und Jack gaben keinen Laut von sich, jeder stellte sich aufs Achterdeck und gab ohne noch einmal den Piratenkapitän anzuhören, den Befehl zu feuern. Das Piratenschiff zersplitterte in tausend Stücke, totbringende Schreie drangen zu ihnen herüber. Stumm beobachteten sie, wie das Schiff auf den Meeresgrund sank. Diese Rache waren sie Perry und den gefallenen Kameraden schuldig. Jetzt hatten sie nur noch drei Schiffe und zweihundertsiebzig Mann zur Verfügung, davon waren noch zwölf schwer verletzt und keiner wusste, ob sie überlebten. Sie hielten Rat auf der „Esperanza".

Lange Zeit sprach keiner, der Verlust von Perry saß noch zu tief. Perry war schließlich nicht irgendjemand, den sie verloren hatten. Seine Ideen und seine Erfahrung, hatten sie bis hierher gebracht. Das wussten die Leute auf Deck und auch ihre Anführer.

✦

Zur gleichen Zeit versuchte Greyhound mehr über den Mann zu erfahren, der seinen Schatz gestohlen hatte, jeden noch so kleinen Hafen lief er an. Bis er in einer Hafenkneipe von Nuevitas auf Kuba, die ersten handfesten Neuigkeiten hörte. Die Leute erzählten von einem Schiff mit dem Namen „Breakwater". Der Kapitän sollte Adam Black heißen und sein Versteck auf St.Kitt's sein. Als Greyhound das hörte, wurde sein Gesicht zu einer hässlichen Fratze, er ballte seine Hand zu einer Faust: „Das hast du nicht umsonst getan „Adam Black", ich werde dich finden und dann Gnade dir Gott. Ich zerschmetter dich mit meiner eigenen Faust." Dabei schlug er mit seiner ganzen Kraft vor einen Balken der Taverne. Die Seeleute, die in der Taverne saßen, waren augenblicklich stumm wie die Fische, keiner traute sich auch nur ein Geräusch von sich zu geben. Jetzt wusste Greyhound Bescheid, die Falle, die Adam ihm und seinem Gefolge gestellt hatte, schnappte zu! Greyhound nahm bald darauf Kurs Richtung St.Kitt's.

✛

Schweigend saßen sie sich auf der "Esperanza" gegenüber, hin und wieder nippte einer am Weinglas, die meiste Zeit aber gingen ihre Blicke ins Leere, denn keiner hatte eine Ahnung, was jetzt zu tun sei. Mit einem Räuspern ergriff Adam das Wort. „Die Sache mit Perry können wir nicht ungeschehen machen, es muss jetzt aber irgendwie weiter gehen. Was machen wir? Dass wir nicht ohne Verluste Greyhound besiegen würden, war uns doch von vornherein klar, oder etwa nicht"? Die Kameraden nickten still. Der Stachel saß deshalb so tief, weil es so plötzlich und so unerwartet kam. Mauri tat als erster seinen Unmut kund: „Ich habe das dumme Gefühl, dass wir nicht nur Greyhound auf unsere Fährte gelockt haben! Anders kann ich mir diesen spontanen Angriff einfach nicht erklären. Piraten greifen sich nur äußerst selten untereinander an. Jedenfalls sehen wir wie Piraten aus! Der Piratenkapitän wusste, dass die Besatzung der „Breakwater" den Schatz von Greyhound gestohlen hatte. Irgendwo musste er diese Neuigkeit aufgeschnappt haben, das garantiere ich euch! Es sind bestimmt eine Menge Leute hinter uns her. Wir haben die Gier nach Gold und Reichtum unterschätzt. Mir schnürt es richtig den Hals zu, wenn ich nur daran denke, dass uns die halbe karibische See jagt." Mit diesen Worten beendete er seine Ansprache. Hätte er da schon gewusst, wie recht er behalten sollte! Nach einiger Zeit gingen alle wieder auf ihre Schiffe, sie waren zu dem Entschluss gekommen, noch zwei Tage auf Greyhound zu warten. Dann wollten sie durch die Bahamas zu ihrem Versteck auf die Insel. Die Lage spitzte sich immer mehr zu. Der Frühnebel wurde von der aufsteigenden Sonne vertrieben, wolkenloser Himmel mit einer mäßigen Brise, erfüllte den Tag. Die drei Schiffe segelten nur wenige hundert Meter nebeneinander her, als der Späher der

231

„Esperanza" Schiffe sichtete. „Schiffe voraus auf Steuerbord, Schiffe voraus". Adam griff nach dem Fernrohr, gleichzeitig gab der Wachhabende die Signale an die anderen weiter. Es waren drei Kriegsschiffe, die genau auf sie zu segelten. Nach einigen Minuten konnten sie auch erkennen, dass es englische Kriegsschiffe waren. Nun wurde ein Kampf, den sie nicht wollten, unumgänglich. Die große Messingglocke wurde heftig geschlagen. Der Bootsmann gab den Befehl sich kampfbereit zu machen. Auf der „Esperanza" und auch auf den anderen beiden Schiffen wurde alles dafür getan, um gut gewappnet in den Kampf zu ziehen. Im Minutentakt näherten sich die Schiffe. Es ging um Leben und Tod. Schon bald konnten sie einzelne Männer an der Brüstung stehen sehen. Adam stellte sich auf das Achterdeck und hielt eine ergreifende Ansprache, „Freunde, so wie die Dinge laufen, war es nicht beabsichtigt. Uns bleibt nur der Kampf, da wir für die englische Marine als Piraten gelten. Nehmen sie uns gefangen, werden wir alle gehängt. Deshalb sage ich euch, kämpft um euer Leben, kämpft für die, die wir schon verloren haben, kämpft für ein Leben in Freiheit." Die Männer rissen ihre Waffen in die Höhe und jubelten Adam zu. Einige sprangen auf die Brüstung und brüllten den Kameraden auf den anderen Schiffen zu, die genauso mutig antworteten. Von allen Schiffen waren Kampfrufe zu hören. Heute war der Tag gekommen, an dem die Mannschaft beweisen konnte, was in ihr steckt. Auf allen drei Schiffen prangte ihre Fahne. Die „Trago" segelte in der Mitte, die „Esperanza" auf Backbord, die „Diamante" auf Steuerbord. Mutig, zu allem bereit, segelte man den englischen Kriegsschiffen entgegen. Unter Deck arbeiteten die Männer leidenschaftlich und die Kanonen waren in wenigen Minuten bereit, ihre totbringende Ladung abzufeuern. Adam und Mauri gingen durch die Reihen, sie sprachen den Männern Mut zu. Wo sie helfen konnten, packten sie mit an. Auf den anderen Schiffen war es nicht anders, Jack und Samuel leisteten ganze Arbeit und die Mannschaft vertraute ihnen bis in den Tod. Der Augenblick der Wahrheit rückte immer näher. In voller Fahrt, dicht zusammen, segelten sie auf den Feind zu. Der Plan war, dass die „Trago" auf Adams Handzeichen, nach Backbord ausbrechen, während im gleichen Moment die „Diamante" und die „Esperanza" Fahrt rausnehmen und über Steuerbord abdrehen sollten. So hatten sie es oft in ihren Ratssitzungen besprochen und anhand von Modellschiffen auf einer Seekarte durchgeführt. Diese Finte sollte den Gegner verwirren und verunsichern. Bald war die Zeit gekommen, dass Adam das Zeichen gab. Samuel stand am Steuerrad der „Trago". Er schaute gespannt zu Adam herüber, der

233

Steuermann neben ihm war eingewiesen, es konnte losgehen. Dann war der Augenblick gekommen und Adams Hand schnellte nach oben. Die „Trago" brach Backbord aus und die „Esperanza" mit der „Diamante" refften das große Besanmast Segel. Über Steuerbord drehten sie ab und alle drei waren nur Augenblicke später, in einer idealen Schussposition. Immer noch als Konvoi unterwegs, gaben die Engländer jetzt ein vortreffliches Ziel. Die Kanonen ließen nicht lange auf sich warten. Sie schlugen mit einer zerstörerischen Gewalt auf den englischen Schiffen ein. Vom Erfolg beflügelt war auf Adams Schiffen die Hölle los, sie erkannten die Lage der Engländer und feuerten nur Minuten später die nächste totbringende Salve auf die englischen Kriegsschiffe. Schwer getroffen lagen diese auf dem Wasser, zwei Schiffe waren nicht mehr in der Lage zurück zu feuern, sie drohten zu sinken. Ein Schiff stellte sich noch einmal der „Esperanza" in den Weg, aber Adam war gut vorbereitet und schickte das Schiff auf den Meeresgrund. Die beiden anderen Schiffe ergaben sich ihrem Schicksal, sie konnten sich manövrierunfähig gegen diese Übermacht nicht wehren. Der Jubel auf den drei Schiffen war unbeschreiblich, die Mannschaft lag sich in den Armen und feierte ihren Sieg. Sie hatten zwar keinen großen Schatz erbeutet, aber der Sieg gegen drei englische Kriegsschiffe zählte genauso viel. Die Engländer hatten mit ihren wenigen Kanonengeschossen kaum Schaden angerichtet und die, die verletzt waren wurden gefeiert wie Helden. Adam ging an Bord der zerstörten Schiffe und gab ohne zu zögern die Befehle: „Evakuiert die Schiffe, bringt die Gefangenen auf die „Esperanza", dann versenkt die Schiffe !". So geschah es auch, die Gefangenen wurden auf die „Esperanza" gebracht und die schwer gezeichneten englischen Schiffe unter großem Jubel versenkt. Einige von den Gefangenen erkannten Jack, den Kapitän der „Diamante" und redeten hinter vorgehaltener Hand über ihn. Jack schenkte seinen Landsleuten keine Beachtung. Er brachte die Gefangenen unter Deck, wo sie gut verschlossen und bewacht wurden. Oben auf Deck herrschte eine ausgelassene Stimmung, aber Adam ermahnte alle, sich weiterhin zu konzentrieren. Noch war nichts erreicht, sie wollten erst einmal versuchen aus dieser selbst gestellten Falle zu entkommen. Sie flohen aus den Gewässern vor St.Kitts in Richtung St.Johns Inseln. Der Tag verstrich ohne feindliche Schiffe, nachts segelten sie dicht zusammen ohne Beleuchtung. Der nächste Morgen kam und ging, genauso wie der Mittag und Abend. So währte es zwei Tage und langsam wich die Anspannung aus den Gliedern der Seeleute. Es wurde wieder hier und da ein Spaß gemacht und ab und zu konnte man auch ein Lachen hören. Nach zwei Wochen erreichten sie die kleine Insel Samana Cay. Auf den Schiffen nahm alles wieder seinen gewohnten Gang. Hier im Hafen von Samana Cay gingen sie mit dem letzten Tageslicht vor Anker, kaum einer beachtete die nacheinander einfahrenden Schiffe. Die Matrosen, die sich am Hafen rumtrieben, waren betrunken. Sie hatten nur Augen für die leicht bekleideten Damen und den Rum. Direkt nach dem Festmachen gingen Adam, Samuel und Jack durch die Straßen der Stadt. Sie suchten einen Händler für dass Proviant, es sollte aber alles so unauffällig wie möglich geschehen. Auf keinen Fall wollten sie hier eine Spur hinterlassen, die sie verraten konnte. Es gelang ihnen einen verwegenen Händler zu finden, der nicht viel Kundschaft besaß jedoch damit genau richtig war, so konnte er auch wenigen erzählen, wer im Hafen war. Schnell wurden sie sich über den Preis einig und keiner beachtete sie, als sie ihre Schiffe mit frischem Proviant beluden. Am anderen Morgen waren die drei Ankerplätze wieder verlassen, man war mit dem ersten Licht mit Kurs auf Great Abaco, auf hohe See hinaus gesegelt. Der Plan war, eine größere Streitmacht anzuheuern, die weitere Schiffe mit vielen Kanonen bedienen sollten. Tagelang blieb alles ruhig; kein Kriegsschiff, kein Händler kreuzte ihren Weg. Dann, an einem Nachmittag, war es der Späher der „Esperanza", der mehrere Segel am Horizont sichtete. Alles war in großem Aufruhr. Dann blieb ihnen nur noch die Flucht. Sie drehten ein paar Striche über Backbord ab, um nicht mit direktem Kurs auf sie zu zusteuern. Alle Krähennester waren besetzt, jeder der ein Fernrohr besaß, stand an der Brüstung und beobachtete die ankommende Schiffe. Schließlich war es Jack, der als erster rief; „Es sind Portugiesen, es sind portugiesische Kriegsschiffe."Laut rief er seine Entdeckung den anderen zu. Adam reagierte sofort; „Hart Backbord, alles was geht". Die beiden anderen Schiffe taten ihm nach. Schräg, dicht mit der Backbordseite über der See, nahmen sie Reißaus. Adam wollte sich nicht auf einen Kampf einlassen denn die Übermacht war zu groß für seine angeschlagene Mannschaft. Er lief die Deckstreppe runter, um so schnell wie möglich die genaue Position zu ermitteln, in der sie sich gerade befanden. In seiner Kajüte, dicht über die Seekarten gebeugt, bestimmte er die Koordinaten. Nach wenigen Minuten wusste er Bescheid; sie segelten auf der Höhe von Cat Island. Adam überlegte krampfhaft, irgendwie musste er einen Weg finden, um zu entkommen. Ein paar Stunden waren es noch, bis die Nacht einbrach, in die er den Vorsprung retten wollte, sodass die Portugiesen ihre Fährte verlieren würden. Er plante zwischen Eleuthera und Cat Island mit Kurs auf Andros Island zu segeln, um dann mit Kurs auf Süd nach Grand Bahama zu gelangen. Immer wieder kontrollierten sie, ob die Portugiesen näher herankamen. Dass sie verfolgt wurden, lag klar auf der Hand, genau auf demselben Kurs segelten die Portugiesen hinter ihnen her. Sie konnten nur auf die Nacht hoffen, sonst wären sie verloren. Durch die Fernrohre zählten sie sechs Kriegsschiffe, die Zug um Zug näher kamen. Adam wurde sichtlich nervös, immer wieder feuerte er seine Mannschaft an: „Setzt alle Segel, hängt jeden Fetzen Stoff an die Masten, wir müssen mehr Fahrt machen". Ständig wurde der Abstand zwischen ihnen und den Verfolgern kontrolliert, sie segelten schnell und hart vor dem Wind, aber trotzdem schrumpfte ihr Vorsprung. Es war ein Wettlauf gegen die Zeit. Adam musste schließlich einsehen, dass es keinen Sinn mehr machte, im Konvoi zu fliehen, sie mussten sich trennen. Vielleicht konnten sie damit für etwas Verwirrung sorgen. Er gab einem seiner Männer den Befehl, die Zeichen zu geben, sich zu trennen. Es dauerte einen Augenblick dann verstanden Samuel und auch Jack was Adam vorhatte. Lange schaute Samuel zu Adam herüber, er hatte geschworen ihn mit seinem Leben zu beschützen und jetzt musste er ihn alleine ziehen lassen. Er hoffte, dass alles gut gehen und sie sich bald wieder sehen würden. Die Schiffe entfernten sich immer mehr auseinander, jetzt lag es an den Portugiesen zu entscheiden, wen sie jagen wollten. Aber es kam genauso, wie Adam es nicht erwartet hatte. Sie teilten sich ebenfalls auf; je zwei Portugiesen verfolgten eines von Adams Schiffen. Auch wenn sie alle immer noch verfolgt wurden, so hatte sich die Lage doch ein wenig verbessert. Zwei Verfolger konnte man leichter abschütteln, als sechs. So dachten auch Jack und Samuel, sie trieben die Mannschaft an, die überflüssigen Dinge an Bord über die Reling zu werfen. Sie mussten versuchen die Schiffe leichter zu machen um schneller segeln zu können. Fässer, Bretter, Kisten. Jack, trennte sich sogar von zwei vierundzwanzig Pfündern. Jeder der drei sorgte nach seinem eigenen ermessen, von was man sich trennen konnte. Und es zeigte Wirkung. Der Abstand zwischen Jäger und Gejagten blieb konstant. Erleichterung machte sich auf den Schiffen breit, aber noch war nichts gewonnen. Endlich kam die Nacht. Es lag nur noch wenig Licht auf dem Wasser, als Adam in der Ferne schweres Geschützfeuer hören konnte. Einer seiner Verbündeten war eingeholt! Aber er konnte nichts unternehmen, er musste selber seine beiden Portugiesen abschütteln. Adam gab die Befehle alles Licht zu löschen und den Kurs zu ändern. Geräuschlos verschwanden sie in der Dunkelheit. Sie hatten es tatsächlich geschafft, aber was war mit den anderen geschehen? Die ganze Nacht über standen doppelte Wachen auf Deck, aber es blieb alles ohne nennenswerte Vorkommnisse. Am anderen Morgen war der Ozean wie leergefegt. Es blies eine mäßige Brise und unter höchster Vorsicht nahm man Kurs auf das Inselversteck. Es vergingen Tage und Wochen, bis endlich die Insel vor ihnen auftauchte. An der bekannten Stelle, genau gegenüber der Kanaleinfahrt wollten sie versuchen Kontakt aufzunehmen. Mit einem Spiegel gaben sie immer wieder Zeichen, in der Hoffnung, dass alles während ihrer Abwesenheit gut gegangen sei. Es dauerte einen Moment, dann wurde das Zeichen erwidert. Die Schleuse öffnete sich wie von Geisterhand. Auf direktem Weg segelten sie darauf zu und hinein. Hinter der Schleuse wurden sie von einigen Zurückgebliebenen willkommen geheißen, die verlegen mit ihren Armen winkten. Adam fühlte, dass die Stimmung bedrückt war. Sie erreichten mit Hilfe der Männer, die die zugeworfenen Taue bedienten, den großen See, wo drei Schiffe vor Anker lagen. Aber es waren nicht die „Diamante" oder die „Trago". Die „Estrela Polar" konnten sie erkennen, die anderen beiden nicht. Die „Esperanza" war als einziges Schiff zurück gekehrt. Adams Magen verkrampfte bei den Gedanken, dass die Kameraden es nicht geschafft hatten. Schnell wurde das Schiff festgemacht und Adam und Mauri konnten es nicht abwarten von Bord zu kommen. Die Leute kamen auf sie zugelaufen und stellten unzählige Fragen. „Wo sind die Schiffe? Wo sind Perry, Samuel,

Jack, Joshua und James?" Wo sind unsere Kameraden?"
Adam war überfordert mit der Situation, er konnte im
Moment keine Fragen beantworten. War das
Unternehmen Greyhound zu töten, hier und jetzt
gescheitert? Auf direktem Weg ging er zu seiner Hütte
und schlug heftig die Tür hinter sich zu. Es tat ihm selber
leid, dass er keine Antwort geben konnte. Die Gesichter
der vermissten Kameraden spukten in seinem Kopf
umher und Selbstzweifel kamen über ihn. Hatten durch
ihn all diese guten Männer den Tod gefunden? Einen
Augenblick stand Adam alleine in der Hütte, er wollte
über alles in Ruhe nachdenken, als sich die Tür wieder
öffnete. Mauri trat herein, er ahnte, dass Adam ihn jetzt
brauchte. Entschlossen, aber mit gedämpfter Stimme
sprach er ihn an. „Adam, wir dürfen jetzt nicht aufgeben!
Die anderen kommen sicherlich noch. Jack und Samuel
sind sehr gute Seeleute, die haben das bestimmt
geschafft!". Mauri nahm Adam an beiden Schultern und
schüttelte ihn durch. „Wir dürfen jetzt nicht aufgeben,
hörst du mich! Es geht weiter!" redete er eindringlich auf
ihn ein. Adam schaute Mauri an, vielleicht war es
wirklich so, wie sein Freund sagte. Sie mussten
Hoffnung, Mut und Geduld haben. Zusammen verließen
sie die Hütte und gingen zum See, wo unzählige Hände
bereits damit beschäftigt waren, die "Esperanza" wieder
in Ordnung zu bringen. Oliver, einer der Männer, die auf

der Insel geblieben waren, sprach Adam an. „Möchtest du gar nicht wissen wie die beiden Schiffe hierher kommen? Wir waren auch nicht untätig, während ihr weg wart!" Adam legte Oliver den rechten Arm um die Schulter. „Dann erzähl mal, wie die beiden Prachtschiffe den Weg hierher gefunden haben. Aber erst möchten wir einen schönen Becher Rum und ein gutes Stück Fleisch vom Lagerfeuer. Was meinst du Oliver, kannst du uns das besorgen? Dann wollen wir uns zusammen ans Feuer setzen." „Wenn das der einzige Wunsch ist, den du hast, dann erledige ich das sofort". In Windeseile wurde alles herbei geschafft und zusammen setzten sie sich um das Lagerfeuer auf dem Dorfplatz. Oliver wollte gerade anfangen die Neuigkeiten zu berichten, als Adam ihm ins Wort viel. „Ich denke bevor wir uns über die beiden Schiffe unterhalten, solltet ihr erst einmal uns anhören; es ist viel passiert auf unserer Reise." Keiner widersprach Adam, zustimmend nickten viele mit dem Kopf. Adam begann zu erzählen, wie sie Greyhound die Falle stellen wollten. „Wir suchten alles ab, nichts war zu finden von Greyhound. Schließlich hielten wir Rat und waren zu dem Entschluss gekommen, unsere Spur nach St. Kitts zu legen. Greyhound sollte wissen, dass wir ihm den Schatz gestohlen haben. Aber leider lief nicht alles wie geplant. Dass wir den Schatz von Greyhound hatten, machte auch andere Kapitäne neugierig. Wir können nicht sagen, wie viele sich auf den Weg gemacht haben, aber es dauerte nicht lange, bis es zum ersten Angriff kam. Ein einzelnes Piratenschiff griff den „Breakwater" an. Perry war auf sich alleine gestellt, weil uns eine dicke Nebelbank voneinander trennte. Wir haben sie erst gefunden als es schon zu spät war. Perry und viele andere waren da schon tot. Wir ließen alle mit der völlig zerstörten „Breakwater" auf See. Die Piraten bekamen die Strafe die sie verdient hatten und wir versenkten sie ohne Gnade. Wir hatten kaum Zeit nach Luft zu schnappen, als drei englische Kriegsschiffe uns angriffen. Auch die drei besiegten wir, einen Teil dieser Besatzung haben wir noch im Bauch der „Esperanza", die anderen sind auf der „Trago" und der „Diamante." Die englischen Schiffe schickten wir auf den Meeresboden. Jetzt hatten wir von dieser Ecke die Schnauze voll, vor St.Kitts wimmelte es von Feinden. So schnell wie möglich wollten wir in unser Versteck. Da tauchten eines späten Nachmittags sechs portugiesische Kriegsschiffe am Horizont auf. Sie gingen sofort auf unseren Kurs und versuchten, uns zu packen. Um bessere Chancen zu haben teilten wir uns auf. In der Nacht hörten wir schwere Geschützfeuer. Ich weiß nicht, wen sie eingeholt hatten, vielleicht auch beide Schiffe. Wir konnten mit der „Esperanza" entkommen. Jetzt sind wir hier und hoffen, dass die anderen es auch geschafft haben." Bedrückte Stimmung machte die Runde, Perry war mit vielen Kameraden gefallen und von zwei Schiffen fehlte jede Spur, das saß tief. Oliver hatte nun keine Lust mehr, seine Geschichte zu erzählen, da er mit Perry auch einen guten Freund verloren hatte. Adam munterte ihn auf, dass die Mannschaftskameraden ehrenvoll gestorben seien, für eine gute Sache, an die sie geglaubt haben und wenn wir unser Ziel erreichen, dann war kein Menschenleben vergebens. Jeder der Zuhörer stimmte dem zu. Davon ermutigt, erzählte Oliver dann doch die Geschichte, wie sie sich die beiden Schiffe unter den Nagel gerissen hatten. „Ihr wart vielleicht zwei Wochen auf See, als das erste Schiff die „Falling Star" hier vor Anker ging. Wir warteten ab, bis sie mit einer kleinen Abordnung in unsere Falle liefen. Genau wie bei den anderen Schiffen, gaukelten sie einen Schatzfund vor. Wie die Irren stürmten sie den Strand, wo sie von uns in Empfang genommen wurden. Das lief alles ohne Probleme, aber bei dem zweiten Schiff die „Whirlwind" lief es nicht so gut. Wir müssen uns selber eingestehen, dass wir leichtfertig gehandelt haben. Sie müssen spät abends an der Insel angelegt haben, kurz vor Einbruch der Dunkelheit. Als dann am anderen Morgen unsere Späher sie gesichtet hatten, waren schon über dreißig Seeleute an Land, die es sich dort gemütlich gemacht hatten. Uns blieb nichts anderes übrig, als sie zu stellen. Zeitgleich stürmten unsere besten Schwimmer das Schiff.

Wir verloren acht Kameraden bei dem Gefecht. Aber dafür waren im Bauch des Schiffes zwanzig Gefangene, die sich nach der Befreiung uns anschlossen. Die Höhle, in die wir die Engländer gebracht haben, platzt bald. Es wird Zeit, dass wir sie von der Insel bringen, denn mit den Gefangenen von der „Esperanza" sind es zu viele." Adam überlegte einen Augenblick, dann fragte er in die Menge; „Können wir nicht die Gefangenen überzeugen, sich uns anzuschließen? Wir brauchen jeden Mann gegen Greyhound". Es wurde heftig diskutiert, die meisten waren der Meinung, dass man sie besser wegbringen sollte. Mauri stellte sich auf Adams Seite; „Es sind bestimmt einige dabei, die sich mit uns verbünden würden, wenn wir sie in unsere Pläne einweihen würden". Wieder wurde hitzig diskutiert, bis man zu dem Entschluss kam, jeden einzelnen zu fragen. Aber das wollten sie am kommenden Tag machen, heute sollte erst einmal die Wiederkehr gefeiert werden. Die Frauen schmiegten sich an die Neuankömmlinge, die lange auf See waren und sich nach Zuneigung sehnten. Es wurde getanzt, gesungen und gelacht, bis in die frühen Morgenstunden.

Die Sonne stand schon hoch am Himmel, als Adam und Mauri zu der Höhle gingen, in der sich die Gefangenen befanden. Adam erklärte ihnen die Situation, für was sie kämpften und wen sie jagten: „Die Entscheidung liegt jetzt bei euch, entweder ihr schließt euch uns an oder wir setzen euch auf einer Insel aus. Wir geben euch Zeit, damit ihr darüber diskutieren könnt. Aber keine Dummheiten, wenn wir gleich das Tor öffnen Wir schießen jeden nieder, der versucht uns anzugreifen." Adam ging nach der Ansprache ein paar Schritte zurück und stellte sich in eine Reihe von ungefähr dreißig Männern, die alle ihr Gewehr auf die Gefangenen gerichtet hatten. Das Tor wurde von Mauri geöffnet. Gespannt warteten sie wie sich die Männer entscheiden würden. Nach einiger Zeit kam Bewegung in die Höhle, der erste wagte sich durch das Tor nach draußen. „Ich mache bei euch mit, Greyhound hat auch in unserem Dorf gewütet", erklärte er selbstsicher. Immer mehr Gefangene standen auf und drängelten nach draußen. Von über hundert schlossen sich weit mehr als vierzig Adams Mannschaft an. Das Tor wurde wieder verschlossen, den Restlichen konnten sie nicht mehr helfen. Adam war aber trotzdem sehr vorsichtig, die neuen Mitglieder standen unter strengster Beobachtung. Zu schnell konnten sie zu den Waffen greifen und die alten Kameraden aus der Höhle befreien. Dazu kam es aber nicht, die Freigelassenen brachten sich mit viel Fleiß bei den Arbeiten ein. Es sollte jedoch kein Risiko eingegangen werden, am nächsten Morgen wollte man die Höhle räumen. Die Angst, jeden Tag mit einem Ausbruch der Gefangenen rechnen zu müssen, zerrte an den Nerven. Früh am nächsten Morgen brachte man sie in eine Kammer der „Esperanza." Adam und Mauri konnten ohne Sorge mit siebzig Mann die Insel verlassen. Zuerst wollten sie die Gefangenen aussetzen, dann in Nassau neue Seeleute anheuern und auch Frauen sollten wieder mit auf die Insel kommen. Alles lief ohne besondere Vorkommnisse, die Gefangenen wurden mit genügend Proviant und Schusswaffen auf eine verlassene Insel gebracht. Zur Vorsicht hatte man ihnen während der gesamten Fahrt die Augen verbunden, keiner sollte die Chance bekommen, sich den Kurs zu merken. Nach gut sechs Wochen segelten die „Esperanza" wieder in den Kanal der Insel. Sie hatten sich in Nassau nicht lange aufgehalten, da in den Tavernen nur über ein Thema gesprochen wurde. „Greyhound" und „Adam Black". Es erwies sich auch als äußerst schwierig, neue Seeleute zu finden. Wenn jemand zusagte, wurde er sofort auf das Schiff gebracht. Bei den Frauen war das einfacher, da Adam jeder ein kleines Vermögen versprach. Sie schafften es aber trotz allem, dass sich ihnen sechzig Männer anschlossen, wodurch die Mannschaft wieder auf über zweihundert angewachsen war. Mit etwas Glück kamen Jack und Samuel ja auch wieder zurück, aber das musste man abwarten.

# 14. Kapitel

## Neuer Mut keimt auf

Auf der „Diamante" und der „Trago" gaben die Kapitäne Jack und Samuel alles, was sie gelernt hatten. Samuel entkam ohne auch nur einen Schuss abzufeuern. Aber bei Jack reichte das nicht. Er wurde kurz vor der Dunkelheit von den Portugiesen eingeholt. E versuchte mit heftigen Kurs Änderungen kein gutes Ziel zu bieten Und inmitten diesem hektischen Treiben, kam ihm die rettende Idee: Er ließ die Kanonen mit Ketten und Nägeln füllen. Dies musste nur sehr schnell gehen, denn die Portugiesen konnten jeden Moment ihre totbringende Ladung abfeuern. Beschwörend wies er die Kanoniere ein; „Schießt auf die Segel, alle Kanonen ausrichten auf die Segel. Keiner schießt auf den Schiffskörper", Hektisch und lautstark erklangen die Befehle. Seine Hoffnung war, dass die Verfolger mit zerrissenen Segeln an Fahrt verlieren würden. Aber bevor die „Diamante" ihre Ladung abfeuern konnte, musste sie selbst schwere Einschläge hinnehmen. Die Portugiesen schlugen erbarmungslos zu. Auf Deck herrschte ein heilloses

Durcheinander, einige Seeleute waren gefallen, andere lagen schwerverletzt am Boden. Aber Jack behielt die Nerven; Das Kommando zum Feuern erschallte und die ungewöhnliche Ladung machte sich auf den Weg. Die Segel boten ein großes Ziel, unzählige Male rissen die vielen Geschosse kleine und große Löcher in die Segel. In Windeseile wurde nachgeladen, um die nächsten Stahlgeschosse auf den Weg zu schicken. Das getroffene Schiff verlor bereits deutlich an Fahrt. Noch einmal gaben die Kanoniere alles, acht, zehn,. zwölf Kanonen lösten ihre Ladung und richteten die Segel der Angreifer nieder. Jack war stolz auf seine Mannschaft, sie hatten zwar ein beschädigtes Schiff und viele Männer verloren, aber ihre Segel waren noch fast völlig intakt. Das reichte, um die Verfolger abzuschütteln. Sie löschten alle Leuchten und vermieden jegliches Geräusch, um dann über Steuerbord abzudrehen und in die Nacht zu lauschen. Am anderen Morgen war kein Portugiese mehr zu sehen, die „Diamante" war tatsächlich entkommen. Jetzt konnte gejubelt werden. Jacks Name erschallte aus vielen Kehlen, denn seine Idee hatte ihnen das Leben gerettet. Er freute sich über die Anerkennung, jedoch gab es genug Arbeit, die nicht warten konnte. Die Verwundeten mussten versorgt werden, die zerstörten Aufbauten mussten über Bord geworfen werden und die Toten bekamen auf See ihr letztes Geleit. Erst als alles erledigt war, ließ er ein Fass Rum auf Deck stellen. Jeder sollte sein Glück mit einem Becher Rum feiern, das man mit dem Leben davon gekommen war. Die Tage verstrichen mit Argusaugen beobachtete man die See, um jederzeit reagieren zu können. Sie segelten immer entlang der Küsten, wodurch sie nur langsam vorwärts kamen. Lediglich ein einziges Mal legten sie kurz an einer Insel an, um Wasser und Proviant zu laden. Hier ließen sie auch die überlebenden englischen Gefangenen frei. Jacks Ziel war klar, er wollte so schnell es ging zum Inselversteck. Zwei Wochen nachdem Adam aus Nassau auf die Insel zurückgekehrt war, tauchte eines Tages die „Diamante" vor der Insel auf. Was war das für ein Jubel, als die Späher die Nachricht kundtaten, dass die „Diamante" wieder zurück sei. Den ganzen Kanal entlang jubelten ihnen die Kameraden zu. Alle freuten sich, dass sie es geschafft hatten zu entkommen, auch wenn das Schiff schwer beschädigt war. Die nächste Überraschung war, dass im See auch die „Trago" vor Anker lag. Samuel war zurückgekehrt, während Adam in Nassau war. Auch er hatte die gefangenen Engländer auf seiner Fahrt zur Insel wieder frei gelassen. Die allgemeine Lage hatte sich inzwischen eindeutig zu ihren Gunsten entwickelt. Auf der Insel waren fast vierhundert Verbündete Adams und auf dem See ankerten sechs Schiffe. Wenn das kein Grund war, ein großes Fest zu feiern! Drei Schweine wurden geschlachtet, Unmengen an Brot gebacken, Obstkörbe, Weinkaraffen, Rumfässer und alles andere, was man sich erdenken konnte, stand von den Frauen nett hergerichtet am Strand. Die Wiedervereinigung hatte die Männer in eine so ausgelassene Stimmung versetzt, dass es eine unvergessliche Nacht wurde. Selbst Mauri tanzte ungeniert mit den Frauen und versetzte durch seine Kraft und Gelenkigkeit manche ins Staunen. Nachdem auch der letzte mit seiner Liebsten in einer Hütte verschwand ging die Sonne auf. Am nächsten Tag regte sich nur wenig im Dorf, lediglich im See schwammen einige völlig abwesend wirkende Männer herum, während die Frauen damit beschäftigt waren, alles wieder herzurichten. Aber am darauffolgenden Tag wurden schon erste Gespräche über das weitere Handeln geführt. „Ich möchte nicht wissen, wie viele Schiffe vor St. Kitts gekreuzt sind. Da hat es eine Menge Kämpfe gegeben, das garantiere ich euch", begann Samuel. „Das glaube ich auch. Wer sich da schon alles rumtrieb, als wir noch vor Ort waren", stimmte ihm Jack zu. „Wir sind noch einmal mit einem blauen Auge davon gekommen", meinte Mauri. So ging es hin und her. Nur einer unter ihnen sagte nichts, Adam stocherte mit einem Stock im Sand herum. Während die anderen sich unterhielten, dachte er über den nächsten Schritt nach. Ihm fiel nichts ein, wie sie es weiter angehen müssten, um an Greyhound zu kommen.

Plötzlich erinnerte er sich an Joseph, den alten Fischer. Es fielen ihm die Worte des alten Freundes wieder ein: „Adam, benutze deinen Kopf. Lass nicht dein Herz entscheiden oder die Wut in deinem Bauch". Das hatte ihm der alte Mann mit auf den Weg gegeben, als er damals Bearn verlassen hatte. Und genau so mussten sie es tun! Greyhound würde irgendwo in den karibischen Gewässern segeln und ihn suchen, daran gab es keinen Zweifel. Wenn sie geduldig dort ebenfalls unterwegs wären, würde er ihnen schon vor dem Bug kreuzen, das musste einfach so sein. Adam sprang auf, sofort wollte er seinen neuen Plan kundtun: „Freunde, hört mir zu, wir wollten mit unserer kleinen Flotte und zu wenig Besatzung zu schnell, zu viel erreichen! Wir müssen das besonnener angehen: Mit mehr Schiffen, mehr Kanonen und vor allem mehr Seeleuten. Wir segeln von Great Abaco bis Samana Cay und wenn uns da einer ans Leder will sind wir in den Gewässern mit den unzähligen kleinen Inseln schnell verschwunden. Und schließlich sind wir mit sechs Schiffen unterwegs, keines bleibt hier, genauso wie wir keinen Mann mehr auf der Insel lassen. Wir nehmen alle mit, um eine schlagkräftige Mannschaft auf jedem Schiff zu haben. Noch dazu segeln wir die Häfen an, um noch mehr Kanonen, mehr Gewehre und Seeleute zu besorgen. Geld haben wir genug dafür!". Unmut machte sich unter den Zuhörern breit. Keiner wollte den Schatz unbeaufsichtigt auf der Insel lassen und was würde mit den Frauen passieren? Adam hatte für alles eine Antwort: „Unseren Schatz verstecken wir so tief unter der Erde, dass selbst wir ihn nicht mehr ohne eine genaue Karte finden könnten. Die Frauen nehmen wir mit, einen Teil bringen wir nach New Providence, den anderen Teil nach San Salvador. Die Hütten werden wir so aussehen lassen, als wenn hier schon Monate keiner mehr gewesen sei. Glaubt mir, es ist unsere einzige Chance, so haben wir unsere ganzen Kräfte gebündelt und können uns auf eine Sache konzentrieren!". Es wurde leiser unter den Zuhörern, die Befürchtung, dass einige Männer ein unbesorgtes Inselleben führen konnten, während andere täglich ihr Leben aufs Spiel setzen mussten, traf bei dieser Vorgehensweise nicht zu. So würde es anders laufen, denn bei diesem Plan wären alle dabei und keiner würde bevorzugt werden! Schließlich sprangen Jack und Samuel auf, sie redeten jetzt euphorisch auf die Männer ein: „So ist es fair für alle, die, die wieder zur Insel kommen, haben alle das gleiche geleistet und den gleichen Lohn verdient. Die, die es nicht schaffen, haben Pech gehabt, so bleibt für die anderen dann mehr übrig". Beim letzten Satz lachte Samuel laut auf und schlug sich auf die Oberschenkel: Na, wenn der Kampf auf Leben und Tod kein Ansporn ist, dann weiß ich keinen". Adam schüttelte den Kopf und meinte grinsend zu Samuel und Jack: „Euren Galgenhumor möchte ich nicht haben. Aber so sei es! Wer ist dafür?" Die Hände gingen nur schleppend hoch, keiner wollte das gemütliche Leben auf der Insel mit den schönsten Frauen so recht aufgeben und die anfängliche Kampfeslust wich der Zurückhaltung. Aber nach und nach besannen sich alle und sahen ein, dass diese Vorgehensweise die Beste war. Schließlich hatte man nur durch diese Gemeinschaft einen Schatz gefunden und eine herrliche Insel bewohnbar gemacht. Und letztendlich hatten sie alle zu Anfang der Reise Adam die Treue geschworen. Alle willigten schließlich ein. Adam, Mauri, Samuel, und Jack waren sichtlich zufrieden. Der erste Schritt war gemacht. Noch am gleichen Tag traf man die ersten Vorkehrungen die Insel zu verlassen: Gruppen wurden eingeteilt, die die verschiedensten Arbeiten erledigen sollten. Die Gruppe von Mauri und Adam, ging in den Wald und suchten dort eine geeignete Stelle für den Schatz. Nach einiger Zeit fanden sie einen vielversprechenden Platz. Es war eine Lichtung mit einem ungewöhnlich aussehenden Felsen. Das wäre für später ein guter Hinweis, um die Stelle wieder zu finden. Ein perfekter Ort für so einen gewaltigen Schatz. Ein talentierter Zeichner, ein Mann von zierlicher Statur, hielt den versteckten Ort auf einem Papier fest. Die ersten Schritte waren Sprengarbeiten, einige Detonationen erschütterten die Insel. Es entstand ein Loch von sechs Metern Breite und sieben Metern Länge, die Tiefe lag bei drei Metern. Die Außenwände wurden mit stabilen Brettern verschlagen, damit kein Erdreich in die Grube nachdrücken konnte. Für diese Arbeit benötigte die Gruppe schon über eine Woche. Anschließend schleppten sie eine ganze Woche lang den Schatz in das neue Versteck. Diese Arbeit fiel den Männern nicht so schwer, weil sie ihre Hände jeden Tag in Gold und Edelsteine eintauchen durften. Zum Abschluss rollten sie ganze Baumstämme über die Grube, die mit einem großen Segeltuch überspannt wurden, um das Erdreich nicht durch die Spalten eindringen zu lassen. Als letztes schaufelten sie die herausgesprengte Erde auf das Segeltuch und bepflanzten das Dach mit Gräsern und Farnen. Diese Arbeit wurde so geschickt bewerkstelligt, dass niemand auf die Idee kommen konnte, dass auf dieser Lichtung ein riesiger Schatz von unermesslichem Wert schlummern würde. Währenddessen arbeiteten die anderen Gruppen nicht weniger fleißig: Die Schiffe waren wieder in einem hervorragenden Zustand. An der „Diamante" konnte man nichts mehr von den Spuren des Kampfes entdecken, die Zimmerleute hatten hervorragende Arbeit geleistet. Nur die Frauen wurden von Tag zu Tag unzufriedener und unnahbarer. Sie merkten, dass sie in der Zukunft keine Rolle mehr spielten. Es versprachen zwar einige Männer die große Liebe und dass sie sie bestimmt zurückholen würden, wenn der Auftrag erledigt war. Aber daran wollten sie nicht glauben. Sie wussten wie viel das geredete Wort unter den Seeleuten zählte, nämlich gar nichts. Nach vier Wochen hatte man die Insel so präpariert, dass sie getrost verlassen werden konnte. Es ging los und ein Schiff nach dem anderen passierte die Schleuse. Die „Estrela Polar" wurde von Bill befehligt, einem Mann wie Adam von der englischen Küste, der durch stetigen Gehorsam und Kenntnisse auf See aufgefallen war und jetzt Adams Vertrauen bekam. Die „Whirlwind" stand unter der Stimme von Mike, einem kräftigen Mann, der damals als Gefangener von dem englischen Wrack gerettet wurde. Er war ein Seemann durch und durch. Als letztes musste noch für die „Falling Star" jemand gefunden werden. Auch hier war es wieder einer, der durch großen Fleiß und seemännischen Kenntnisse aufgefallen war. Er hörte auf den ungewöhnlichen Namen „Birdy". Den Namen hatte er mal bekommen, als er wunderschöne Lieder während der Wache vor sich hin pfiff. Das gab vor allem bei Nacht dem Schiff eine melancholische Stimmung. Die Matrosen, die stumm seiner Musik lauschten, träumten sich nach Hause oder zu den Liebsten. Auch „Birdy" bekam, wie die anderen zwei, von der gesamten Mannschaft das Vertrauen zugesprochen. Die „Trago",

„Diamante" und die „Esperanza" blieben unter der Führung ihrer bewährten Kapitäne. So konnte es endlich mit sechs prächtigen Schiffen losgehen! Nachdem alle die Schleuse passiert hatten, wurde diese wieder verschlossen und fest gesichert, sodass sie durch die Kräfte der Natur nicht von selbst aufgedrückt werden konnte. Nach getaner Arbeit schwammen die gut zwanzig Männer, schnell wie die Fische zu ihren Schiffen und gaben Adam das Zeichen zum Aufbruch. Die Jagd auf Greyhound sollte von neuem beginnen, doch diesmal wollten sie ihn zur Strecke bringen. Diesmal sollte es klappen! Adam war äußerst vorsichtig, zur Sicherheit hatte er die Frauen einschließen lassen und zusätzlich noch die Augen verbunden, denn keine von ihnen sollte die Chance bekommen, sich den Kurs zur Insel zu merken. Wahrscheinlich konnte das sowieso keine von ihnen, aber sicherer war diese Vorkehrung auf jeden Fall. In den ersten Wochen tat sich nicht viel, die Frauen wurden in den gesagten Häfen abgesetzt und dass Proviant wurde an verschiedenen kleineren Häfen aufgefüllt. Man wollte kein Aufsehen erregen, deshalb steuerte immer nur ein einzelnes Schiff den Hafen an. Zurück auf See wurde dann alles aufgeteilt. Auf der Reise kreuzte der ein oder andere Händler ihren Weg, aber die Verbündeten beachteten diese gar nicht und in voller Fahrt wurden diese überholt. Nur die verdutzten

Augen der verschont gebliebenen Händler und Matrosen sind eine Erwähnung wert. Sie waren erleichtert, dass sie ihre Reise weiter angehen durften. Manch einer winkte den sechs Schiffen vor lauter Freude hinterher. Schließlich kam man in die karibische See und man konnte spüren, wie bei jedem Einzelnen an Bord die Anspannung stieg. Adam gab den Befehl, die Wachen und die Leute im Ausguck zu verdoppeln, denn diesmal ging er kein Risiko ein. Es sollte keiner, wie damals Perry, überrascht werden. Eines Morgens, es hatte die ganze Nacht durchgeregnet, sichtete der Späher der „Estrela Polar" ein Schiff am Horizont. Nach längerer Beobachtung war klar, dass das kein Händler war. Sofort ließen sich fünf Schiffe über Backbord abfallen, nur Adam mit der „Esperanza" hielt voll darauf zu. Der Plan war, den Gegner nicht mit der ganzen Macht zu erschrecken. Sie sollten in der Nähe bleiben, immer in der Lage zu helfen. Der Gesichtete machte keine Anstalten zu entkommen, aller Wahrscheinlichkeit nach ein Piratenschiff, das dicke Beute auf der „Esperanza" vermutete. Die Vorkehrungen für ein Gefecht liefen auf Höchsttouren und ohne jeden Selbstzweifel machte man sich für den Kampf bereit. Die fünf anderen Schiffe lagen jetzt schon ein gutes Stück hinter der „Esperanza". Das vereinbarte Zeichen waren weiße Tücher. Ein, zwei, oder drei weiße Tücher am Heck des Schiffes. So war drei die höchste Warnstufe. Adam ließ zwei Tücher aufhängen. Alle sollten sich kampfbereit machen; denn ein Kampf der stand zweifelsohne bevor. Nur noch eine halbe Seemeile trennte die beiden Schiffe. Mutig und entschlossen segelte Adam voll drauf zu. War es „Greyhound", den sie da auf sich zukommen sahen? Auf jeden Fall war es ein mächtiges Kriegsschiff, viel besser bewaffnet als die „Esperanza", auch grösser und kräftiger gebaut. Adam beobachtete mit einem Fernrohr das Geschehen beim Gegner und Mauri stand neben ihm. Auf Deck des Widersachers war ein reges Treiben zu sehen, sie machten sich ebenfalls kampfbereit, wie Adams Mannschaft. Das war ein Anrennen mit offenem Visier, kein verhaltenes Abtasten, wo keiner den anderen einzuschätzen vermochte. Nein, hier war die Sache klar. Der Angreifer dachte; „Den kleinen Happen hole ich mir" und Adam wusste um seine Hilfe im Rücken. „Dark", schallte es plötzlich von der „Esperanza". Adam, hatte den Namen laut aufgeschrien, gerade in dem Augenblick, als er ihn auf Deck des Angreifers gesichtet hatte. Schnell wurde auf Adams Befehl, das dritte Tuch aufgezogen. Zusätzlich wedelten sie die Tücher noch heftig auf und ab. Die folgenden Schiffe sollten schleunigst aufholen und den Gegner ebenfalls attackieren. Adam gab den Befehl über Steuerbord abzudrehen, um Zeit zu gewinnen. Aber eines war nach dieser Verzögerung des Kampfes klar, aus dieser Falle kam „Dark" nicht mehr raus. Wie ein Wolfsrudel kreisten sie nach einiger Zeit um sein Schiff. In einen Kreis, der sich immer enger schloss. Samuel, der eine lange Zeit an „Darks" Seite gekämpft hatte, schaute wütend mit Tränen in den Augen zu ihm herüber: „Jetzt bekommst du die Strafe, die dir zusteht", schwor er sich. Und er war es auch, der die erste Salve abfeuerte. Eine Breitseite, die sehr gut saß und von den anderen als Aufforderung verstanden wurde auch zu feuern. Mit nur wenigen Kugeln antwortete Dark, die Übermacht und die schweren Treffer auf beiden Seiten des Schiffes, hatten ihre Spuren hinterlassen. Mehrmals versuchte er, aus dem totbringenden Ring auszubrechen, aber auch das gelang ihm nicht. Mit zwei Schiffen keilten sie ihn ein. Steuerbord die „Trago" mit Samuel und Backbord die „Esperanza" mit Mauri und Adam. Enterhaken zischten durch die Luft, Pistolen und Gewehrkugeln brachten ihre totbringende Ladung. Auf beiden Seiten fielen die Männer. Mit Säbeln und Degen gingen die Mannschaften aufeinander los. Es war ein absurdes Gemetzel. Obwohl die Piraten in der Unterzahl waren, gaben sie nicht auf, lieber wollten sie im Kampf sterben. Es war grauenhaft, eine Schlacht ohne Erbarmen. Arme, Hände, selbst Köpfe wurden abgeschlagen im Kampf Mann gegen Mann. Nach etlichen Verlusten auf beiden Seiten konnte Adams

Mannschaft den Kampf für sich entscheiden. Von Darks Mannschaft stand kaum noch einer auf den Beinen. Die anderen Schiffe legten seitwärts bei und die Männer stürmten an Bord. Sie jubelten über ihren gerade errungenen Sieg gegen einen so großen Piraten. Adam begab sich auf die Suche nach ihm. John, die rechte Hand Darks hatte er schon gefunden, er lag grässlich entstellt am Steuerrad. Die Toten lagen übereinander, kreuz und quer, es war gar nicht so einfach in diesem Durcheinander den Gesuchten zu finden. Schließlich entdeckten sie ihn schwer verwundet unter zwei gefallenen Piraten. Blutverschmiert hob Mauri ihn auf und setzte ihn auf den Boden des Achterdecks. Er war so schwer verwundet, dass er kaum aufrecht sitzen konnte. Schwach, dem Tode nahe, schaute er an Adam runter. „Dich kenne ich", sprach er leise, Du bist mit dem Schlitzauge auf meinem Schiff gewesen und dann desertiert. Und den schwarzen Riesen habt ihr auch gleich mitgenommen. Ich habe euch gleich angesehen, dass in euch irgendein ein Geheimnis steckt. Ja das fühlte ich, das könnt ihr mir glauben. Wo ist dieser schwarze Bastard? Zeig dich, du feiges Schwein". Ohne zu zögern trat Samuel vor und baute sich vor ihm auf. „Ruft ihr nach mir, alter Mann"? Dark schaute Samuel lange ins Gesicht, dann sagte er leise, fast flüsternd. „Samuel da bist du ja. War ich nicht immer fair zu dir?

Habe ich dich nicht aufgenommen und zu dem gemacht, was du jetzt bist? Warum hast du mir den Rücken zugewandt, warum hast du mich verlassen?" Samuel schaute ihn verachtend an, dann antwortete er; „Weil du ein verrücktes, geisteskrankes Tier bist! Darum bin ich abgehauen. Und jetzt gebe ich dir die Strafe, die du verdient hast". Er nahm den Kapitän mit beiden Armen und warf ihn, ohne noch ein Wort von ihm zu hören von Bord. „Dass die Haie sich nicht den Magen an dir verderben!", schrie er ihm dabei hinterher. Sichtlich zufrieden ging Samuel zu Adam und Mauri. Er wollte ihnen etwas Wichtiges mitteilen. „Adam, Mauri", sagte er, „ich gehe jede Wette ein, auf diesem Schiff, ist einiges zu holen. Dark hat immer alles mit sich rumgeschleppt. Er versteckte seine Beute nicht an Land, das war ihm immer zu unsicher. Er versteckte alles an Bord, wir müssen es nur suchen". Adam nickte ihm vertrauensvoll zu und sagte. „Samuel, nimm dir genug Männer und such alles ab, aber beeilt euch, das Schiff kann jeden Moment auseinander brechen". Samuel ging mit einer Hand voll Matrosen unter Deck, vieles war zerstört, nur mit großen Mühen ging es vorwärts. Aber diese Mühen lohnten sich, es war tatsächlich so, dass in der Kapitäns Kajüte, in einer versteckten Kammer und im Frachtraum  sehr wertvolle Dinge gehortet waren, auch eine große Truhe mit Goldmünzen fanden sie. Alles wurde in Windeseile auf die „Esperanza" gebracht und gut verstaut. Die wenigen Piraten, die überlebt hatten, sperrten sie in einen kleinen Raum auf der „Whirlwind", vor ihnen fürchtete sich keiner mehr. Dann endlich war der Augenblick gekommen, um von dem völlig zerstörten Schiff abzulegen. Adam gab Samuel das Zeichen, er durfte das Schiff versenken. Schließlich war er auf Darks Schiff erster Kanoniermeister gewesen. Samuel nahm diese Aufgabe gerne an und mit einer gut gezielten Breitseite versenkten die Kanonen der „Trago" das Schiff. Käpt'n Dark war für immer Geschichte! Auf den sechs Schiffen brach ein unbändiger Jubel aus. Einen der gefürchtetsten Piratenkapitäne hatten sie zur Strecke gebracht. Natürlich musste dieser Sieg gefeiert werden, die Schiffe wurden mitten auf dem Ozean miteinander vertäut. Dann konnte es losgehen, es wurde getanzt, gesungen und getrunken. Einige bekamen Wachdienst, aber der größte Teil der Mannschaft durfte mitfeiern. Samuel feierte wie befreit, die schwere Last namens, „Dark", fiel von seinem Herzen wie ein schwerer Stein.

Der nächste Morgen kam. Es roch nach Sturm, von Stunde zu Stunde wurde die See unruhiger. Nachmittags tobte ein heftiger Orkan über den Schiffen. Jeder Mann hatte genug zu tun, um den Kräften der See zu trotzen. Nur mit größter Mühe konnten die Schiffe zusammen bleiben. Die ganze Nacht durch, bis in die frühen Morgenstunden, gab es keine Ruhepause. Erst als es hell wurde durfte sich die Mannschaft ausruhen. Die Schiffe hatten bis auf ein paar kleineren Schäden alles gut überstanden. Dann ging es plötzlich Schlag auf Schlag. Die Mannschaft war noch nicht vollständig wieder bei Kräften als sie Sichtkontakt zu einem Piratenschiff bekamen, dessen schwarze Flagge am Mast thronte. Ein mächtiger Dreimaster mit unzähligen Kanonen. Adam beobachtete ihn sehr lange, aber der Wind stand für das andere Schiff günstiger und so entfernte es sich immer weiter von ihnen. Adam war sich fast sicher, dass dies die „Limited" mit Greyhound war. Obwohl es einige Wendemanöver benötigte, bis auch sie in dem günstigen Wind segeln konnten, verfolgten sie das Piratenschiff. Die Tage vergingen und der Konvoi segelte in den Gewässern vor St. Christopher, als Adam den Befehl gab, in den Hafen einzulaufen, um frischen Proviant zu besorgen. Wie gewohnt refften die anderen die Segel und trieben dicht neben einander vor der Küste. Es war stockdunkel als die „Esperanza" in den Hafen einlief. Adam stand vorne am Bugspriet und schaute auf die Schiffe, die vor Anker lagen. Es zuckte durch seinen ganzen Körper, als sich plötzlich ein riesiges Schiff aus dem Dunkeln vor ihm auftat. Es war größer als alle anderen Schiffe, das mächtigste Schiff, das Adam je zu

Gesicht bekommen hatte. Seine Hand umschloss krampfartig das Seil, an dem er sich festhielt. „Greyhound", zischte es aus seinem Mund, „jetzt sitzt du in der Falle". Hastig gab er dem Steuermann das Zeichen zum Abdrehen, um wieder aufs offene Meer zu gelangen. Erst jetzt sahen die anderen Männer Adams Entdeckung, kein Laut kam über ihre Lippen. Der Anblick des Schiffes verschlug ihnen die Sprache. Alle waren sehr angespannt und hochkonzentriert. Wenn dies tatsächlich Greyhound war, würde bald Blut fließen, das war so sicher wie das Amen in der Kirche. Auf See löste sich ihre Schock starre und es wurde diskutiert, wie sie diese Sache angehen sollten. Mauri war für einen kurzen Prozess, aber das war Adam zu wenig. Es sollte eine richtige Hinrichtung werden, an der viele Leute Zeugen sein sollten. Aber erst einmal mussten sie sich sicher sein, dass er es auch war. Es war zwar sehr unwahrscheinlich, dass Greyhound sein Schiff verloren hatte und nun ein anderer Kapitän mit diesem Schiff über die Meere segeln würde, aber sicher sein wollten sie sich schon. In einer ruhigen Bucht unweit des Hafens, gingen sie vor Anker. Der Plan war eine Hand voll Männer in den Hafen zu schicken, um herauszufinden, wem das Piratenschiff gehörte. So geschah es auch und die kleine Gruppe machte sich auf den Weg zum Hafen. Aufgeteilt in eine Zweiergruppe und eine Dreiergruppe durchstreiften sie die kleinen Gassen von St. Christopher. Die Drei machten sich auf den Weg zum Hafen. Sie stellten sich vor die „Limited" und beobachteten die Leute auf Deck, die als Wachen zurück geblieben waren. Es dauerte nicht lange, bis sie von einem übel aussehenden Typen angeschrien wurden. „Ey, ihr Affen, was glotzt ihr das Schiff an! Noch nie ein Schiff gesehen, ihr Landeier?". Die anderen lachten über den Spruch und gaben auch noch ihr Bestes dazu. Sofort suchten sie nach diesem unfreiwilligen Kontakt das Weite und verschwanden in der Menge. Die zweite Gruppe stand zu diesem Zeitpunkt vor einer Taverne aus der laute Stimmen bis auf die Straße drangen. Pistolenschüsse und wilde Flüche begleiteten den Lärm. Einen kleinen Blick durchs Fenster wollten sie wagen, zu mehr fehlte ihnen der Mut. Vorsichtig gingen sie zu einem kleinen Fenster und riskierten einen Blick. Es war drinnen noch viel schlimmer, als man draußen erahnt hätte. Stühle, Gläser, Flaschen, selbst Tische, lagen umgestoßen herum. Frauen liefen nackt umher, tanzten freizügig auf den Tischen oder trieben es mitten auf einem Tisch mit einem Mann. Etwas abseits konnte man eine ganze Orgie erkennen. Wild durcheinander, nur vom Kerzenlicht bedeckt, rekelte sich eine ganze Gruppe auf dem Holzfußboden. „Gut, dass wir da nicht reingeplatzt sind, die hätten uns sofort einen Kopf kürzer gemacht, das schwöre ich dir", meinte einer der Beobachter. Dann plötzlich, wie vom Blitz getroffen, packte der andere den Arm seines Kumpels. „Greyhound, Greyhound, stammelte er, diese Fratze werde ich nie vergessen!" Tatsächlich hatte er in Nassau eine Begegnung mit Greyhound überlebt, aber da segelte er noch unter einem anderen Käpt'n. Vorsichtig zeigte sein Zeigefinger die Richtung an, in der er ihn entdeckt hatte. Ohne Zweifel, das musste er sein! Mit nacktem Oberkörper und drei vollbusigen Frauen, saß er in einem großen Stuhl, der mit rotem Samt ausgeschlagen war. In der rechten Hand eine Pistole und in der linken eine Karaffe Wein. Man konnte erkennen, dass er sehr schlechte Laune hatte. Er trat nach allem, was ihm nicht passte und fluchte wie ein Verrückter. Das war genug, was sie wissen mussten und so schnell die Füße sie tragen konnten, rannten sie in die Bucht. Die anderen waren auch schon zurück und schnell erzählte man das Beobachtete. Adam zitterte richtig, als er hörte, dass der Teufel der Meere sich hier vergnügen würde. Der Anker wurde in Windeseile eingeholt. Heute Nacht sollte seine Rache gesühnt werden. So schnell es ging, wollte er zu den anderen segeln, um ihnen zu sagen, dass Greyhound in der Falle säße.

Aber als Adam mit der „Esperanza" zu den anderen segelte, erstarrte er zur Salzsäule. Um die zurückgebliebenen fünf Schiffe lagen vierzehn Kriegsschiffe der englischen Marine. Auf einem Schiff konnte Adam seine Anführer erkennen. Samuel, Bill, Mike, Birdy und Jack standen in Ketten gelegt auf dem größten Schiff. Fassungslos schauten sie zu Adam herüber. Was war geschehen? Wo kamen die englischen Kriegsschiffe her?", fragte sich Adam. Der Wind stand gut für Adam, aber an eine Flucht verschwendete er keinen Gedanken. Ohne zu Zögern, machte er die „Esperanza" an dem englischen Kriegsschiff fest. Er griff nach dem ersten Seil, das von Deck hing und kletterte hinauf. Umringt von uniformierten Soldaten ging er auf seine Freunde zu, denen die Verzweiflung in den Augen stand.

## 15. Kapitel

## Die Englische Armada

Drei Schiffe hatte die englische Marine durch Adam Black verloren. Wie, interessierte niemanden. Auch nicht, welch ein Landsmann er war und welche Ziele er verfolgte. Er war in ihren Augen schlichtweg ein Pirat! Die Königin erklärte ihn zum Feind Nummer eins. Er musste zur Strecke gebracht werden, lautete der Befehl. Jetzt hatten sie ihn, den Mann, von dem die ganze karibische See sprach: Adam Black! Wochenlang waren sie hinter ihm her gewesen. Auf seinen Kopf war eine stattliche Belohnung ausgesprochen, genauso wie für die Ergreifung seiner Mannschaft.

Der Kommandant konnte seinen Stolz kaum verbergen, als Adam auf Deck sprang. Sofort gingen ein dutzend Soldaten mit ihrem Gewehr in Anschlag und verfolgten ihn auf dem Weg zum Käpt'n. Überwältigt und sichtlich nach Fassung suchend, blieb er vor den hohen Offizieren und dem Käpt'n stehen: „Was werft ihr uns vor? Wem haben wir Schaden zugefügt? Außer diesem dreckigen Piratenpack! Wir haben Dark mit seiner Mannschaft vernichtet!" Adam ging zu aller Verwunderung in die Offensive. Aber der Käpt'n blieb ruhig und sachlich. „Falls ihr es vergessen habt, ihr habt drei englische Kriegsschiffe versenkt, die allesamt im Auftrag ihrer Majestät von England segelten. Wir sind schon mehrere Wochen hinter euch her. Heute Nacht habt ihr uns eine sehr gute Gelegenheit geboten, euch ohne Kampf festzunehmen. Ihr werdet in Ketten gelegt, genau wie eure ganze Mannschaft. Dann werdet ihr vor das englische Kriegsgericht gebracht. Dort werdet ihr mit dem Tod bestraft, das kann ich euch jetzt schon versichern!". Adam war sprachlos, zwei Männer packten ihn und legten ihm Hand und Fußketten an. Seine ganze Mannschaft wurde auf die Schiffe aufgeteilt und in die unteren Schiffsräume gebracht. Dort, in einem fast stockfinsteren Raum, konnte Adam endlich mit Samuel und den anderen Kameraden sprechen. Er wollte wissen, wie sie ohne Kampf überwältigt werden konnten. Endtäuscht erzählt Samuel, wie sich alles zugetragen hatte. „Sie müssen uns schon länger auf den Fersen gewesen sein, anders kann ich es mir nicht vorstellen. Wir hatten nur die kleinen Leuchten am Heck der Schiffe an. Trotzdem steuerten sie uns so genau an, dass wir keine Chance mehr hatten. Als wir sie dann entdeckten, war es zu spät. An ihren Schiffen war kein Licht zu sehen, sie segelten in absoluter Dunkelheit, sie nahmen unsere Lichter zur Orientierung. Wie ein Rudel Wölfe umzingelten sie uns, so kann man es am besten beschreiben. Wir hatten nicht den Hauch einer Chance, wenn wir durchgebrochen wären. Glaub mir Adam, ich bin kein Feigling, genau wie alle anderen, aber das wäre Selbstmord gewesen. Es ist besser auf eine Chance zu warten, als in blinder Wut zu sterben". Adam nickte, er sah ein, dass seine Mannschaft keine Möglichkeiten hatte, sich zur Wehr zu setzen. „Das schlimmste ist, das wir Greyhound in der Falle hatten. Er vergnügt sich mit seiner ganzen Mannschaft auf St. Christopher. Das wäre ein Kinderspiel gewesen! Jetzt rieselt er uns wieder durch die Hände, wie feiner Sand", diese Enttäuschung konnte Adam nicht verbergen. Er haderte mit dem Schicksal. Die Lage war wirklich aussichtslos. Sie waren auf dem besten Wege, gehängt zu werden, falls nicht noch ein Wunder geschah. Am frühen Morgen machte sich die Armada auf den Weg Richtung England. Die Überfahrt von der karibischen See zur englischen Küste würde sehr viel Zeit in Anspruch nehmen. Ihre einzige Chance war, dass sie eine Nachlässigkeit der Wachposten ausnutzen konnten, um die Freiheit wieder zu erlangen. Die Tage vergingen und es war immer derselbe Ablauf. Früh morgens bekamen sie etwas zu essen, mittags durften sie in Ketten auf Deck, um sich die Beine zu vertreten. Dann ging es wieder in die Kammern, die stets gut bewacht waren.

In dieser ganzen Ausweglosigkeit hatten sie noch ein einziges Ass im Ärmel: Und das hieß Jack. Einige der einfachen Matrosen, die auf den Schiffen ihre Arbeit verrichteten, kannten ihn noch als Kapitän eines englischen Kriegsschiffes auch Soldaten erkannten ihn wieder. Es gab sogar unter ihnen einige, die mit ihm schon mal gesegelt waren. Und das sollte der Schlüssel zur Flucht werden. Nach ungefähr zwei Wochen auf See, lockerte sich das Verhältnis der Wachen zu Jack. Man sprach über alte Tage und wie er zu Adams Mannschaft gekommen war. Die Geschichte gefiel den meisten, auch wofür sie kämpften, imponierte den alten Kameraden. In den darauf folgenden Tagen hielten es einige für unrecht, dass ihre ehemaligen Kameraden eingesperrt seien, da sie ja eigentlich für dieselbe Sache standen. Unmut machte sich schleichend unter den Leuten breit, wie ein Virus verbreitete er sich unter den einfachen Seemännern. Aber mit allen Soldaten durfte man darüber nicht sprechen und schon gar nicht mit den Offizieren. Sie durften von diesen Gesprächen nichts mitbekommen und sie bemerkten auch nicht, dass die Stimmung auf Deck umschlug. Bis zu dem Tag, an dem es zu spät war. Und das geschah wie folgt: Wenn die Schiffe Frischwasser auffüllten und vor Anker lagen, bekamen die Matrosen die Gelegenheit mit den Kameraden auf den anderen Schiffen zu reden. So verbreitete sich die Missstimmung immer weiter von Schiff zu Schiff. Es wurde geflüstert und getuschelt, natürlich alles hinter vorgehaltener Hand, damit niemand davon Wind bekam; denn das hätte für den Verräter den Tod bedeutet. Mittlerweile hatte es alle Schiffe erreicht und Jack schmiedete mit seinen treuen Kameraden bereits Pläne, wie sie das Schiff in ihre Hand bekommen könnten, ohne die Soldaten, Offiziere und

272

Kommandanten zu töten. Als es endlich auch bei Mauri, Samuel und Adam ankam, schöpften alle wieder Hoffnung. Sie waren nach kurzer Beratung zu dem Entschluss gekommen, sich ganz auf ihren Weggefährten Jack zu verlassen, deshalb unternahmen sie selber nichts. Die Tage vergingen, es dürfte nicht mehr lange dauern, bis die Armada über den unendlich scheinenden atlantischen Ozean übersetzen würde. Eine Flucht vor dieser langen Überfahrt wäre von Vorteil, da ab dann wochenlang kein Hafen angefahren werden würde. Die Decks auf den Schiffen wären dann permanent von Soldaten und Offizieren bewacht, die in Schichten gewechselt würden. Das bedeutete, dass es keinen Augenblick mehr geben würde, um heimlich und überraschend, das Schiff in seine Hand zu bekommen. Es sei denn, man geht ein hohes Risiko, mit Toten und Verletzten ein. So oder ähnlich waren die Gedanken, die unter Deck flüsternd diskutiert wurden. Aber es kam anders: Die Engländer fühlten sich in ihrer Sache zu sicher! Sie machten einen großen Fehler, den Jack mit seinen alten Kameraden eiskalt ausnutzte. An einem warmen Abend lag die komplette Flotte vor einer kleinen Hafeneinfahrt vor Anker, wahrscheinlich war es der letzte Hafen um noch einmal Proviant aufzunehmen. „Genau der richtige Ort um den Oberkommandanten zu sich in die Kapitänskajüte einzuladen", dachte sich der

Kapitän, auf dessen Schiff Jack mitsamt seinen Kameraden gefangen gehalten wurden. Sein Plan war mit dem Oberkommandanten der englischen Armada ein gutes Essen zu sich zu nehmen und anschließend noch einige Flaschen Wein zu öffnen. Die Offiziere beider Schiffe waren selbstverständlich auch eingeladen. Mit einem Beiboot schickte er einen Offizier auf den Weg, um die Einladung auszusprechen, die umgehend angenommen wurde. Da das für den Kapitän eine besondere Ehre war und er sich darüber freute, stellte er kurzerhand den Soldaten und auch den einfachen Matrosen je ein Fass Rum auf Deck. Es sollte ein lustiger Abend werden mit Tanz und Gesang. Obendrein war es auch noch sein Geburtstag. Alles wurde so hergerichtet, wie es der Kapitän wünschte und schon bald legten zwei Beiboote am Schiff an. Wie es sich gehörte, kamen die Gäste in ihren prächtigsten Uniformen an Bord. Nachdem sich die hohen Offiziere unter Deck zurückgezogen hatten, ging es zur Sache. Die Soldaten tranken den Rum, als wenn es keinen Morgen mehr gäbe. Sie kippten die Becher, einen nach dem anderen. Es dauerte gar nicht lange, bis sich die ersten nach der Melodie des Geigenspielers bewegten. Wieder eine Stunde später wurde schon ausgiebig getanzt, gelacht und lauthals schmetterten sie Lieder. Auf diesen Moment hatten die einfachen Matrosen gewartet. Sie tranken auch, aber in ihren Bechern war einfaches Wasser und die Trunkenheit war gespielt. Unter Deck stolperten sie den Wachen entgegen, um ihnen einen Becher Rum zu spendieren, der ihnen verwehrt worden war, da sie nüchtern Wache halten sollten. Daher waren sie schlechter Laune und sehr aggressiv. Sie hatten keine Chance gegen die Angreifer. Im Nu waren die wenigen Wachposten an den Kammern überwältigt und die Gefangen freigelassen. Was war das für eine Freude, als die Tür aufschlug und die Verbündeten herein traten. Wie die Ratten durchströmten sie anschließend die Flure des Schiffes. Sie hatten zwar keine Schusswaffen, waren den Soldaten aber in der Zahl, doppelt überlegen. Nach diesem gelungenen Streich nahmen sie sich das Oberdeck vor. Vorsichtig lugten sie aus den Oberlichtern des Schiffes; Sie konnten sehen, dass die Soldaten sturzbetrunken waren und umher torkelten. Dicht hintereinander gedrängelt, standen sie in den Treppen, die auf Deck führten. Als Zeichen war ein lang gezogener Pfiff verabredet. Gespannt warteten sie. Dann ging es los, mit dem Signal strömten alle auf Deck. Mit Messern und Schlagstöcken bewaffnet krochen sie aus allen Luken, die irgendwie nach oben führten, überrumpelten die völlig ahnungslosen Soldaten und fesselten sie. Dann ging es weiter mit deren Waffen auf direktem Weg zur Kapitänskajüte. Jack ging voraus, entschlossen klopfte er an die Tür. „Wer da?", schallte es nach draußen. Keiner regte sich. Jack klopfte abermals, diesmal öffnete jemand von innen die Tür. Sodann schaute der Ärmste auch schon in eine Pistolen Mündung. Die Gesellschaft, die um einen großen Tisch herum saß, erschrak bis ins Mark. Kein Schuss fiel, nur ein paar Säbelhiebe galt es auszuteilen. Jack und die Seinen entschieden die Situation für sich. Der Oberkommandant spuckte Gift und Galle, er wünschte alle zum Teufel und drohte mit Verfolgung, wenn er nur die Chance dazu bekäme. Fest verschnürt und gut bewacht wurden die Offiziere in die Kammer eingesperrt, in der Jack und seine Mitstreiter selbst noch vor wenigen Augenblicken gekauert hatten. Jetzt mussten sie nur noch die anderen dreizehn Schiffe in ihre Gewalt bekommen. Auf den Schiffen, die einmal zu Adams Geschwader gehörten, waren nur wenige Seeleute, gerade so viele, dass die Schiffe gesteuert werden konnten. Natürlich waren die Segler, auf denen die Gefangenen untergebracht waren, voll von Soldaten, aber was half ihnen das? Mittlerweile war es tiefste Nacht, sie wollten versuchen zu dem Schiff zu schwimmen, auf dem Adam mit den Anderen festgehalten wurde. Sie mussten es in dieser Nacht versuchen, am anderen Morgen würde man entdeckt werden und alles auffliegen. Mit über siebzig Männern schwammen sie zu dem Schiff. Vorsichtig, mit Messern und Schlagstöcken zwischen den Zähnen und

Seilen um den Hals, erklommen die besten Kletterer die Schiffswand. Sie konnten von Glück sprechen, dass es solch eine rabenschwarze Nacht war, denn dicke Wolken verdeckten den Schein des Mondes. Oben angekommen, ließen sie unzählige Seile herunter. Wie Nebel, der über einen Bergkamm kroch, kletterten die Nachfolgenden aus dem kalten Nass an Bord. Die beiden Wachen auf dem Oberdeck waren schnell überwältigt. Leise und im Schutz der Kisten und Deckaufbauten, eroberten sie Stück für Stück das Schiff. Große Gegenwehr hatten sie bei den Wachen nicht zu befürchten, die meisten schliefen oder waren kurz davor. Der Plan war, als erstes die Kameraden, die sich ihnen anschließen wollten, zu informieren. Um dann, mit ihnen die Wachen vor den Kammern der Gefangenen unschädlich zu machen. Alles gelang ohne Zwischenfälle, das lag aber tatsächlich daran, dass niemand mit einem Überfall rechnete und deshalb alles ohne Gegenwehr vonstatten ging. In Windeseile befreite man die Gefangenen und verließ mit ihnen das Schiff. Zurück an Bord hörten sie, wie die Wachen Alarm schlugen. Sie waren aus ihrer Ohnmacht erwacht und stellten sofort fest, dass die Gefangenen nicht mehr da waren. Hin und her ging es, keiner wusste, wo sie abgeblieben waren. Unzählige Fackeln wurden angezündet, um das Schiff auszuleuchten. Sie riefen zu den anderen Schiffen herüber, ob bei ihnen alles in

Ordnung sei und ob sie nichts bemerkt hätten. Aber keiner konnte ihnen helfen. Nun erschien auch der Kapitän auf Deck, er ließ seine Offiziere stramm stehen. Außer sich vor Wut brüllte er herum: „Ihr habt noch nicht einmal bemerkt, das unsere Matrosen ebenfalls verschwunden sind. Sie sind alle weg, versteht ihr, alle!" Hilflos standen die Offiziere auf Deck, niemand hatte etwas bemerkt. Das einzige, was sie fühlten, war ihr dröhnender Schädel vom Schlag mit dem Stock. Samuel, Mauri, Jack und Adam waren wieder vereint und mit ihnen, gut die Hälfte der Mannschaft, plus die Seeleute, die sich ihnen angeschlossen hatten. Um kein Aufsehen zu erregen, verkleidete sich eine Handvoll als Offiziere. Schon bald wurden auch sie angerufen, ob sie nichts gesehen oder bemerkt hätten. Aber sie winkten den Zurufenden ab, um zu verstehen zu geben, dass alles in Ordnung ist. Unter Deck ging es hektisch zu, es musste entschieden werden, wie sie die anderen aus den Klauen der Engländer retten konnten. Als Geisel hatten sie den Oberkommandanten, einen Kapitän und etliche Soldaten und Offiziere. Sie mussten versuchen, sie gegen ihre Leute einzutauschen, etwas Besseres fiel ihnen nicht ein. Schon bald wurde es hell, die beiden Schaluppen, mit der der Oberkommandant rüber geschifft war, lagen immer noch festgebunden am Schiff und wippten auf den Wellen auf und ab. Ein ranghoher Offizier stand auf seinem Schiff an der Brüstung und schaute mit dem Fernrohr herüber. Er bemerkte dieses und rief zum Schiff herüber. „Ist bei euch alles gut. Ist der Oberkommandant wohl auf?". Dreist und mit einem Lachen, antwortete ein einfacher Matrose, in der Uniform eines Offiziers; „Ja alles gut, der schläft noch seinen Rausch der letzten Nacht aus". Er brachte dies so überzeugend rüber, dass keine weiteren Fragen kamen. Es war ja auch nicht ungewöhnlich, dass auf See schon mal einer über den Durst getrunken wurde. Dann schlief man da ein, wo man gerade saß und schaffte den Weg zurück in seine eigene Koje nicht. Es wurde immer heller und die Gefangenen und die Seeleute blieben verschwunden. Unter Deck verteilte Samuel mit Mauri die Waffen. Es war reichlich vorhanden, jeder bekam ein Gewehr oder eine Pistole. Nachdem alle bewaffnet waren und jeder einzelne in die Pläne eingewiesen war, gingen sie mit den Gefangenen voraus auf Deck. Jeder Gefangene spürte einen Gewehrlauf im Rücken, an Flucht war so nicht zu denken. Adam gab seinem Steuermann den Befehl: „Anker lichten und näher an die anderen Schiffe heran segeln. Sie sollen genau sehen wie ernst es um ihre Leute steht". Langsam setzte sich ihr Schiff in Bewegung und streifte an dem ersten Engländer vorbei. Adam stellte sich auf die Brüstung und schrie zu ihnen herüber. „Ist ein Stellvertreter für den Oberkommandanten an Bord?" Wie versteinert standen die Offiziere und Soldaten da, als sie sahen was passiert war. Sie brachten kein Wort heraus. So segelten sie von einem Schiff zum nächsten, immer wieder dieselben entsetzten Blicke. Beim siebten Schiff sprang ein junger Mann an die Brüstung. Sehr gereizt, weil er die besseren Karten bei Adam erkannte, schrie er ihn an. „Ich bin der zweite Kommandant, ihr Satan. Welches Geschäft wollt ihr mir vorschlagen?". Adam war nicht überrascht darüber, keinem Dummkopf gegenüber zu stehen. „Wie ihr seht, haben wir hier einige Gefangene, die für euch von Bedeutung sein werden. Ihr habt auch welche von uns. Deshalb schlage ich euch einen Tausch vor: Ihr lasst als erstes unsere Männer frei. Wenn alle wohlbehalten hier sind, werden wir eure Leute zu euch herüber lassen. Und ich verspreche euch, uns ist sehr daran gelegen, dieses Tauschgeschäft ohne Verletzte oder gar Tote abzuwickeln. Wir haben keinen Groll gegen Engländer, es sind ja genug in meiner Mannschaft. Selbst in meiner Brust schlägt ein englisches Herz. Aber davon wolltet ihr ja schon vor St. Christopher nichts hören! Aber nun gut, wir tragen euch nichts nach. Was meint ihr, könnt ihr euch mit dem Tausch anfreunden?" Der Gegenüber ließ lange auf eine Antwort warten, man konnte sehen, dass er sich sehr konzentrierte. Wahrscheinlich spielte er in seinem Kopf alle möglichen Umstände durch. Schließlich willigte er mit dem einen

Hintergedanken ein, dass, wenn alle Kameraden an Bord sind, das Feuer auf die sechs Piratenschiffe zu eröffnen und sie für immer unschädlich zu machen. Er hatte aber nicht mit Adams Schlauheit gerechnet. Der legte nach der Einwilligung noch einmal nach. „Wie ihr sicher verstehen könnt, möchten wir nicht wie die Rebhühner abgeschossen werden, nachdem alle wieder auf ihren Schiffen sind. Deshalb werden wir bei jedem einzelnen Schiff die Steuerseile durchschneiden. Als gute englische Soldaten habt ihr die im Nu gewechselt. Jedenfalls haben wir dann einen Vorsprung, um euch zu entkommen". Der Kommandant wurde kreidebleich, konnte aber nicht viel entgegensetzen. Mit einem stummen Nicken stimmte er zu. Die Beiboote wurden herunter gelassen, als erstes wollte Adam auf die „Esperanza", Samuel mit seiner Mannschaft sollte auf die „Trago". Die Gefangenen nahm Adam mit und etliche Male ging es hin und her, bis schließlich alle auf ihren Schiffen waren. Der nächste Schritt war, dass die Kameraden frei gelassen wurden die noch auf den englischen Schiffen waren. Auch dieses klappte ohne Probleme. Natürlich wurde auch die Androhung, die Steuerseile zu durchschneiden erledigt. Diese Aufgabe übernahmen jeweils die letzten, die von Bord gingen. Diese ganzen Vorgänge zogen sich sehr in die Länge, weil sich sehr viele Engländer Adams Mannschaft anschließen wollten. Wenige von den einfachen Matrosen blieben bei den englischen Kriegsschiffen. Auf der Weiterfahrt mussten die Offiziere wohl oder übel ihre Arbeiten selbst verrichten. Jetzt war der Augenblick gekommen, die Gefangenen von Adam frei zu lassen. Auch hier hatte dieser wieder einen Plan. Er ließ an seinen Schiffen die Segel setzen, um außer Reichweite der Kanonen zu kommen. Die Offiziere und Soldaten liefen an die Brüstung ihrer Schiffe. Hatte Adam sie alle hinters Licht geführt? Aber so war es nicht, Adam rief zu ihnen herüber: „Ihr habt mein Wort und das zählt mehr als tausend Goldstücke!". Alles blieb ruhig, kein Schuss fiel, sie verließen sich auf das gesprochene Wort. Eine Seemeile von den englischen Kriegsschiffen entfernt, ließen sie die Gefangenen von Bord, als letzter den Oberkommandanten. Adam reichte ihm die Hand, um sich in Frieden von ihm zu verabschieden. Zu Adams Verwunderung bekam er folgende Antwort, „Ich geb einen Teufel darauf, mit Piraten die Hände zu schütteln! Aber ihr habt mir gezeigt, dass ihr keiner seid, deshalb geht in Frieden. Und findet eure Ruhe in der Rache." Er reichte Adam die Hand und ging stolz wie es einem englischen Offizier gebührt von Bord. Kein Schuss fiel, keine Verfolgungsjagd begann, alles blieb ruhig. Die englischen Kriegsschiffe mussten schnellstens einen Hafen anlaufen, um neue Matrosen anzuheuern, denn es wäre mit dieser kleinen Besatzung auf den Schiffen viel zu gefährlich, in schlechtes Wetter zu geraten. Für Adam war der Kurs klar: Es ging nach St. Christopher. Vielleicht lag das Schiff von Greyhound noch vor Anker oder die Leute in den Tavernen wussten, was er vorhatte. Das musste er in Erfahrung bringen. Seine sechs Schiffe quollen über von Matrosen, die Mannschaft war auf über neunhundert Mann angestiegen. Nach einer zweiwöchigen Fahrt, die ohne Probleme gemeistert wurde, sah man den Hafen von St. Christopher. Dass Greyhound sich nach fast einem Monat hier noch herum trieb, war ausgeschlossen. Trotzdem ging Adam mit der „Esperanza" vor Anker. Jede noch so kleine Chance wollte er nutzen, um eine Spur seines größten Feindes zu bekommen. Die anderen Schiffe kreuzten vor der Küste nicht noch einmal sollten sie so übel überrumpelt werden, die Wachen wurden auf jedem Schiff verdoppelt. Als die „Esperanza" in den Hafen einlief, konnte man schnell erkennen dass viele Anlegestellen frei lagen. Auch die „Limited", Greyhounds Kriegsschiff, war nicht mehr an dem Kai zu finden, wo sie noch vor wenigen Wochen gelegen hatte. Trotzdem suchten sie sich einen etwas abseits gelegenen Anlegeplatz und bis auf zwanzig Seeleute bekamen alle anderen die Möglichkeit zum Landgang, mit dem Befehl, nüchtern zu bleiben. Adam und Mauri machten sich auf den Weg zum Hafenmeister, sie wollten versuchen, ein weiteres Schiff für die über neunhundert Mann starke Mannschaft zu ersteigern. Sie erfuhren auch ein paar Neuigkeiten über Greyhound. Der Hafenmeister, ein guter umsichtiger Mann, erzählte den beiden was sich abgespielt hatte, „Greyhound hat jeden in der Stadt angesprochen, vom Jungspund, bis zum alten Mann, um möglichst viele in seine Mannschaft zu rekrutieren. Er versprach allen viel Geld, wenn sie den Mann finden, den er suchen würde. Viele kamen seinem Angebot nach und schlossen sich ihm an, man kann es ihnen nicht verübeln, bis auf die Haut abgebrannt, waren sie froh über das Angebot. Zusätzlich schlossen sich noch drei Kapitäne mit ihrer kompletten Mannschaft an. Ich möchte nicht in der Haut des Adam Black stecken, so lautete nämlich der Name des Gesuchten". Adam und Mauri ließen sich nichts anmerken, jetzt wussten sie, dass sie es mit mindestens vier Schiffen und einer starken Besatzung zu tun hatten. Sie erkundigten sich auch über einen Reeder, der Schiffe verkaufen würde. Allerdings ernteten sie für diese Frage schallendes Gelächter. „Ein Schiff wollt ihr kaufen, das ist gut. Geht mal zum alten Tom am Ende des Hafens. Vielleicht hat er noch eins für euch. Kann ich mir zwar nicht vorstellen, da Greyhound auch schon zwei von ihm gekauft hat". Jetzt verzog Adam ein wenig das Gesicht, nun hatten sie es mit mindestens sechs Schiffen zu tun. Mauri nahm keinen Anteil daran, er machte sich auf den Weg zum alten Tom.

Kurz danach holte ihn Adam wieder ein. „Hast du das gehört Mauri? Sechs Schiffe hat Greyhound, mindestens." „Na und? Wir haben mit etwas Glück gleich sieben oder acht", antwortete Mauri frech. Adam schüttelte den Kopf, dem hatte er nichts entgegen zu setzen.

Der kräftige Chinese sollte recht behalten! Der alte Tom war nämlich einer vom alten Schlag und wenn er einen nicht ausstehen konnte, dann Greyhound. Zwei prächtige Schiffe hatte er vor ihm in Sicherheit gebracht, nachdem er eines Abends in einer Taverne hörte, was Greyhound plante. Sie lagen in einer abgelegenen Bucht. Mauri und Adam waren nach Toms Geschmack. Er lud sie sogar zum Abendessen auf seiner Veranda ein. Beide schlossen den alten Mann sofort in ihr Herz, schon alleine wegen seiner frechen Sprüche „Dark" und „Greyhound" betreffend, aber sie gaben sich und ihre Pläne nicht zu erkennen. Die Nacht verbrachten sie auf der „Esperanza". Sie wollten sich früh morgens mit dem alten Tom noch einmal treffen und die Schiffe begutachten. So geschah es auch. Man wurde sich schnell einig, da der Preis für die beiden ausgezeichneten Kriegsschiffe nahezu lächerlich war. Die Namen der Schiffe waren „Defence" und „Levant". Die größte Überraschung fanden sie unter Deck der „Levant". Dort schlummerten fette 32- Pfünder, die nur darauf warteten, zum Einsatz zu kommen. Freudestrahlend gingen die beiden von Deck, sie wollten keine Zeit verlieren und verabschiedeten sich schnell vom alten Tom, um genügend Kameraden für die beiden Schiffe zu holen. Dem alten Tom war das nur recht, schließlich hatte er noch nicht gefrühstückt und wollte dies nun ausgiebig nachholen. Adam und Mauri liefen mehr, als, dass sie gingen, immer wieder jubelten sie über dieses gerade gelungene Schnäppchen. An der „Esperanza" angekommen, gaben sie sofort Befehle zum Auslaufen. Sie mussten so schnell es ging die anderen Schiffe vor der Küste finden. Alles lief glatt, die Schiffe draußen vor der Küste waren wohlauf, genau wie die Besatzung. Adam rief Jack zu. „Ich brauche dreißig Mann von dir und dich selber brauche ich auch". Ohne zu zögern machte Jack die Beiboote klar und schiffte mit Adams gefordertem dreißig Mann zu ihm rüber. Kurz erklärte er Jack, was sich zugetragen hatte. Anschließend segelten sie mit der „Esperanza" in die Bucht zum alten Tom. Was ein Anblick für Jack, als er die „Levant" zum ersten Mal sah! Mit verschränkten Armen vor der Brust, nickte er Adam und Mauri zu: „Das habt ihr großartig gemacht, so ein Brocken fehlte uns noch." „Danke, Käpt'n Jack", rief Adam ihm zu, „wir hoffen, ihr könnt es auch beherrschen." Jack verstummte. „Die „Levant" ist für mich?" stammelte er zögernd. „Wenn es hier noch einen Käpt'n Jack gibt, dann nicht, aber ich sehe keinen weit und breit, ich denke ihr seid gemeint", scherzte Adam. Jack war außer sich vor Freude, so ein Schiff wollte er schon immer segeln und jetzt hatte er es. Mit den Beibooten ging es zum Strand, wo der alte Tom schon wartete. Auf der „Esperanza" blieben nur so viele Männer wie nötig waren, um sie zu steuern. Als alles mit dem alten Tom geregelt war, verabschiedeten sie sich voneinander. Und gerade als Adam in eines der Beiboote sprang, um wieder zu seinem Schiff zu kommen, rief der alte Tom hinter ihm her. „Adam, ich weiß was passiert ist, die ganze Karibik spricht davon. Ich hätte das Dreifache für die Schiffe nehmen können, das weißt du. Aber ich bin auf eurer Seite, macht diesen Teufel der Meere fertig!" Bei den letzten Worten streckte er seinen alten Arm, so kräftig wie er noch konnte, in den Himmel: „Tötet Greyhound, versprecht mir das Adam, tötet dieses Ungeheuer der Meere". Adam stand in dem kleinen Beiboot neben Mauri. Zusammen hoben sie ihren rechten Arm, ihre Hände drückten sie zu einer kräftigen Faust. Dieses Zeichen galt mehr als tausend Worte. Der alte Tom war zufrieden, er nickte zustimmend und verließ langsam schlürfend den Strand. Nach diesem ergreifenden Moment sahen sie sich nie wieder. Woher der alte Tom wusste, dass er Adam vor sich hatte, blieb für immer sein Geheimnis. Weit vor der Küste fanden sie die anderen fünf Schiffe. Großer Jubel brach aus, als sie die beiden neuen Schiffe bestaunten. Die Mannschaften mussten neu aufgeteilt werden und zwei neue Kapitäne gefunden werden, aber das funktionierte wieder nach dem Abstimmungsprinzip. Die Vorschläge kamen aus der Mannschaft und wer die meisten Stimmen bekam, war Käpt'n. Die Wahl fiel auf den Spanier Pedro, der sich mit viel Fleiß und bewiesenem Mut das Vertrauen verdient hatte. Sein Schiff war die „Diamante" von Jack. Obendrein war er auch noch ein hervorragender Sänger, der immer wieder mit seinen schönen Liedern die Kameraden von dem harten Seemannsalltag ablenken konnte. Der zweite Mann, dem die „Defence" anvertraut wurde, war ein Mann von den englischen Kriegsschiffen. Sein Name war George. Bei der Befreiung von Adam und seinen Kameraden hatte er besonders viel Mut bewiesen und er war dazu kräftig wie ein Baum. Manchmal, wenn der Moment es zuließ, saßen er, Samuel und Mauri zusammen. Beim Armdrücken versuchten sie herauszufinden, wer wohl der Stärkste sei. Das war immer ein Riesenspektakel, wenn es zu solchen Kräftemessen kam. Adam gefiel das, da es doch ein wenig Abwechslung in das Seemannsleben brachte. Der Kurs der Flotte war Nord, Nord-West, die Suche nach Greyhound ging weiter, mit acht prächtigen

Kriegsschiffen und einer über neunhundert Mann starken Mannschaft.

## 16. Kapitel

### Auge um Auge, Zahn um Zahn

Wenn Adam darüber nach dachte, wie nah er Greyhound schon einmal, damals auf St. Christopher war, dann haderte er mit dem Schicksal: Denn genau dort kam ihm die englische Marine in die Quere. Aber was soll das lange Jammern, mit frischen Seeleuten und einer noch schlagkräftigeren Schiffsflotte ging es weiter. Irgendwo musste er ja sein und so einfach konnte er sich mit sechs Schiffen auch nicht mehr lange ungesehen bewegen! Irgendwo musste er an Land, irgendwo würden ihn Seeleute sehen und irgendwann würden sie seine Spur finden! Die Wochen vergingen; Adam blieb seiner

Strategie treu, immer nur mit einem Schiff in fremde Häfen. Höchstens mit zweien, aber dann um mehrere Stunden versetzt. Die Fahrt ging vorbei an mehreren kleineren Inseln westlich von St. Christopher, bis nach Porto Rico, eine größere Insel, Ost-Süd Ost von Hispaniola. Auf Hispaniola wollten sie alle Vorratskammern füllen, mehrere kleine Gruppen sollten sich unter die Leute mischen, um Neuigkeiten in Erfahrung zu bringen. Die Aufträge wurden mit größter Vorsicht ausgeführt, aber hier auf Hispaniola war nichts, außer Proviant für die Vorratskammern zu holen. Die Geschichten, die erzählt wurden, waren mindestens ein halbes Jahr alt. Enttäuscht darüber, wurde keine Zeit verloren. Sie segelten weiter an Tortuga vorbei, durch die Windward Passage nach Jamaika. Auch hier hörten sie sich in den Häfen um. Und endlich hatten sie Glück, denn hier auf Jamaika kam der lang ersehnte Volltreffer: Dort war Greyhound mit sechs Schiffen vor Anker gegangen. Aber es wurde nicht wie üblich gefeiert. Sie füllten lediglich die Bäuche der Schiffe mit Vorrat und verschwanden, sehr zur Freude der Einwohner von Jamaika, einen Tag später schon wieder. Sie waren auf seiner Fährte, die erste Spur hatten sie gefunden. Zu jeder Zeit waren doppelte Wachen auf Deck und die Kanoniere in Schichten, in Bereitschaft. Im Fall eines Zusammentreffens mit Greyhound hätte es sofort losgehen können. Die Reise ging weiter um Cuba herum durch die alte Straße der Bahamas. Hier passierte etwas, was zu erwähnen sich lohnt! Es war eine dieser rabenschwarzen Nächte, selbst wenn die Wachen zwanzigfach besetzt gewesen wären, hätte es nichts genützt, denn man sah keine drei Meter weit. Zwischen Long Island und Heneago segelte die Flotte mit sehr langsamer Fahrt. Die Steuerbord und Backbord Seite war mit je zehn Mann bestückt, vorne am Bug standen drei Mann und am Heck zwei. Die drei am Bug unterhielten sich gerade darüber, was sie mit dem Vermögen anfangen wollten, wenn sie die Reise gesund überstehen würden, als sie plötzlich brutal aus ihrer Unterhaltung gerissen wurden. Genau vor ihren Augen tauchte ein Bugspriet eines fremden Schiffes auf. Kurz darauf krachte es auch schon in die „Estrela Polar". Alles ging so schnell, dass niemand eine Warnung aussprechen konnte. Wie Puppen flogen die Wachen durch die Gegend und laute Schreie der Männer, die sich beim Sturz verletzten, schallten durch die Nacht. Das fremde Schiff war um einiges größer und dadurch auch schwerer, über Steuerbord wurde die „Estrela Polar" weggedrückt. Wer noch in den Hängematten liegengeblieben war, der fiel spätestens jetzt heraus. Fest verkeilt trieben sie zusammen auf dem weiten Meer. Die Männer der „Estrela Polar" stürmten nach oben. Sie stellten sich zu den Wachhabenden, keiner sprach ein Wort. Kreidebleich, fast ängstlich, beobachteten sie was jetzt wohl kommen mochte. Unter ihnen war auch Käpt'n Bill. Nichts tat sich, kein Laut des Angriffs war zu hören. Mittlerweile waren auch die anderen Schiffe so nah heran gekommen, dass sie die beiden verkeilten Schiffe im Lampenlicht sehen konnten. Jack's Mannschaft war die erste, die ein Beiboot zu Wasser ließ. Schnell ruderten sie zur „Estrela Polar" rüber. Adam ging mit der „Esperanza" längsseits des fremden Schiffes. Zeitgleich machten sich Bill und Jack auf den Weg das Schiff vom Bug aus zu erkunden: Mit Pistolen und einer Lampe bestückt kletterten sie rüber. Nichts tat sich, absolute Stille in der gespenstischen Dunkelheit. Mauri und Samuel kamen von Steuerbord an Bord. Auch sie schlichen, ohne einen Laut von sich zu geben, vorwärts. Dann hatte Bill etwas in seinem Lampenschein entdeckt und über seine Lippen kam nur „Geisterschiff". Vor ihm lagen halb verweste Menschen mit schrecklich entstellten Gesichtern und Händen. Beulen und eiterige Geschwüre übersäten die Körper. Auf diesem Schiff war eindeutig die Pest ausgebrochen: Bill, Mauri, Jack und Adam standen jetzt zusammen, sie hielten es für besser mit einem Mundschutz unter Deck zu gehen. Die Kameraden reichten ihnen einfache Tücher, die sie sich vor den Mund schnürten. Nachdem sie die Luke geöffnet hatten, die unter Deck führte, schlug ihnen ein fauler Duft entgegen. Trotz der Tücher spürten sie die schwere, faulige Luft. Überall lagen Tote und aus den Hängematten fielen in regelmäßigen Abständen dicke Maden auf den Holzboden. Sie hatten sich durch den Körper und den Leinenstoff gefressen. Für Bill war das zu viel, er rannte die Treppe hinauf und kotzte sich die Seele aus dem Leib. Die Mannschaft stand entsetzt an der Reling und beobachteten Bill, der sich immer wieder angewidert schüttelte. In den Gedanken der Mannschaft schwirrten die schrecklichsten Bilder. Sie konnten nicht mal erahnen wie schrecklich es in Wirklichkeit war. Inzwischen war Mauri in einem großen Raum angekommen, leise konnte er ein Jammern hören. Vorsichtig ging er darauf zu und erschrak bei dem was er dort sah. Ein Mann streckte seine Hände nach dem Licht der Lampen aus. Aber da war kein Gesicht mehr zu sehen, das war nur noch offenes Fleisch. „Was muss dieser Mann für Schmerzen aushalten", flüsterte Mauri. Er zog seine Pistole und befreite ihn von seinem Leiden. Ebenso vier weitere Todgeweihte, die sie alle von ihren Schmerzen befreiten. Auf Deck schnappten sie erst einmal alle nach frischer Luft und versuchten, die fürchterlichen Eindrücke zu verarbeiten. Adam fasste sich als erster: „Befreit das Schiff von der „Estrela Polar", hier können wir nicht mehr helfen. Wir gehen jetzt alle von Deck und brennen es nieder". Aus sicherer

Entfernung warfen sie mehrere Öllampen auf Deck. Die Flammen verbreiteten sich schnell und bald war das Geisterschiff ein riesiger Feuerball. Der Kurs wurde beibehalten, sie wollten auf der Insel Maguana neuen Proviant besorgen. Mit zwei Schiffen liefen sie in den Hafen ein, wie immer mehrere Stunden versetzt. Diesmal waren es die „Whirlwind" und die „Falling Star". Auch die Männer dieser beiden Schiffe sollten mal die Gelegenheit bekommen, sich die Beine zu vertreten. Adam, Mauri und Samuel segelten mit Birdy auf der „Whirlwind" in den Hafen. Sie wollten versuchen, günstige Händler zu finden. Schließlich benötigte man Unmengen an Lebensmittel, um die große Mannschaft zu versorgen. Vor allen Dingen dachten sie an frisches Obst, allen voran Zitronen und Äpfel. Die Mannschaft sollte Vitamine zu sich nehmen, sie brauchten kräftige, gesunde Männer. Nach zähen Verhandlungen mit einem unsympathischen Händler, der das Geschäft seines Lebens witterte, kam der Deal endlich zu Stande. Mauri erklärte ihm, wo sich der Ankerplatz der Schiffe befand. Dort sollte er alles anliefern. Dann ging es in eine abgelegene Taverne zum Abendessen, wo einiges los war. Man konnte das wahrscheinlich auf das schmackhafte Essen und den guten Rum zurückführen! In einer gemütlichen Ecke der Wirtsstube machten es sich die drei bequem. Sie saßen keine Minute auf ihren

Bänken, als auch schon ein knurriger Typ an den Tisch trat, um die Bestellung aufzunehmen. „Was darf ich bringen?", fragte er knapp. Die Drei einigten sich schnell auf Fleischplatten mit Brot, dazu kam noch für jeden eine Karaffe Rotwein. Ohne noch ein Wort zu verlieren, verschwand der Wirt auch schon wieder. Jetzt hatten sie Zeit sich erst einmal in der Stube umzusehen. Auf den ersten Blick sah alles unauffällig aus, aber sogar ein Blinder konnte sehen, dass an den Tischen über sie getuschelt wurde. Hinter vorgehaltener Hand, den Blick auf die drei gerichtet, redeten die Männer über sie. Samuel war das als Erster zu bunt, er ging direkt auf den nächsten Tisch zu und sprach die vier Männer an: „Was ist denn an uns so interessant, dass ihr hier alle über uns quatscht. Verratet ihr mir das?" Sichtlich erschrocken durch die imposante Erscheinung Samuels, bekamen sie zunächst keinen Ton heraus. Es dauerte einen Moment, dann löste sich bei einem von ihnen die Zunge. „Ihr seid doch die, hinter die Greyhound so her ist, ein kräftiger Chinese, ein Hüne von einem Schwarzen und ein großer Dunkelhaariger mit stechenden Augen, das seid ihr doch, oder etwa nicht?" Mauri und Adam hörten, was der Mann da von sich gab, sie standen auf und stellten sich neben Samuel. „Jetzt hört mal alle genau zu", fing Adam aufgebracht zu erzählen an „nicht er jagt uns, wir jagen ihn! Zweimal ist er uns schon durch die Finger geglitten.

Aber vielleicht könnt ihr uns helfen ihn zu finden, hat er irgendeinen Kurs erwähnt, den er segeln will?" Alle starrten sie Adam an, keiner hätte den Mut gehabt, so über Greyhound zu reden. Sie bekamen keine Antwort. „Na gut, dann müssen wir weiter nach ihm suchen", sagte Adam, als er sich wieder auf seinen Platz setzte. Das Essen wurde gebracht, es war reichlich und sehr gut zubereitet. Die Drei ließen es sich sichtlich schmecken. Von den anderen Gästen, die mit in der Stube saßen, war kein Tuscheln mehr zu hören, sie hatten genug von den Fremden abbekommen. Nachdem die Teller so gut wie leer gegessen waren, kam der Wirt wieder zum Abräumen. Leise sodass kein anderer es mitbekam, sprach er die drei an: „Verlasst das Haus, wir treffen uns hinten. Ich glaube ich kann euch helfen!" Sie tranken den letzten Schluck aus dem Holzbecher, dann verließen sie die Taverne. Hinter dem Haus wartete schon der Wirt auf sie. Er wirkte sehr nervös, als er anfing zu erzählen: „Eines Abends sind einige von Greyhounds Besatzung in meine Taverne gekommen. Sie waren schon voll wie die Weinfässer, verlangten aber noch mehr Rum. Den ich ihnen auch wiederwillig brachte. Der Kräftigste von ihnen packte mich am Hals, drückte mich auf die Tischplatte und brüllte mir ins Ohr: „Wir sind dir wohl nicht fein genug, du Dreckswirt. Bist wohl andere Kundschaft gewohnt? Aber eines sage ich dir, wenn wir diesen „Black" finden, dann werden wir als reiche Männer zurückkommen, dann wirst du dich freuen, wenn wir unser Geld bei dir verprassen. Und es dauert nicht mehr lange, dann haben wir ihn. Die Schlinge zieht sich immer mehr zu. Jeden Tag werden wir mehr. Viele sind noch unterwegs, um sich uns anzuschließen. Auf Tortuga werden wir uns sammeln, dann bringen wir ihn zur Strecke: Ihn, mitsamt seinen ganzen Verbündeten. Wir haben keine Angst vor ihm, aber er sollte welche vor uns haben, das sag ich dir!" Dann ließ er mich los, ich sollte noch mehr Rum holen." Der Wirt stand Händereibend vor den dreien und winselte: „Ihr dürft niemandem verraten, dass ich euch das alles erzählt habe, denn das würde meinen Tod bedeuten." Die Drei schauten sich an, Mauri gab dem Wirt drei Goldstücke und klopfte ihm dankend auf die Schulter: „Danke für die wichtigen Neuigkeiten, von uns wird niemand etwas erfahren." Dann verschwanden sie lautlos in die Nacht. So schnell wie möglich mussten sie aus dem Hafen weg und dann die anderen Schiffe finden, die auf dem offenen Meer warteten. Mit dem ersten Licht war es endlich möglich, auszulaufen, die Sonne stand schon zwei handbreit über dem Horizont, als sie ihre Kameraden erreichten. Adam zögerte nicht lange, er wollte eine Versammlung einberufen, sie mussten sich schnellstens beraten. Alle kamen sie auf die „Esperanza"; Bill, Jack, Pedro, George,

Samuel, Mauri, Mike und Birdy. Sie gingen direkt in Adams Kajüte, wo sie schon von ihm erwartet wurden. Er selber lag gebeugt über der großen Seekarte, die mitten im Raum auf einem Tisch ausgebreitet war. „Tortuga, Tortuga", flüsterte er immer wieder vor sich hin. Schließlich richtete er sich auf, „Freunde", fing er an, „wir haben in Maguana wichtige Neuigkeiten erfahren! Greyhound sammelt eine große Streitmacht zusammen, sie liegen im Hafen von Tortuga und werden jeden Tag stärker. Wir müssen jetzt zuschlagen, bevor sie zu mächtig werden. Was meint ihr, wie gehen wir es an?" Diese Neuigkeiten mussten erst einmal verdaut werden. Sie rückten an den Tisch auf dem die Seekarte lag. „Tortuga ist nicht besonders groß", meinte Mauri, „man könnte problemlos auf der anderen Seite ankern und dann vom Land aus angreifen". George meinte: „Es ist immer besser von See aus anzugreifen, da haben wir unsere Stärken". So ging es hin und her. Worüber man sich aber einig war, dass war die Tatsache, dass der Überfall bald passieren musste. Es war keine Zeit mehr vorhanden Männer und Schiffe zu besorgen, die Möglichkeiten, die sie hatten waren äußerst begrenzt. Sie hatten nur diesen einen Schlag, nicht noch einmal würden sich ihnen so viele Gefährten anschließen, um Greyhound zu töten. Dieser eine Schlag musste sitzen und den Sieg bringen. Nach zwei Stunden stand folgender Plan fest: Die

„Falling Star" mit Mike und die „Diamante" mit Pedro sollten auf der anderen Seite der Insel vor Anker gehen, so hätte die Mannschaft einen Fußmarsch von ungefähr viereinhalb Landmeilen zu bewältigen, was man an einem Tag problemlos schaffen konnte ohne körperlich an die Reserven zu gehen. In dieser Truppe sollten die besten Schützen mit dem Gewehr sein, damit sie aus einem sicheren Versteck die Piraten von Land aus beschießen konnten. Die „Whirlwind" mit Birdy und die „Defence" mit George sollten mehrere Stunden versetzt in den Hafen einlaufen. Man hoffte, dass sie sich von Greyhounds Schergen ansprechen und sogar anwerben lassen sollten, um nah an die Piraten heran zu kommen. In dieser Truppe waren die besten Schwertkämpfer, Messerwerfer und Pistolenschützen. Bei Kampfbeginn sollten sie sich ein weißes Kopftuch aufsetzen, um nicht von den Scharfschützen, die sich an Land versteckten, abgeschossen zu werden. Die „Trago" mit Samuel, die „Estrela Polar" mit Bill, sowie die „Levant" mit Jack und die „Esperanza" mit Adam sollten von See aus angreifen. Ihr Ziel war es, die vorgelagerten Schiffe, mit ihren großen Geschützen zu zerstören: Denn es war klar, dass nicht alle direkt im Hafen sein konnten. Und meistens waren diese Schiffe auch schlecht bewacht! Erst dann, wenn diese Schiffe zerstört waren, sollten sie den Kameraden an Land helfen, um dann Greyhound den tödlichen Schlag zu versetzen. So lautete der Plan, bei dem das Überraschungsmoment am Wichtigsten war. Die„Falling Star" und die „Diamante" sammelten die besten Schützen ein und machten sich umgehend auf den Weg zur Insel. Unmengen an Gewehren, Kugeln und Schwarzpulver nahmen sie mit. Gespannt schaute Adam ihnen hinter her, als sie sich auf den Weg machten. Ein paar Stunden wartete Birdy noch, dann segelte er mit seinen Kämpfern Richtung Hafen von Tortuga. Drei Stunden danach machte sich George auf den Weg. Der Tag verging und die vier zurück gebliebenen Schiffe kreuzten weit vor Tortuga den Wind. Sie hielten stets die Augen offen nach irgendwelchen Schiffen, die dieses Ziel ebenfalls anlaufen wollten. Sie bekamen keines zur Sicht, aber wenn, hätten sie es sofort angegriffen und zerstört. Am Nachmittag des zweiten Tages gab Adam das Kommando Richtung Tortuga zu segeln. Es herrschte eine gespenstische Stille auf den Schiffen. Jeder Einzelne wusste, jetzt gab es kein Zurück mehr. Hatten die anderen Kameraden es geschafft, sich unter die Piraten zu mischen oder die Insel zu durchqueren? Diese Fragen blieben erst einmal unbeantwortet.

✚

Mike und Pedro kamen gut voran. Ohne gesehen zu werden ankerten sie ihre Schiffe auf der Südseite der Insel. Sie verloren keine Zeit, in Windeseile verließen sie ihre Schiffe und traten bewaffnet bis an die Zähne den Fußmarsch durch den Wald an. Obwohl sie an die zweihundertfünfzig Mann waren, liefen sie fast geräuschlos. Jeder hielt sich an die Abmachung nicht zu sprechen und stets die Augen offen zu halten. Nach mehr als drei Stunden bekamen sie Sichtkontakt zu den ersten Häusern, die am Waldrand gelegen waren. Für Mike und Pedro war das nah genug, sie zogen sich zurück und warteten auf die nächste Nacht. Jeder machte es sich so bequem wie irgend möglich, denn sie mussten eine Nacht und einen ganzen Tag in ihrem Versteck bleiben. Um nicht gesehen zu werden, gruben sie sich in dem dichten Buschwerk ein, in dem sie mucksmäuschenstill lauerten. Nach endlosem abwarten neigte sich der entscheidene Tag dem Ende zu. Der Moment war gekommen, jetzt zählte es. In einer breiten Front rückten sie vorwärts. Die ersten Häuser waren schnell besetzt, jeder einfache Bewohner wurde angesprochen, sich in die Kellerräume oder an irgendeinen anderen sicheren Ort zu begeben, was diese umgehend befolgten: Sie hatten den Ernst der Lage erkannt und wollten sich keinesfalls einmischen. Tiefe Nacht lag über dem Hafen von Tortuga, es konnte jeden Moment mit dem Angriff losgehen, sie waren bereit zu kämpfen. An strategisch wichtigen Punkten wie Dachaufbauten, Terrassen, Dachfenstern oder Bäumen schaute ein Gewehrlauf auf die Straßen und Schiffe, die im Hafen lagen. Dann hörten sie die ersten schweren Geschützfeuer der Kameraden, der Kampf gegen Greyhound hatte also begonnen. Zielgenau schossen sie auf alle Piraten, die sich Richtung Hafen auf den Weg machten und nach wenigen Minuten lagen Dutzende Tote auf den Straßen: Der Nachschub der Piraten war abgeschnitten.

✦

Birdy und George kamen mehrere Stunden versetzt im Hafen von Tortuga an. Mit viel Glück fanden sie noch einen Ankerplatz an den Docks. Ohne viel Aufsehen zu erregen, taten sie so, als seien sie ganz normale Piraten, die hier und da mal eine Prise aufbrachten. Sie gingen ihrer Arbeit nach, wie jedes andere Schiff auch. Die Schergen von Greyhound hatten den Auftrag, jedes noch so kleine Schiff auf ihre Seite zu bringen. Deshalb fackelten sie nicht lange und statteten den beiden Neuankömmlingen sofort einen Besuch ab. Ohne zu fragen, kamen sie auf Deck und durchstöberten alles auf dem Schiff. Birdy missfiel das sehr und er legte sich mit dem Anführer an: „Was wollt ihr Drecksratten auf meinem Schiff? Verschwindet, solange ihr noch könnt." Dem Anführer stieg die Zornesröte ins Gesicht. „Schon mal was von Käpt'n Greyhound gehört, du Schwachkopf? Er schickt mich, um euch den Rat zu geben sich ihm anzuschließen. Wenn nicht, wird es eurer Mannschaft und dir dreckig ergehen". Birdy blieb unbeeindruckt: „Greyhound schickt euch, hat er keine vernünftigen Piraten mehr, dass er so schlappe Jungs wie euch herschickt? Nennt mir erst einmal einen Preis, den wir bekommen, wenn wir uns anschließen". Der Anführer konnte sich nur schwer beruhigen, denn Verhandlungen zu führen war er nicht gewohnt. Aber Greyhound brauchte jeden Verbündeten, deshalb ließ er die Schmach unbeantwortet: „Ihr werdet fürstlich belohnt, wenn wir den fangen, den wir suchen. Mehr kann ich euch nicht sagen". Birdy tat so als würde er überlegen, sagte dann aber dem Angebot zu: „Sag deinem Käpt'n, dass ich eine genaue Auflistung der Prise für jeden einzelnen meiner Männer will und natürlich auch für mich als Käpt'n der „Whirlwind." Der Anführer nickte und machte sich auf den Weg Richtung Greyhound, um ihn von dem Erfolg zu berichten. Tatsächlich bekam Birdy von Greyhounds Schreiber ein Dokument mit den Anteilen für jeden einzelnen Mann. George erging es ähnlich wie Birdy, mit dem Unterschied, dass George drei von den Schergen über

Bord warf, weil ihm das Rumschnüffeln dermaßen nervte, dass er nicht anders konnte. Der Anführer war ein gewieftes Kerlchen, er war viel zu schlau, um sich mit dem baumlangen Kerl anzulegen. Er lachte herzhaft darüber, wie seine eigenen Männer über die Reling flogen: „Du bist genau der richtige Mann, den wir suchen. Deine Mannschaft sieht aus, als wenn sie alle schon einmal dem Tod in die Augen gesehen hätten. Schließt euch Greyhound an, die Prise könnt ihr euch nicht durch die Lappen gehen lassen." Er nannte George genaue Zahlen, die jedem zustanden, wenn sie einen gewissen Adam Black zur Strecke brachten. George überlegte nicht lange und reichte dem Typen die Hand, mit den Worten: „Die „Defence" segelt mit euch. Ich liebe Männer mit eurem Humor, wir sind dabei!" Der erste Schritt war getan, sie waren ein Teil von Greyhounds Meute. Keiner sprach sie an, als sie sich in der Stadt bewegten. Hier lief nicht einer rum, der nicht zu Greyhound gehörte. Als der nächste Morgen erwachte, gingen ein paar Matrosen von der „Defence" los, um Sachen für das Frühstück zu besorgen. Plötzlich erkannte einer der Männer Kirk, der mit jemandem am Hafen auf einer Kiste saß. Vorsichtig schlich sich der ehemalige Kamerad von hinten an die beiden heran: „Kirk, nicht erschrecken, tu so als seien wir alte Freunde. Wir sind alle hier", flüsterte er ihm ins Ohr. Nicht einmal sein

Nebenmann hätte ein Wort verstehen können, so leise flüsterte er ihm ins Ohr. Kirk fuhr herum, sofort erkannte er seinen alten Kameraden von der „Breakwater". „Stan, Stan, stotterte Kirk, „bist du es wirklich?". Am liebsten hätte er vor lauter Freude laut losgeschrien, aber er musste seine Glücksgefühle unterdrücken. Stan gab ihm die Hand und raunte ihm leise ins Ohr: „Heute Nacht greifen wir an, verschwinde aus der Stadt". Kirk nickte ihm zu und setzte sich wie versteinert auf seine Kiste. Stan ging mit seiner Gruppe weiter Richtung Stadt, wo sie die Sachen zum Frühstück besorgten und wieder zurück an Bord der „Defence" gingen. Sie beschäftigten sich mit den verschiedensten Dingen, bis die Dämmerung einbrach. Es war der Zeitpunkt gekommen, um sich auf den Kampf vorzubereiten. Alles was sie an Waffen hatten wickelten sie in Tücher und legten diese griffbereit hinter die Brüstung. Zusätzlich hatten sie einen großen Korb mit den weißen Kopftüchern. Auf der „Whirlwind" spielte sich alles genau so ab. Jetzt hieß es nur abwarten. Lange brauchten sie nicht auf das Zeichen zu warten: Heftige Donnerschläge erfüllten die Nacht. Das war das Kommando, der Augenblick war gekommen. Sie zogen mit ihren Pistolen, Säbeln und Messern in den Krieg.

✚

Adam stand mit Mauri am Bug, voller Stolz schaute er auf die drei mächtigen Schiffe, die ihm folgten. Sie waren genau zur richtigen Zeit aufgebrochen, die Dämmerung brach ein und kurze Zeit später war es dunkle Nacht. „Löscht alle Lichter, nehmt die Hafenbeleuchtung als Orientierung und viel Glück an alle. Gott steht uns bei" rief Adam den Gefährten zu. Die Schiffe positionierten sich in Angriffsstellung. Man wollte hintereinander in den Hafen einfahren. Die „Levant" als erste, gefolgt von der „Esperanza", dann die „Trago" und zum Schluss die „Estrela Polar". Der Plan war dass sie zunächst an den vorgelagerten Schiffen vorbei segeln sollten und erst, wenn alle vier in Schussposition waren, zusammen loszufeuern. Sie sahen, dass fünf Schiffe dicht zusammen im Eingang des Hafenbeckens vor Anker lagen. Die „Levant" segelte schon an dem zweiten Schiff vorbei, als auf allen vier Schiffen die Kanonenluken geöffnet und die Tod und Zerstörung bringenden Kanonen in Position gebracht wurden. Jack wusste, dass viel von ihm abhing. Er musste als erster feuern, denn so war es abgesprochen und für alle anderen Kameraden an Land und auf See das Zeichen des Angriffs. Er stand mit seinem Schwert auf der Reling der „Levant". Sein Blick war voll konzentriert auf das letzte Schiff, was im Hafen vor Anker lag. Dann war der Moment gekommen: Der Augenblick, auf den sie fast zwei Jahre gewartet hatten. „Feuer...Feuer! Feuert was ihr könnt", Schrie Jack sich die Kehle aus dem Hals. Die Stimme war noch nicht verhallt, da schlugen schon die ersten Kugeln auf den Schiffen ein. Masten brachen ab wie Streichhölzer und Brüstungsteile flogen mehrere Meter durch die Luft. Die Nacht war erfüllt von ohrenbetäubendem Donnern. In einer unglaublichen Geschwindigkeit sanken die völlig zerstörten Schiffe auf den Grund. Nicht einen Schuss konnten sie mehr vor ihrer Zerstörung abgeben. Schnell drehte man bei, um an den zerstörten Schiffen vorbei zu kommen. Was auch mit viel Geschick klappte. Jetzt hatten sie die Schiffe, die direkt im Hafen geankert, lagen vor ihren Kanonen. Sie sahen ihre Kameraden mit den weißen Kopftüchern im wilden Kampf. So schnell wie möglich, mussten sie an deren Schiffen anlegen, um ihnen im Kampf zu helfen. Auch sie setzten weiße Kopftücher auf, um nicht von ihren eigenen Schützen erwischt zu werden. Keiner der Steuermänner achtete mehr darauf, dass er sein Schiff vorsichtig an die feindlichen Schiffe heranbrachte. Sie krachten mit so einer Wucht auf den Gegner, dass sie heftig durchgeschüttelt wurden. Hunderte von Männern stürmten danach über die Brüstung oder schwangen sich an der Takelage rüber. Sie kämpften Mann gegen Mann. Es war ein Gemetzel auf beiden Seiten und keiner verschonte sein Gegenüber. Aus allen Löchern stürmten die Piraten herbei, sie waren kaum in der Schlacht angekommen, wurden viele von ihnen schon niedergestreckt von der Übermacht, die sich ihnen entgegenstellte. Es erwies sich als richtige Entscheidung, die versteckten Schützen einzusetzen. Sie räumten die nachrückenden Piraten auf dem Vorplatz zum Hafen nieder. Schuss um Schuss fiel einer nach dem anderen. Dadurch, dass kaum noch ein Pirat zur Hilfe eilen konnte, gewann Adams Mannschaft die Oberhand. Bis schließlich auch der Letzte durch einen Säbelhieb erschlagen wurde. Über die blutgetränkten Planken bahnten sie sich weiter den Weg zur Stadt in die nahe gelegenen Tavernen. Hinter jedem Fass oder jeder Kiste suchte man Schutz, da nun die Piraten aus ihren sicheren Verstecken auf sie schossen. Der erste Sieg war errungen, aber der Kampf in den Häusern und Tavernen würde ihnen noch mal alles abverlangen. Gut geschützt warteten sie einen Augenblick ab, dann flogen die ersten Wurfgranaten in Richtung der Piraten und mit einem lang gezogenem „Siiieeegg", preschten sie nach vorne. Die Granaten hatten die Piraten abgelenkt und flink wie die Katzen, sprangen Adams Seeleute über die Geländer der Terrassen. Sie schossen mit Pistolen durch die zerbrochenen Fenster. Nur wenige Kugeln verfehlten ihr Ziel. Es war eine Hinrichtung! Obwohl auf beiden Seiten Männer fielen, hatten die Piraten deutlich das Nachsehen. Niemals hätten sie gedacht, dass sich jemand wagen würde, sie im Hafen von Tortuga anzugreifen. Jetzt war es zu spät! Haus um Haus kämpften sich Adams Leute vorwärts, hinter sich ein Blutbad lassend. Aber den, den sie am meisten hassten, den hatten sie noch nicht. Viele der Piraten versuchten durch die verwinkelten Straßen zu laufen, um in den nahe gelegenen Wald zu flüchten. Einige schafften es sogar, aber die meisten wurden durch die Schützen, die auf jedem Dach und in jedem Baum saßen, niedergestreckt. Nur noch aus einem großen Haus heraus wurde Widerstand geleistet, das größte Bordell der Stadt. Hierhin hatten sich die letzten kämpfenden Piraten zurückgezogen, aus den Fenstern schossen sie auf die anrückenden Feinde. Aus allen Straßen kamen jetzt Adams Leute auf das Haus zu, es gab für die Gesuchten keine Chance mehr zur Flucht. Adam lag gut geschützt hinter Holzkisten und beobachtete die Lage, als ihm ein Verletzter zu rief: „Hey Mann, ich weiß wen ihr sucht! Greyhound ist mit seinen letzten Getreuen in das Bordell geflohen." Adam schaute zu dem Mann rüber, er sah nicht aus wie ein Pirat, eher wie ein Wirt. Adam vertraute ihm und nickte ihm dankend zu. Durch diese Information gestärkt rief er in Richtung Bordell: „Kommt raus, wir wollen nur Greyhound. Allen anderen versprechen wir eine faire Verhandlung." Nichts rührte sich, selbst die Schüsse, die hin und wieder aus dem Haus abgeschossen wurden, verstummten. Adam probierte es noch einmal.

„Wir haben kein Problem damit, das Haus anzustecken, es liegt bei euch wie es weitergeh." Wieder kam keine Antwort. Dann plötzlich wie aus heiterem Himmel, sprangen zwanzig Piraten durch eine Tür auf der Rückseite des Hauses. Durch diesen Gewaltausbruch und dadurch, dass auf der Rückseite weniger Männer standen, schafften es einige den Kugelsalven zu entkommen. Die meisten aber lagen tödlich getroffen im Gras. Von vorne stürmte Adam, gefolgt von Mauri und Samuel das Haus. Die Huren saßen mit dem Wirt eng zusammen gekauert in einer Ecke, aber von den Piraten war keiner mehr da. Sie suchten alle Räume ab, aber Greyhound blieb verschwunden. In der Zwischenzeit hatte Adam den Befehl gegeben unter den Toten nach Greyhound zu suchen, aber er blieb verschwunden. Hier und da hörte man noch einen Schuss durch die Nacht schallen, dann hatten sie wieder einen verwundeten Piraten gefunden, der der Kugel erlag. Die eigenen verletzten Kameraden wurden aufs Schiff gebracht und verarztet. „Wo war Greyhound?", fragte sich Adam, „konnte er mit den wenigen Piraten in den Wald fliehen?". Adam setzte sich auf einen Stuhl und überlegte, was zu tun sei. Da bemerkte er, dass der Wirt des Bordells aufstand und in aller Ruhe zur Theke ging. Adam beobachtete ihn dabei und sah, wie er an einer bestimmten Stelle im Raum ein weißes Tuch fallen ließ. Er schaute dem Wirt fragend in die Augen. Mit einem fast nicht erkennbaren Nicken des Kopfes, gab er Adam etwas zu verstehen. Adam überlegte kurz, aber dann wusste er, was der Wirt meinte: Greyhound war unter dem Fussboden. Einen Moment blieb Adam noch sitzen, dann stand er auf und sagte laut: „Lasst uns gehen, er ist uns wieder durch die Lappen gegangen, morgen suchen wir im Wald nach ihm". Zeitgleich gab er leise den Huren, dem Wirt und allen seinen Männern zu verstehen, dass sie alle das Haus verlassen sollten. So geschah es auch, nacheinander verließen sie das Haus und stellten sich davor auf. Adam fragte den Wirt, ob Greyhound unter dem Fussboden versteckt ist. Dieser nickte und sagte: „Er ist aber nicht alleine, es sind mindestens dreißig Mann bei ihm, alle schwer bewaffnet". Adam wollte keinen Mann mehr opfern, zu viele hatten schon ihr Leben gelassen. Mauri mischte sich in Adams Gedankenspiele. „Adam, lass sie uns ausräuchern, er wird schon rauskommen, glaube mir". Adam nickte zustimmend und sagte zu Samuel und Jack: „Holt alle Männer hierhin, das ist der Moment, für den jeder einzelne sein Leben riskiert hat, umstellt das ganze Haus!". Die Beiden gingen hinunter zum Hafen, jeder schloss sich ihnen an und in kürzester Zeit war ein riesiger Ring aus Menschen um das Bordell gebildet. Auch die Verwundeten humpelten die Straße hinauf, denn keiner wollte sich diesen Moment entgehen lassen.

Das Bordell war auf allen Seiten von mehreren hundert Mann umstellt. Selbst die Bewohner, die in kleinen Gruppen aus ihren Verstecken gekrochen kamen, wollten bei dieser Hinrichtung dabei sein. Auf den Dächern der umliegenden Häuser waren Gewehrschützen in Stellung gegangen. Mauri gab das Zeichen an die Männer mit den Fackeln und Öllampen. Sie traten nach vorne und verrichteten ihre Arbeit. Schnell breitete sich das Feuer aus, noch waren keine Anzeichen eines Ausbruchs zu erkennen. Mittlerweile stand das Haus lichterloh in Brand, als man von drinnen einen aufbringenden Kampfschrei hörte. Die vordere Tür sprang auf und gleich danach stürmten die letzten Getreuen Greyhounds nach draußen. In der Mitte hatten sie ihren Kapitän eingekesselt, mit ihren eigenen Körpern schützten sie Greyhounds Leben. Unzählige Gewehrläufe und Pistolen wurden abgefeuert, so fielen die Piraten wie Kaninchen bei der Treibjagd. Nach wenigen Sekunden war der Spuk vorbei. Alle Piraten waren gefallen. Sie hatten es keine zehn Schritte weit von der Veranda aus geschafft. Aber nicht alle waren tot, einige stöhnten schwer verwundet im Dreck der Straße, unter ihnen auch Greyhound. Alle außer Greyhound wurden mit einem Kopfschuss hingerichtet, das Flehen um Gnade fand kein Gehör. Samuel und Mauri hoben Greyhound aus dem Staub der Straße und schleiften ihn quer durch die Stadt auf den

Marktplatz. Begleitet wurden sie dabei von einer riesigen Menschentraube. Auf dem Marktplatz stand ein mächtiger Baum, an diesen lehnten sie ihn an. Schwer gezeichnet von seinen Verwundungen stand er da. Adam war dem großen Menschenstrom gefolgt. Er stand ihm jetzt genau gegenüber, einen Augenblick wartete er noch, um in sich zu gehen, dann ging er mit fester Stimme auf ihn zu: „Greyhound, endlich haben wir dich. Du Teufel der Meere! Wie viele Unschuldige hast du auf dem Gewissen? Wie viele gute Männer, hast du mit in deine Kämpfe gezogen, wo sie erbärmlich gestorben sind. Heute bezahlst du dafür." Greyhound richtete seinen Kopf hoch, grinste Adam ins Gesicht und lachte ihn aus: „Du bist also Adam Black. Der Mann, der mich um alles gebracht hat. Mein Fluch soll dich ewig verfolgen, Adam Black, auf alle Zeit!". Mit den letzten Worten spuckte er Adam blutigen Schleim ins Gesicht. Regungslos stand dieser ihm gegenüber, mit der linken Hand wischte er sich sein Gesicht ab. Dann streifte er ganz langsam sein Messer aus dem Gürtel. Auge um Auge standen sie sich gegenüber, sie schauten sich so tief in die Augen, dass man fast fühlen konnte, wie sehr sich diese beiden Männer hassten. Um sie herum war es totenstill. Man kann nicht glauben, dass so viele Menschen so leise sein können. Mit der rechten Hand umschloss Adam sein Messer. Mit einer kräftigen, flinken Bewegung stach er auf Greyhound ein. Er traf ihn mitten ins Herz. Dabei schrie er unter Tränen den Namen seiner Frau Christin, dann stach er wieder zu und rief den Namen seines Sohnes Philipp. Beim dritten Stich schrie er ihm den Namen seiner Tochter Josephine ins Gesicht. Dabei lief ihm Speichel aus dem Mund, Adam war mit seinen Kräften am Ende, sein Kopf lehnte an Greyhounds Schulter. Samuel und Mauri mussten Greyhound an den Baum drücken, sonst wäre er schon längst auf den Boden gesunken. Wahrscheinlich war er schon beim ersten Stich tot. Beim vierten Stich schrie Adam mit letzter Kraft: „Und all die anderen, die du auf dem Gewissen hast." Dann sackte er zusammen, er weinte hemmungslos vor Greyhounds Füßen. Die ganze Anstrengung, die ganze Verantwortung für seine Mannschaft, alles verließ schlagartig seinen Körper. Jack und George hoben ihn an den Armen auf und begleiteten ihn auf sein Schiff. Samuel und Mauri waren noch nicht fertig mit Greyhound. Als Warnung für die Piraten, die sich noch in den Wäldern versteckt hielten, hingen sie ihn an den Füßen voran an einen Ast des Baumes. Nach wenigen Minuten sah er grässlich entstellt aus, denn das Blut lief in kleinen Rinnsalen durch sein Gesicht und seine Haare, bis es in kleinen Tropfen auf den staubigen Boden tropfte. Sichtlich zufrieden verließen alle Anwesenden den Platz und machten es sich in den Tavernen bequem.

Essen und Trinken war genug vorhanden und so entbrannte eine unvergessliche Siegesfeier. Der Teufel war erledigt! Greyhound war besiegt!

Es war schon früher Morgen und die Siegesfeier war noch längst nicht zu Ende, als ein lautes Gegröle aus einer Taverne zu hören war. Es war die Taverne, in der auch Mauri und viele andere feierten. Keine Anderen als Kirk und Shorty standen plötzlich in der Schankstube. Welch eine Überraschung, als die Kameraden Kirk erblickten. Freudestrahlend nahmen sich alle in die Arme, selbst Mauri war sichtlich gerührt. „Das müssen wir Adam sagen", freute er sich über das ganze Gesicht. Ein paar Kameraden liefen zur „Esperanza". „Kirk ist wieder da, Kirk ist wieder da", riefen sie immer wieder. Adam saß mit einem Glas Rotwein in seiner Kajüte und schaute durch das geöffnete Fenster in den Sternenhimmel. Seine Gedanken waren bei den Liebsten und all den anderen, die ihr Leben gelassen hatten, als er die frohe Kunde vernahm. Sofort stellte er sein Glas ab und lief auf Deck: „Wo ist er? Wo ist der alte Ausreißer?", sagte Adam überglücklich. Die Männer riefen ihm zu. „Er ist oben in der Taverne, bei all den anderen und feiert sein neues Leben." Adam sprang von Deck und zusammen mit den anderen, lief er dorthin. Das war eine Überraschung, als er Kirk wiedersah. Mitten im Raum stand er und erzählte von seinen Abenteuern, die er alle überlebt hatte. Adam drückte ihn fest an sich, er hatte Kirk nie vergessen. Die Kameraden reichten den Beiden zwei Becher mit Rum. Adam blickte in glückliche und zufriedene Gesichter, es erschallte von unzähligen Stimmen ihr eigener Schlachtruf: Adam Black , Adam Black, immer und immer wieder. Schließlich hob Adam seinen Becher, um mit allen anzustoßen. In einem Zug wurden die Becher gelehrt und laut grölend an die Wände geworfen. Jetzt war Adam ebenfalls in Feierlaune, mit der ganzen Mannschaft trank und tanzte er noch bis zum späten Nachmittag. Von den Piraten, die sich in den Wäldern versteckten, hörten sie nichts. Kirk meinte, dass es höchstens 25 Mann seien und die Hälfte von ihnen hatten keine Waffen.

## 17. Kapitel

## Nach Hause

Es sollte allen eine Warnung sein! Adams Mannschaft errichtete riesige Holzgestelle entlang der Küste, an denen sie die Piraten hingen. Mehrere hundert Meter lang waren sie. Die Schiffe, die in den Hafen von Tortuga einlaufen wollten, mussten an ihnen vorbei segeln. Die

„Limited" verbrannten sie, um auch die letzten Spuren von Greyhound zu vernichten.

Nach weniger als einer Woche, waren die Arbeiten erledigt. Das Mahnmal sah furchterregend aus, denn viele der Toten waren grässlich entstellt. Zwei Schiffe, die sich wahrscheinlich Greyhound anschließen wollten, drehten ab, als sie das unendlich erscheinende Mahnmal erblickten. Nach acht Tagen auf Tortuga stach Adams riesige Flotte in See. Die unbeschädigten Schiffe Greyhounds nahmen sie mit und so legten an einem frühen Morgen im Oktober des Jahres 1709, zwölf Schiffe ab. Der Kurs war das Inselversteck im Karibischen Meer. Fast dreihundert Mann hatten auf Adams Seite ihr Leben gelassen. Ein hoher Preis, der gezahlt werden musste, um den blutrünstigsten Piraten zu erledigen, der je auf den Weltmeeren unterwegs war. Auf jedem Schiff waren nicht mehr als fünfzig Männer, jeder hatte genug zu tun, um die Schiffe auf Kurs zu halten. Auch, wenn sie zu mehreren feindlichen Schiffen Sichtkontakt bekamen, wurden sie nicht angegriffen. Niemand war so verwegen zwölf Kriegsschiffe anzugreifen. Mehrmals mussten sie in Häfen anlegen, um Proviant zu sich zu nehmen. In jedem Hafen den sie ansteuerten, verkündeten sie die Neuigkeiten, dass der Teufel der Meere nicht mehr existieren würde. Ohne weitere Zwischenfälle erreichten sie nach sechs Wochen ihre Insel. Unter der Aufsicht von Samuel öffneten sie die Schleuse. Sie brauchten mit einem Angriff nicht zu rechnen, deshalb fuhren nur die kleineren Schiffe in die Schleuse ein. Die „Levant", die „Estrela Polar" und die „Esperanza", blieben vor der Insel. Das Lager war noch genau so, wie sie es verlassen hatten, als sie damals in See gestochen waren, um Greyhound zu jagen. Die Stimmung war ausgezeichnet, mehrere Wildtiere wurden erlegt und es wurde Obst und Brennholz gesammelt. Man konnte spüren, dass eine große Last von allen abgefallen war. Mehrere Tage lebten sie so in den Tag hinein, bis Adam eines Abends eine Versammlung ankündigte. Es war eine sehr emotionale Versammlung, Adam war stolz über jeden einzelnen. Er streifte durch die Reihen und hatte für viele Kameraden dankende Worte. Am Ende der Rede verkündete er, dass er mit Mauri das Lager verlassen und den Heimweg antreten würde. Am nächsten Morgen wollten sie den Schatz aus dem Versteck holen und jeder sollte seinen verdienten Lohn bekommen. Der Morgen kam und jeder erhielt ein Vermögen, so groß um bis zum Lebensende ein Auskommen zu haben, wenn er weise damit umgehen würde. Die Leute hatten die verschiedensten Ideen. Jack wollte mit der „Levant" zurück zur königlichen Marine, um der Königin von dem Erfolg zu berichten. Samuel und Pedro taten sich mit vielen Kameraden zusammen, sie wollten noch dem einen oder anderen Piraten das Leben zur Hölle machen. George, Birdy, Mike und Bill wollten auf der Insel bleiben. Sie hatten sich vorgenommen auf der Insel Familien zu gründen und sesshaft zu werden. Ihnen schlossen sich viele Männer an. Drei Schiffe blieben im Hafen der Insel. Mit ihnen wollten sie erst einmal nach Nassau, um sich mit den passenden Frauen zu versorgen. So geschah es, Jack war der erste, der sich mit der „Levant" auf den Weg machte, viele seiner englischen Kameraden schlossen sich ihm an. Sie nahmen auch noch vier weitere Schiffe mit, um sie der Königin zu übergeben, als Entschädigung der vier verlorenen Kriegsschiffe. Danach verließen Pedro und Samuel die Insel, auch sie nahmen drei Schiffe mit. Als letztes stachen Mauri und Adam mit einem Schiff in See, bei ihnen waren gerade so viele Männer, um das Schiff zu steuern. Bei jedem einzelnen, der die Insel verließ, blieben traurige Kameraden zurück. Kameraden, die ihr Leben für den anderen gegeben hätten. Aber so war es nun mal, jeder wollte und musste wieder sein eigenes Leben führen. Den Pakt, den sie damals geschlossen hatten, würde niemand mehr in seinem Leben vergessen. Es waren Freundschaften entstanden, die ein Leben lang anhalten würden, das war sicher! Adam und Mauri segelten mit Kurs auf  Portsmouth Point. Adam wollte sich bei Maria und Mario bedanken denn sie hatten ihn damals in größter Not aufgenommen und ohne ihre Hilfe wäre er wahrscheinlich zu Grunde gegangen. Die Fahrt ging flott voran, nach gut acht Wochen kamen sie im Hafen von Portsmouth Point an. Adam gab der gesamten Mannschaft für mehrere Tage frei, mit dem Rat, die Ersparnisse auf eine Bank zu bringen, um nicht alles zu verprassen oder ausgeraubt zu werden. Sie hörten zwar zu, aber ob ihn einer befolgte war fraglich. Auf der „Esperanza" war so gut wie nichts mehr von großem Wert, deshalb stellte Adam zwanzig einfache Matrosen ein, die die Wache auf Deck übernehmen sollten. Als Mauri und Adam in die gemütliche Taverne eintraten, blieb die Zeit für einen Moment stehen. Hier hatten sie ihn damals fast totgeschlagen, hier hatte die Reise begonnen. Als Maria Adam erblickte, weinte sie vor Glück. „Adam, mein Adam, Mario schau mal, wer hier ist", schluchzte sie vor Freude. Mario kam aus der Küche gelaufen, beim Anblick von Adam schossen auch ihm die Tränen in die Augen. Wie ein kleiner Junge weinte er in Adams Armen. Überglücklich, dass Adam gesund zurück gekehrt war, schloss Mario die Taverne. Adam musste mit Mauri's Unterstützung erzählen, wie sie es geschafft hatten, Greyhound zu erledigen. Das er tot war, dass wussten sie schon lange bevor Adam zu ihnen zurückkam. Wie ein Lauffeuer hatte sich diese Neuigkeit in der Stadt verbreitet. Die beiden ließen sich nicht zweimal bitten, bis in die frühen Morgenstunden saßen sie zusammen und erzählten die Abenteuer. Die nächsten Tage vergingen. Adam und Mauri unterhielten sich viel, wenn sie abends zusammen saßen. Vor allem sprachen sie über ihre Zukunft. Für Adam stand fest, dass er Fischer werden wollte, in seinem kleinen Dorf Bearn. Er plante in der Bucht, wo auch Joseph sein Haus hatte, eine neue Bleibe zu bauen und von vorne anzufangen. Mauri beschloss, ihm dabei zu helfen. „Was danach kommt, werden wir sehen", sagte er zu Adam. Dann war der Tag gekommen um Abschied zu nehmen. Maria und Mario hätten die beiden noch gerne länger bei sich wohnen lassen. Aber sie verstanden, dass sie weiter ziehen wollten. Heimlich hatte Adam in seinem kleinen Zimmer, einen schönen Teil seines Geldes, zusammen mit einem dankenden Brief hinterlegt. Er sagte es den beiden aber nicht, da sie es nie angenommen hätten. Auf dem Schiff herrschte schon ein reges Treiben, als die beiden an Bord gingen. Viele waren schon zurück und wollten wieder in See. Bei einem guten Becher Rum setzten sie sich auf Deck zusammen. Für Adam und Mauri war klar, dass sie am nächsten Morgen das Schiff verlassen und den Weg nach Bearn antreten würden. Adam gab allen noch einen Rat mit auf den Weg: „Ihr habt ein sehr gutes Schiff und seid erfahrene Seemänner. Wählt einen neuen Kapitän und werdet Händler. Jetzt ist es auf den Meeren sicherer geworden. Die Leute haben wieder Mut ihre Waren mit Schiffen zu verschicken". In der Mannschaft waren alle dafür, versuchen wollten sie es. Die Sonne war noch nicht aufgegangen, als sich die Beiden auf den Fußmarsch Richtung Bearn machten. Viele der alten Kameraden standen an der Brüstung des Schiffes und nahmen von den beiden Anführern Abschied. „Lasst das Schiff ganz, vielleicht brauchen wir es noch", rief Mauri den Kameraden beim Weggehen zu, dann verschwanden sie im Morgengrauen. Obwohl der Tag noch nicht angebrochen war, rollten schon einige Pferdewagen auf dem Händlerweg entlang der Küste. Ein freundlicher Mann nahm die beiden auf. So ging es langsam Richtung Heimat. Es war ein herrlicher Morgen, keine Wolke war am strahlendblauen Himmel zu sehen. Am späten Nachmittag kamen sie endlich in die Nähe des Dorfes. Sie kauften dem Kutscher noch Brot und Schinken ab, dann machten sie sich zu Fuß auf den Weg. Nach gut zwei Stunden kamen sie an den ersten Häusern an, von dem Überfall war nichts mehr zu sehen. Die Häuser waren liebevoll wieder aufgebaut worden, obwohl es höchstens noch die Hälfte dessen war, was hier einmal gestanden hat. Adams Haus und auch die Weberei, waren bis auf die Grundmauern zurück gebaut worden. Mit Holz und gutem Willen hätte man es wieder aufbauen können, aber an diesem Ort wollte Adam niemals mehr anfangen. Die riesige Eiche stand wie eh und je hinter dem Haus. Darunter lag das Grab seiner Familie. Jemand hatte es in liebevoller Arbeit in weiße Steine eingefasst, frische Blumen standen neben dem weißen Holzkreuz in dem die Namen der drei Verstorbenen eingeschnitzt waren. Adam kniete sich davor, leise sprach er mit ihnen. Mauri stand mit einem respektvollen Abstand hinter ihm. Nach einiger Zeit stand Adam auf und sagte zu Mauri: „Das ist der Ort, an dem mir Greyhound alles genommen hat." Langsam gingen sie umher. Adam erklärte, wie schön es einmal gewesen war. Die Schaukel, die Weberei, der schöne Garten. „Aber es ist alles Vergangenheit, lass uns Joseph suchen. Ich bin sicher, dass er das Grab so gepflegt hat, dafür möchte ich ihm danken." Adam ging mit Mauri durchs Dorf, schon vom Weiten erkannten sie ihn. Die Leute liefen den Beiden entgegen. „Adam, wir haben von dir gehört. Es ist bis nach uns vorgedrungen, was du mit deiner Mannschaft geschafft hast", rief ein junger Mann, der bei dem Überfall damals noch ein Junge gewesen sein musste. Ein alter Freund Adams rief: „Danke, dass ihr unsere Familien gerächt habt, wir stehen alle in eurer Schuld." Er hatte damals, wie Adam alles verloren. Unter Tränen nahm er Adam und Mauri in den Arm. Immer mehr Leute kamen auf die Straßen, sie jubelten den Beiden zu und begleiteten sie auf dem Weg zu Joseph. Der war wie immer mit seinen Netzen beschäftigt, als Adam mit dem ganzen Gefolge vor seine Hütte trat. Langsam drehte er sich um, oft hatte Joseph davon geträumt, dass Adam gesund nach Hause zurückkehren würde, aber, dass jetzt der Moment gekommen war, überwältigte ihn. Tränen schossen ihm in die Augen, als er Adams Gesicht entdeckte. „Adam, du bist zurück", flüsterte er kaum hörbar. Er lief mit weit geöffneten Armen auf ihn zu. Kurz vor ihm blieb er stehen, ganz vorsichtig streichelte er Adams Gesicht. Joseph musste sich mit seinen Händen überzeugen, er musste Adams Haut fühlen. Nicht, dass dies ein schlechter Traum sei! Nach einigen Sekunden legte Joseph seine Arme auf Adams Schulter. Sie schauten sich in die Augen, immer wieder nickten sie sich zu. „Joseph, du träumst nicht. Ich bin zurück, wir haben sie alle gerächt." Joseph nickte. „Ich weiß, Adam, ich weiß." Langsam, aber mit einer spürbaren Freundschaft, umarmten sie sich. Eine Umarmung, in der noch einmal alle Last von Adam abfiel. Lange standen sie so da, bis Mauri plötzlich rief: „Greyhound und seine Mannschaft sind tot! Lasst uns feiern." Unter großem Jubel lachten und weinten sie zusammen. „Ich schlachte das dickste Schwein, das ich habe", „Ich schlachte meine dicksten Hühner", „Ich hole meinen besten Wein aus dem Keller", so riefen sie alle durcheinander. Ein rauschendes

Fest sollte gefeiert werden. Das wurde auch genau so gemacht und bis in die Morgenstunden saßen sie bei einem Lagerfeuer zusammen. Mauri und Adam wurden für das was sie geschafft hatten gefeiert. Mauri fühlte sich besonders wohl, die Kinder des ganzen Dorfes saßen in seiner Nähe. Jedes wollte einmal seine Muskeln anfassen und immer wieder musste er erzählen, wie er den fiesen Piraten mit einer Hand erwürgt und dann über Bord geworfen hatte. Joseph saß die ganze Nacht bei Adam, er ließ ihn keine Sekunde aus den Augen, so sehr freute er sich darüber, dass dieser wieder gesund zurück gekommen ist. Sehr lange saßen noch alle zusammen.

Adam baute unweit von Joseph, mit Mauris Hilfe eine schöne Fischerhütte. Genau so wie Adam es geplant hatte, wurde er Fischer. Mauri verließ das Dorf im Frühling, es zog ihn wieder auf die Weltmeere. Wer weiß, was das Leben noch alles so mit sich bringen würde, vielleicht sehen sie sich ja wieder.

Herstellung und Verlag:
BoD – Books on Demand, Norderstedt
ISBN: 978-3-7481-7313-7